은문(㕕文) **우병택 소설집**

미망(迷妄)

도서출판 오늘

책머리에

소설이란 지나온 내 흔적을 더듬어 보는 작업이다

 이 소설집 제목을 『미망(迷妄)』으로 정했습니다. 습작에 한창이던 스물 즈음에 '이것이 정의로다' 하던 신념이 마흔 쉰의 나이를 지나 어느덧 일흔을 넘기면서 '그 시절의 철석같이 믿었던 신념이 '그건 아니었나 보다'라고 선회하니 이건 또 무슨 조화인지? 아마도 이런 때 쓰이는 말이 '미망(迷妄)이라고 하는 게 맞지 않을지. 이 소설집 한 권 엮는 데도 몇 번을 뒤집어 놓았으니 말입니다.
 초등학교 시절에 8살 위인 큰누나와 5살 위인 형님이 밤새워 읽던 소설을 훔쳐 읽던 기억이 새롭습니다. 누구보다 열세네 살쯤에 뒷집 친구 태조 엄마께서 밤이 이슥하도록 들려주시던 이수일과 심순애 시리즈는 어쩌면 그 대부분이 태조 엄마의 창작이 곁들어졌다는 걸 안 것도 한참 뒤였습니다. 태조 어머님께 이런 얘기를 들려 드리지 못한 채로 고인이 된 지금이 아쉽습니다.
 중학교 시절부터 평생 습작만 해 오던 소설을 청년이 되면서 종종 발표했고 이런 소설들을 한 권에 묶어 보겠다는 욕심이 불쑥불쑥 들었습니다. 물론 시도 창작해 보고 평론을 쓰면서도 이런 속셈을 감출 수 없어서 이렇게 몇 편을 엮어 봅니다.
 그렇지만 오랫동안 참 많이 고민하면서 쓴 작품을 출판 직전에 포기하면서 단편집 제목까지 바꿀 수밖에 없었습니다. 아무리 소설을 '개연성 있는 허구'라고 말하지만, 주인공으로 설정된 인물이 현실적인 인물로서 이 작품을 읽을 때 커다란 무리가 따르겠다는 생각이 들었기 때문이었습니다.
 심각한 고민이 따를 것을 직감하고, 과감히 멈추면서 몇 번이나 뒤엎고 갈기를 하신 출판 관계 분들께 이 장을 빌어 감사함을 전합니다.
 뒤를 이어 첨가한 짧은 소설과 동화를 함께 싣는 뜻은 더는 이런 소설집을 엮을 기력이 없어질 것 같은 두려움 때문입니다.

 2024년, 드디어 우리 곁에도 노벨문학상 수상자가 탄생했습니다. 그에 비하면 초라하지만 나름 평생 문학과 함께 살아온 만큼 기죽지 않으려고 합니다. 미흡하지만, 부끄러움을 무릅쓰고 세상에 내놓기로 한 것이니 많은 격려 부탁드립니다.

 여기까지 읽어 주신 분들께 감사드립니다.

2024년 11월
산이리 백마산 자락에서
은문 우병택

차 례

책 머리에 ··· 3

[단편소설]

  1. 미망(迷妄)······································· 7
  2. 우야 ··· 27
  3. 삶의 실밥 ······································ 51
  4. 잔설(殘雪)····································· 73
  5. 池 兄 ·· 109
  6. 우리가 사랑할 수 있을까 ················ 135

[짧은 소설]

  1. 봄날이 간다 ································· 157
  2. 격랑(激浪) 속으로 ························ 167
  3. 운명이란 놈 길들이기 ··················· 183
  4. 幻想의 時節 ································ 191
  5. 어떤 여행 ···································· 201
  6. 예의(銳意) 주시(注視)하다 ············· 209
  7. 설마 ··· 215
  8. 차(茶) 한잔하실까요 ····················· 221
  9. 金兄 ··· 229

[동화]

  1. 쿠리 마을의 아이들 ······················ 237
  2. 무당이의 외출 ····························· 251

[단편소설]

1. 미망(迷妄) ·· 7
2. 우야 ·· 27
3. 삶의 실밥 ·· 51
4. 잔설(殘雪) ·· 73
5. 池兄 ·· 109
6. 우리가 사랑할 수 있을까 ························ 135

1. 미망(迷妄)

 산자락이라도 밟고 서 있는 집에 사는 사람은 그 산에 오르는 데 그다지 의미를 두지는 않는다. 그것은 산 자체에 궁핍을 느낄 필요가 없기 때문일 터다. 내가 인근에 있는 천생산을 오르지 않았던 것도 이런 까닭이었다. 이 산을 처음 올랐던 때는 유신 초, 내 나이 스무 살 때였다. 서른 해를 넘기고서 이제야 산을 오르면서 무쇠 덩어리 하나를 안고 과거의 기억을 되살리려는 듯 산을 오르기로 했다.
 당시 김 선배는 사학과 졸업반이었다. 내가 입학 초기에 이곳저곳 서클을 기웃거리다가 동향이라는 이유로 그를 만났고 활달하고 막힘이 없는 품성에 호감이 갔다. 나는 십여 년 전에 서울에 정착한 오촌 아제 집 근처에서 하숙했다. 덕분에 처음 1년 동안은 세탁물을 당숙모한테 맡겼고 김 선배의 옷도 가끔 싸여 들어갔다.
 어느 날 선배의 부탁으로 경숙을 만나게 되었다. 선배와 동향이라는 것과 부친이 정미소를 한다는 것 외엔 선배에 대해서 더 깊이 아는 게 없는 처지에.
 "자네가 나에 대해서 더 이상 알았다고 해도 도움 될 기 하나도 없는 기라."
 김 선배가 내게 농하듯이 한 말이었지만 그 말의 깊은 뜻을 알게 된 것은 뼈아픈 고통을 겪은 후였다. 본래 지독한 고통이란 예측할 수 없는 순간에 들이닥쳐서 정신을 차릴 수 없이 휘몰아치다가 가버리게 마련이다. 까마득한 후배가 자신들의 일에 방해될 수도 있다고 생각했을까.
 경숙은 구미 시내 요지에 자리 잡은 B은행지점 행원이었다.

서울에서 내로라는 명문 K대학교를 중퇴한 후 무슨 연유에서인지 소도시로 내려와 은행원이 됐기에 갖은 소문이 무성했었다. 훤칠한 키에 시원시원한 이목구비로 풍기는 첫인상은 세상을 난관이 없이 잘 살아온 듯 보였다.
「천생산은 높지 않아서 오르는 데는 큰 힘이 들지 않습니다. 산마루가 길고 평탄해서지요. 숲이 우거지고 암벽의 경관도 훌륭하지요. 산행뿐만 아니라 소풍지로도 아주 좋답니다. 산 남쪽에는 미득암이 있고 북쪽에는 통신 바위가 있어 어느 곳에서 시작하든지 미득암과 통신 바위를 거쳐야 합니다. 산행 기점과 종점은 천룡사와 장천면 신장리의 자골로 하겠습니다.
 -이번 주말에 산행하실 분은 창구로 직접 찾아오시거나 연락 주십시오. 나경숙-」

그녀가 근무하는 B 은행지점을 찾았을 때 은행 게시판에 붙은 산행을 알리는 글이었다. 매직으로 쓴 단정한 필체였다. 곧장 창구로 가서 그녀를 만났다. 여자 행원 중에 앉은 키가 훌쩍 컸고 얼굴빛이 유난히 희었다. 나는 경숙을 단번에 알아봤다. 앞 손님이 일을 끝내기를 기다렸다가 아버지 명의의 통장에 메모지를 끼운 현금 뭉치와 함께 아버지가 삽십 리 길을 오갈 업무를 대신했다. 그리고 미리 준비해 간 드링크 한 병을 그녀 앞으로 내밀었다. 경숙이 돈을 헤아리다가 내가 쓴 쪽지를 보고 눈인사로 답했다.
"이뿌다카이, 그러타꼬 자네와 연애할 처지는 아이고. 혹시 모르지 또…."
김 선배가 밑도 끝도 없이 한 말이다. 연애할 처지가 아니면 아닌 거지. '혹시 모르지 또….'는 뭔지?
"일요일 오전 10시에 은행 뒷문에서 만나요."

'일요일 오전 10시'란 모집 광고에 명기된 사실이다. 그런데도 마치 모든 일이 금세 이루어질 듯함에 쿵쾅대는 심장의 고동 소리가 옆 사람의 귀까지 들릴 것 같아서 서둘러 은행 문을 나섰다.

 약속한 일요일 아침 10시, 경숙은 약속 시간에서 1분도 늦지 않고 나타났다. 빨간 등산용 스타킹이 먼저 눈에 띄었다. 두툼한 장갑이며 등에 맨 배낭, 그리고 손에 든 스틱까지 전문 등산인의 차림이었다. 나는 함께 내려와 있는D大 재학 중인 친구한테서 그의 등산복을 빌려 입었다. 물론 키가 나보다 10cm쯤 더 큰 녀석의 옷이 제대로 맞을 리는 없었다. 교련복을 입는 것보다 좀 더 나을 것 같다는 그의 종용에 따랐다.
 "오래 걸리진 않아요. 참, 그런데 학생은 내가 댁보다 한두 살 위라는 걸 알고 있었나요? 참, 그렇기도 하겠네. 산행과 나이가 무슨 관련이 있나요? 뭐."
 혼자 묻고 대답해 놓고는'호호'거리는 그녀가 얼핏 조금은 모자란 듯하다는 생각이 문득 들었다.
 "어데 예. 거기 아이고 예. 참, 광고에는 여럿인 듯 보이던데 어째서 우리 둘뿐이니꺼? 오늘 산행 가는 사람이 예?"
 나는 엉거주춤 대답인지 질문인지 모를 말을 했다. 나 지신도 무슨 말을 하고 있는지 감이 잡히질 않았다.이번엔 내 자신이 그녀보다 훨씬 더 모자란다는 생각이 들었다.
 "물론 많이들 신청은 했지요. 그런데 난 댁을 보는 순간 단둘이서 산행하기로 마음을 먹었답니다."
 내 눈을 빤히 쳐다보며 장난기 섞인 모습으로 대답했다. 어쩌면 '너란 애송이야 내가 충분히 감당할 수가 있단다'하는 듯이 들렸다.

"그라믄…."
"아, 댁이 생각했던 다른 사람들 말이죠? 사실 난, 맘에 들지 않는 사람들과는 산행 안 하죠. 그렇지만 걱정은 말아요. 먼저 올라간 사람이 몇 더 있으니까."
 경숙은 말을 끝내자 뒤도 돌아보지 않고 평지를 가듯 빠른 걸음으로 걸었다. 게시판에서 밝힌 산행 기점인 천룡사와 장천면 신장리의 자골과는 반대편인 구미 쪽에서 시작했다. 경숙은 내게 그렇게 시작 지점이 바뀐 이유를 물을 틈도 주지 않고 앞서서 산을 올랐다. 경숙의 걸음은 무척 빨랐다. 한참을 앞서 나가던 그녀가 뒤돌아보며 공사가 진행 중인 공단 쪽을 가리키며 말했다.
"저 아래 공사장들이 어떻게 보여요?"
 국내 굴지의 회사들이 짓는 공장들이 그 위용을 드러내고 있었다.
"일본과 독일 등지에서 구걸하다시피 들여온 외화가 지금 대기업들의 배를 터지게 만들려고 저 짓거리를 하는 중이랍니다."
 나는 그녀의 속내가 궁금해지기 시작했다. 김 선배의 말에 이렇다 저렇다 답이 될 만한 게 없는 게 아닌가. 아니, 내가 너무 성급한 건가 하는 생각에 걸음이 뒤처졌다. 앞서가던 경숙이 손을 내밀었다. 나는 얼떨결에 그녀의 손을 잡았다. 손이 따스했다.
"학생이 다니는 K 大도 몸살을 앓고 있다던데…."
"그렇심더."
"언제 올라가나요. 학교엔?"
"글쎄요…. 나도 모르겠심더."
 땀방울이 이마에 송알송알 맺힌 경숙을 보며 참 예쁘다는 생각이 들었다. 곧장 저수지를 따라 계곡 쪽으로 발길을 옮겼다.
"저수지가 어째 이리도 맑을꼬?"
 나는 탄성을 올렸다. 경숙은 차가운 물을 손으로 떠 올려 입술에 댔다. 그리고 내 입술에 불쑥대어 주면서 말했다.
"자, 목 좀 축이고 가시지. 학생!"
 나는 뒤로 주춤하다가 마셨다. 입술에 그녀의 손바닥이 닿는 순간 냉기가 싹 가셨다. 사실 나는 그때까지 여자에 대해서는 숙맥이었다.
"그만 예! 됐심더. 고마바여."
 얼굴이 화끈거리며 눈앞이 캄캄해졌다. 나는 지금까지 누나들 외엔 이렇게 가까이서 여자를 접촉한 적이 없었다. 그녀보다 몇 걸음 더 앞서 걸었다. 몸이 가벼워지며 아물거리던 시야가 훤해졌다.

 음력 팔월 초하루, 조상의 묘를 벌초하러 내려온 길에 상경을 하루 늦추어 천생산을 오르기로 했다. 공터에 주차하고 주위를 휘둘러봤다. 낯설었다. 고향에 왔다기보다 영락없이 외지인이 된 기분이다. 산행하기에는 늦은 감이 있었지만 소요 시간이 짧을 것이므로 그리 염려할 것도 못 된다. 내려오기 전날 아내가 말했다.
"당신, 이번에 구미에 가거든 경숙인가 영숙인가 하는 여잘 머릿속에서 송두리째 뽑아서 선산 들판에 버리고 와요. 그렇게 되잖았으면 집으로 돌아올 생각을랑 아예 마시우!"
 요즘엔 부쩍 경숙의 꿈을 자주 꾼다. 꿈속에서 그녀의 이름을 부르다가 아내에게 면박을 맞기도 했다. 그렇게 깨어서 멍하니 앉아서 한 두어 시간 동안 잡념에 시달리다가 잠이 들고는 했다.

이제 곧 작은 산성지와 맑은 저수지가 나타날 것이다. 단풍이 들 채비를 하는 듯 수목의 푸른빛이 듬성듬성 남았다. 빠르다. 하기야 나도 시퍼렇게 혈기 왕성하던 그때가 바로 엊그제 같은데 벌써 쉰을 넘기고 있다. 육신은 시들거리는데 지난 일들과 단절하지 못하고 이렇게 그 먼 날을 거슬러 오르듯이 산을 오른다.

"저기로 돌아가요. 꼭대기에 닿기 전에 먼저 온 사람들과 만나기로 했죠."
 그녀는 팔을 들어 한쪽 봉우리를 가리켰다. 알싸한 입 냄새에 잠시 정신이 아찔했다. 이마에 땀방울이 송글송글 맺힌 모습에서 여자란 이래야 하는구나. 허물없이 지낸 사촌 누나들과는 또 달랐다. 김 선배와는 어떤 사이일까? 얼마 후, 그녀와 함께 만난 사람들은 대구 K大 총학생회장을 지낸 Y라는 걸출한 인물이었구나라는 느낌이 들었다. Y씨는 매스컴에 수배자로 자주 오르내려서 눈에 익은 거구 둘과 함께 있었다.
"동지, 반갑소!"
 나는 그 일행과의 만남에서 뜬금없이 근엄한 아버지 목소리가 뒤죽박죽 섞여서 순간 아찔했다. '이게 바로 접선(接線)이라는 거로구나' 정신을 바짝 차려야 한다. 내가 지금 무슨 일을 하는 건지. 구국의 일념. 그래! 그때, 경숙이 다정스레 팔짱을 끼며 말했다.
"서울 K大 2학년이랍니다. 아버님께선 요 아랫녘의 조합장으로 계시고요."
 경숙의 소개가 끝나자 나도 떨리긴 하지만 그래도 제법 사내답게 보이려고 침을 삼키고 말했다.
"반가버 예. 함자(銜字)는 익히 들어 알고 있었심더."

Y씨는 소문대로 호걸의 풍모였다. 6척 장신에 훤한 얼굴과 걸걸한 목소리를 가졌다. 이런 인물을 예로부터 헌헌장부라고 했던가. 전국 대학생 조직을 마음대로 주무른다는 인물 앞에서 그들보다 예닐곱 어린 내가 취해야 할 것은 별로 없었다. 그저 그가 시키는 대로 해야겠다는 각오만 서 있었다.
 "서울 올라 가마, 이걸 동지 선배한테 전해 주이소. 뭐 그리 중요타 할 건 없지마는."
 그는 힘 있게 내 양어깨를 꽉 잡았다. 아버지도 내가 서울 유학을 결정하고 입시에 합격하자 先山에서 조상들 앞에 무릎 꿇은 내게 같은 포즈를 취했었다. 그리고 내 귀청이 떨어지도록 큰 소리로 말했었다.
 "니 히(兄)는 군청에서 일하이 그만하만 됐고. 이제 니만 잘 되마 내 더 바랄 기 없데이!"
 '군부 독재에 유신으로 백성들이 다 죽어가도 우리만 잘 살면 그만입니꺼?'
 그러나 나는 끝내 그 말을 입 밖으로 내지 못했다. 두 사람의 말이 내 머리를 혼란케 했다. 그날 산꼭대기까지는 오르지 못했다. 경숙이 論語의 안연장(顔淵章) 앞 구절을 중얼거렸다. 내용은 정확하게 이해할 수는 없었다. 다만 한문 강독 시간에 관심 깊게 공부한 부분이라 고개를 끄덕여 '알고 있으니 계속 읊어보시라.'라는 듯 동질감을 표현했다. 이로부터 내가 맥 빠지는 일을 당할 때면 습관적으로 읊조리게 됐다.

/ 顔淵問仁한데 子曰 克己復禮爲仁이니 一日克己復禮면 天下歸仁焉하리니 爲仁由己니 而由人乎哉아. / 안연이 인에 대하여 여쭙다. 공자께서 말씀하시기를 자기를 이기고 사리사욕에서 벗어나 예로 돌아가는 게 인을 행하는 것이니 사람이 일단 결심하고 이 길을 철저히 가다 보면 천하의 인심도 스스로 인으로 돌아가게 마

련이다. 인의 실현은 모름지기 스스로 힘으로 이룩할 것이고 남에게 의존할 것이 못 된다. 라고 하셨다.

 Y씨 일행은 정상을 거쳐 장천 쪽으로 내려간다고 말했지만, 그 후 두 번 다시 그들을 만나지 못했다. 그러나 '전국 대학생 조직을 움직이는 몇 줄의 글이 적힌 그 쪽지 하나로 인해 당한 고통은 지금까지도 악령보다 더 질기게 내 곁을 맴돈다.
 저수지가 끝나는 곳에서 계류를 가로지르는 통나무다리를 건넜다. 주변 경관이 설악의 깊은 계곡에 든 듯 잠시 착각에 빠지기에 충분했다. 이제 곧 오솔길이다. 마른나무 사이로 보이는 하늘은 구름 한 점이 없다. 정면은 천룡사 정상에 있는 미득암이다. 계곡마다 그들의 넋이 베 있는 듯해서 등골이 서늘하다. 그땐 무덤이 있었는데… 보이지 않았다. 이끼가 낀 비석은 세월의 무상함을 느끼게 했다. 비문은 오랜 세월에 시달려 판독이 어렵다.

 1년 뒤 Y씨는 유신 정국이 조작한 엄청난 사건에 얽혀 구속됐다. 나는 경숙이 뒤늦게 전해 준 Y씨 소식을 듣고 며칠째 깡 술만 축내며 보냈다. 단10분도 함께 하지 않았지만, 그들을 머릿속에서 말끔히 지울 수가 없었다.

 Y씨가 구속되기 몇 개월 전에 경숙과 함께 장천에서 며칠을 숨어 지냈다. 김 선배와의 관계로 경숙을 찾아 고향으로 형사들이 들이닥치자 군청에 다니던 형이 피신하라고 사람을 보냈다. 나는 경숙을 데리고 친구들이 여럿 사는 산동의 머들리에 있는 교회로 피신했다. 달리 믿을 만한 곳이 있는 것도 아니어서 목사님의 딸이 중학교 시절 같은 반이었다는 끈

으로 찾아갔다. 친구는 인근 초급대학 간호학과를 다니고 있다고 했다. 다행히 경숙과 나를 번갈아 보고는 이내 자신의 방을 내줬다. 그렇지만 그곳에서도 겨우 사흘밖에 지내지 못하고 도망치듯 동리를 빠져나와야 했다. 경숙은 이미 당국에서 찍은 요주의 인물이었다. 그렇게 다급한 때에 경숙이 말했다.
"이봐요, 나와 김 선배가 어떤 사이 같아 보여요?"
"모르겠심더, 혹시 애인 사이아입니꺼?"
경숙은 소리 없이 씁쓸하게 웃었다. 그리고는 내 손을 꼭 잡았다. 순간 그녀가 이제 나밖에 믿을 사람이 없으니 자신을 도와 달라는 뜻으로 받아들였다.
"다들 그렇게 생각해요. 알고 보면 사실, 꼭 이렇다 할 사이도 아닌데."
나는 어쨌거나 '경숙을 보호해야 한다.'라고 생각했다. 경숙은 다음 말을 이었다.
"그라문 김 선배 쪽에서는 그쪽을 우째 생각하는데 예?"
경숙이 말을 아꼈다. 대신 내 남은 손을 잡아 꼭 쥐었다. 그리고 한참 골똘히 생각한 후에 말했다.
"김 선배는 내 생각과는 상관없이 내가 자기를 어떻게 여기는지 잘 몰라요. 그냥 동지로만 알지요. 그 사람한테 내 존재는 그 정도쯤이지요."

이 지점에서 왼쪽으로 돌아 절벽을 바짝 끼고 걷는다. 멀리 금오산 동쪽 산자락 하나가 온통 벌겋다. '고속철이 국토를 황폐시킨다.'라고 들었지만, 이렇게 눈으로 직접 확인하기는 처음이다. 작업 차량이 괴물처럼 산자락을 들쑤시며 오르내렸다. 예전의 산 모습이 아니다. 벌러덩 누워 가랑이를 벌린 형국이다. 경숙이 뱃속에서 다섯 달 된 아이를 무덤덤하게 지울 때의 얼굴이 머릿속을 마구 휘저어 어지럽다. 고개를 몇 번 흔들고 길을 재촉했다. 가슴이 답답하다. 심장에 문제가 있다 싶어 병원에 예약했다. 그런데도 차일피일 미루고 있다.

미득암에 올라섰다. 서쪽으로는 낙동강과 금오산, 북쪽으로는 냉산이다. 해동 제일 가람인 도리사가 있다. 도리사는 아들 둘을 돌림병으로 잃은 어머니가 뒤늦게 얻은 형과 나를 올려놓고 치성을 드린 사찰이다. 어머니는 초하루와 보름엔 빠짐없이 치성을 드렸다.

동문(東門)을 저만치 두고 왼쪽으로 널찍한 바위 동굴이 있다. 동굴 입구에는 쌍룡의 형상이 양각되어 있다. 이 동굴에서 경숙과 처음으로 살을 섞었다. 둘은 다 지쳐 있었고 극도의 불안감에 누가 먼저랄 것도 없이 서로를 탐닉했다. 절정에 도달할 때 우리는 잠시, 아주 잠시 불안과 공포로부터 헤어날 수 있었다.

내 손을 꼭 잡은 그녀가 뛰는 내 가슴은 개의치 않는 듯 보였다. 그녀의 눈에 물기가 돌았다가 이내 볼을 적셨다. 나는 그녀를 힘주어 안았다. 그날 밤 우리는 산동을 지나 해평까지 10킬로미터를 밤새워 걸었다. 대구, 상주 간 일등 로를 따라 걸었다. 자동차 헤드라이트가 어둠을 찢고 들이닥치면 길섶에 납작 엎드렸다. 자동차가 지날 때마다 먼지를 흠씬 뒤집어썼다. 간혹 마을이 나타나면 비켜서 빙 돌아 걸었다. 마을을 지날 때마다 개가 떼를 지어 짖어댔다. 등골이 오싹하게 조였다. 섬뜩했다.

낙동교 근처에 사는 중학 동창이 산 아래 초가로 안내했다. 우리는 지쳐서 쓰러졌다. 그리고 친구의 도움을 받아 그곳에서 보름을 지낼 수 있었다. 그 일로 지금까지 장천은 물론 해평과 낙동을 다시 들른 적이 없다. 악몽처럼 떠오르는 그 마을을 다시 찾지 못했다.

초소가 보인다. 보기만 해도 주눅 든다. 경숙을 데리고 이곳저곳 쫓기며 전전할 때마다 가장 두려운 존재 초소. 세 개의 성상이 흘렀지만, 아파트 경비 초소 앞을 지날 때도 온몸이 움츠러든다. 앞으로도 이 두려움은 나를 쉽게 놓아주지 않을 터다. Y씨와 한 패거리로 지목된 김 선배 그리고 Y씨, 그들은 한두 살 차이를 두었으며 경숙에게 늘 걱정을 안겨주는 인물들이었다. 나는 그들에 비해서 나이도 어렸지만 주목받을 만한 인물도, 수배 인물도 아니었다. 다행스럽다면 면장인 아버지 덕분에 경제적으로 궁핍하지 않았던 점이 경숙은 편했을지도 모른다.

동문에서 다시 오른편으로 올라서면 작은 연못이 나타나고 분지가 형성되어 있다. 옛 선인들의 숨결이 절로 느껴지는 곳이다. 우리는 왼쪽 아래의 된비알로 내려서며 흙먼지를 뽀얗게 뒤집어썼다. 그렇게 20분쯤 뒹굴다가 당도한 곳이 천생산. 그 가파른 벼랑을 등지고 보광전이 은밀히 자리 잡고 있었다. 경숙이 주지 스님을 은행 고객으로 둔 덕분에 시장기를 메우고 산에서 내려왔다. 그렇게 경숙과 함께 먹었던 그 한 끼 밥이 지금은 이 세상 어떤 먹거리에 비할 바 없이 행복하게 느껴지니 참 알다가도 모를 일이다.

이듬해 3월, 개학 날짜에 맞춰 나는 아무 일도 없었던 듯이 상경했다. 학교 근처 하숙에 짐을 풀었다. 유신 철폐를 외치던 축들이 겨울 방학 동안 숨을 고르고 있었다. 경숙도 그녀의 언니네 집 근처인 청량리에서 은신하고 있었다. 나는 하숙을 정리하고 자취를 시작했다. 경숙이 가끔 연탄불에 꽁치를 구워 들고 자취방을 찾아왔다. 구운 꽁치를 고추장에 찍어 술안주로 삼았다. 경숙은 늘 멍한 상태로 지냈다. 김 선배가 자취를 감춘 이후 생사를 가늠할 수 없는 시간이 흘렀다. 은행에서 쫓겨난 그녀의 미래는 절망적이었다. 경숙이 깡소주를 들이키는 일이 점점 더 잦았다. 그런 날은 예외 없이 나와 몸을 섞었다. 그러나 경숙이 나를 사랑한다는 말을 한 번도 입에 올리지 않았다. 그런 따위는 나도 물론 상관하지 않았다.

　내림 길을 따라 다시 오름길로 접어들었다. 장승이 저만치서 덧없이 웃고 있다. 한 시대, 자신의 뜻을 펼치지도 못하고 불귀의 객이 된 소영웅들. 김 선배는 궁벽한 산골에서 교편생활을 하다가 새로운 영웅이 되어 정계로 진출했다. 마찬가지로 경숙도 막강한 여성단체 하나를 이끄는 여걸로 변했다. 나는 여기저기를 떠도는 대학 강사로 지내는 중이다. 고등학교 교사인 아내가 전적으로 가정경제를 책임지고 있다.

　산의 정상부는 2단으로 구성된 단애(斷崖)가 조망되었다. 첫 비탈을 오르면 깎아지른 듯이 보이던 광경이 널찍한 축구장 둘 정도의 평지가 이어지다가 다시 가파르게 기어오르면 처음의 사 분의 일 넓이로 테니스장 하나쯤은 세울 수 있을 넓이가 펼쳐진다.

　나는 경숙의 친구를 통해 내 월급에서 서너 달 분을 보냈다. 그렇지만 경숙은 단 한 마디의 소식도 전해오지 않았다. 그랬던 경숙이 내 나이 서른 때 어머니 빈소가 마련된 고향집에 검정 상복을 입고 나타났다. 나는 이미 한 사내아이의 아비였다. 더구나 상복을 입은 아내가 지켜보는 가운데 어머니의 영정 앞에서 서럽게 울었다. 울음의 의미가 무엇이었을까. 아내는 당황한 빛이 역력했다. 시침을 뚝 떼고 곡을 하는 여장부와 한 사내아이의 어미인 아내, 두 여자 사이에 묘한 감정에 사로잡혔지만, 곧 평정을 되찾았다.

 땅거미가 깔린 산에서 내려왔다. 어둠은 암담했던 시절을 곧잘 떠오르게 한다.

 이듬해 3월, 김 선배의 지시대로 나는 이과대학 윤(尹) 아무개를 찾아갔다. 그도 수배 중이었다. 나는 오랜 공백 기간 탓에 그런 사실을 까맣게 몰랐다. 윤(尹) 아무개를 기다리던 사복형사한테 끌려가서 삼켜버린 쪽지가 사흘 만에 똥으로 나올 때까지 갖은 고초를 다 겪었다.
 그들보다 달포 먼저 체포된 우리는 돌이켜보면 운이 좋았다면 어폐가 있지만 뒤이어 엄청난 사건이 발표되자 부모님이 먼저 안도했다. 그 엄청난 사건이란 당시 중앙정보부가 민청학련 사건 수사상황발표에서 민청학련을 '공산주의 사상을 가진 학생을 주축으로 한, 정부를 전복하려는 불순 반정부세력'으로 규정했다. 이와 관련하여 긴급조치 제4호 및 국가보안법 등을 위반한 혐의로 1천24명이 영장 없이 체포됐다. 그중 253명이 군법회의 검찰부에 구속송치 된 사건이다. 그 엄청난 사건과 내가 직접 관계되지 않은 것만이라도 부모님은 다행이라고 여겼던 모양이다.

 불가마의 더운물로 몸을 풀기로 했다. 몇몇 사내들이 내 어깨와 오른쪽 허벅지에 그어진 상처를 곁눈질로 힐긋거렸다. 경숙이 보는 앞에서 두어 번을 혼절할 때 생긴 자국이다. 그 고초를 겪던 날 희미하게 정신을 차렸을 때 양쪽 젖가슴이 온통 다 드러난 채로 누더기를 걸친 경숙이 눈앞에 초점을 잃고 묶인 채로 아무렇게나 구겨져 있었다. 기력을 잃은 눈으로 그녀를 쳐다보았다. 서울평화 시장에서 내가 사서 입혀준 스웨터가 누더기가 되어 그녀의 몸에 겨우 걸쳐져 있었다.

그녀가 당한 고초가 얼마일까. 경숙이 냉혈이라고 하더라도 고문관은 남자가 아닌가. 그가 더구나 도덕적인 가치가 무너진 경우라면, 20대 중반의 여대생인 경숙한테 가한 것이 무엇일까? 나 외에는 알 수 없는 그녀의 비밀스러운 곳에 어떤 치욕스러운 짓을 하지 않았다고 나 스스로 단언할 수 없기에 더 기가 찰 노릇이었다. 경숙은 그날 당한 일에 대해서는 일언반구도 내 앞에서 꺼낸 적이 없다. 그 말단 권력이 저지른 그것이 어쩌면 경숙을 성 노리개 취급했을지도 모른다는 생각이 떠오를 때면 지금도 치가 떨렸다. 우리는 서로를 멍하니 바라보았다. 눈물이 절로 흘러내렸다…꿈이라면 빨리 깨기만을 빌었다. 나는 속수무책, 침묵과 절망을 지키다가 혼절했다. 애초에 대학에 합격해서 상경하는 나를 배웅하면서 어머니가 당부했었다.

"야야, 데모대에는 절대로 끼지 말거래이. 패가망신한 데이. 너거 핵교가 디기 심하다 카이 걱정스러버서 하는 말이데이."

절규하는 어머니의 목소리에 나는 눈을 떴다. 경숙은 보이지 않고 바싹 마른 사내가 의자에 앉아서 내가 깨어나기를 기다렸다는 듯이 내 앞으로 다가왔다. 냉혈한의 포악함에 나는 온몸이 굳어버렸다. '내가 언젠가 네 놈을 무참히 짓밟아주겠다' 이를 악물었다. 군화가 허벅지를 찍어 누를 때 난 상처로 지금도 공중목욕탕에 가기를 꺼린다. 아무것도 모르고 내 자취방에 들린 경숙이 잡혔다. 온갖 수모와 고초를 겪은 끝에 내 앞까지 끌려 온 것이다. 나는 군부 실세였던 먼 친척의 도움으로 그곳을 나왔고 그 모진 고통 속에서도 끝내 입을 열지 않았다. 소영웅들이야말로 유신의 참담한 상황을 끝낼 수 있는 인물들이라고 믿었기 때문이었다. 그러나 서슬이 퍼렇던 그때 대구 K大에서 처음으로 시도한 3월의 시위는 우리 두 사람이 겪은 고통의 대가와는 아랑곳없이 무산되고 말았다. 그 영웅들이 모두 투옥되고 그중에 8인은 사형대의 이슬로 사라졌다. 그들 중 Y씨도 끼어 있었다.

 나는 아버지의 손에 이끌려 고향으로 내려갔다. 그땐 그 길만이 구국의 길인 줄로 믿었다. 그 구국의 길에서 다시 못 올 길을 간 뚝심들은 지금 세간에서 잊혀져 가고 있다. 그러나 그들이 남긴 꿀물로 엉뚱한 애국자들이 나라를 구렁텅이로 끌고 가고 있는 현실이 더 비감스럽다. 그들이 목숨 걸고 지키려 했던 그 충정은 지금 어떤 형태로 나라를 끌고 가고 있는지.

"이 노무 자슥들! 내 새끼를 이 지경으로 맹글라 놓고, 너그들은 얼마나 더 오래 잘사나 보재이!"

 아버지는 출감하는 나를 데리고 내려오는 군용열차에서 깡소주를 마시면서 처음으로 반동이 됐다. 그 아버지의 손을 잡고 경숙이 고향 집으로 내려온 것은 3개월이 지난 후였다. 그녀는 넋이 나가 있었다. 그런 경숙을 아버지는 친딸보다 더 사랑으로 보살폈다. 아버지는 내가 출감 직전에 모든 직에서 쫓겨났다. 그러나 나를 원망하는 말씀을 평생 한 번도 입에 올리지 않았다. 경숙은 아버지의 지극정성에도 나아질 기미를 보이지 않았다. 인근의 용하다는 한의사들로는 별 뾰족한 수가 없다는 것을 안 아버지가 경숙을 대구 K 대학병원에 입원시키라고 했다. 여자로서 더 이상의 구실을 하지 못할 만큼 짓이겨져서 하혈이 멈추지 않았다. 그렇지만 아버지의 치성 덕분에 경숙의 병세가 회복되고 있었다. 내가 고향으로 돌아와 강제로 입대할 때까지 부부처럼 행복한 한 5개월을 보냈다.

경숙이 임신했다는 사실을 안 것은 내가 첫 휴가를 나온 때였다. 그러나 이미 그녀는 자신의 고향으로 떠난 후였다. 그 사실을 알려 준 것은 나보다 두 살 아래인 내 누이였다.

"오빠야, 어무이가 언닐 메누리로는 못 들이겠다고 저리 난리 아이가."

어머니는 경숙이 집안에 들어앉아서 남편이나 보살필 여자가 아니라고 마뜩잖아했다. 경숙을 찾아간 나는 말없이 아버지가 마련해 준 돈뭉치를 그녀의 손에 쥐어 줬다.

"예상은 했었어요."

경숙은 무표정하게 나를 쳐다보다가 내 손을 끌었다. 시외버스로 한 시간 넘게 간 곳이 자양동 근처의 허름한 산부인과였다. 그곳에서 경숙은 내 아이를 지웠다. 한강 둑에 앉아 소주병을 비우며 우리는 꺼이꺼이 울었다. 군인 신분으로 경숙을 위해 할 수 있는 일은 아무것도 없다는 게 나를 더 비참하게 했다.

주차장 한쪽에 낮 동안 땡볕에 서 있게 한 자동차의 문을 열고 휴대 전화를 확인했다. 걸려온 메시지가 빼곡하다. 확인하지 않고 나는 과거를 떨쳐버리듯 시동을 걸었다.

제대 후에 선배들의 소설을 필사하면서 시간을 축내는 습작 시절에, 경숙이 전화로 결혼 소식을 전해 왔다.

"나, 곧 결혼해요."

경숙의 목소리는 담담했다. 당연히 축하해 줘야 할 터인데…. 그렇게 되지 않았다.

"네, 우린 여기까지가 인연인가 봐요. 안녕히!"
"아…."
내 말이 끝나가도 전에 그녀는 전화를 끊었다. 무작정 열차를 탔다. 경숙이 머물 것 같은, 그녀의 고향으로 찾아갔다. 남종에서 만나 강상까지 십리 길을 내쳐 걸었다. 길옆 능금 밭에선 꽃이 흐드러지게 피었다. 그러나 그 꽃이 고왔는지 향기가 진했는지는 지금도 기억할 수가 없다. 강상에서 털털거리는 시외버스로 광주까지 되돌아오는 길에 경숙의 손을 꼭 잡고 빌고 빌었다. 험한 안개는 이제 그칠 때가 됐다. 밝은 빛만 그녀에게 비추길 빌었다. 구국의 일념에서였던, 한 사나이의 마음을 사기 위해서였던지 그만큼 했으면 모두 툴툴 벗어던지고 자신이 원하는 삶을 알차게 엮어나가길 빌었다. 혼자서 수원을 거쳐 구미로 내려오는 동안에도 그렇게 되어 잘 살기를 바라며 신에게 빌고 또 빌었다.

텅 빈 마음으로 고향 집에 돌아와 짐을 챙기기 시작했다. 그리고 지체하지 않고 상경했다. 한때의 환영을 영속시키려는 것은 서글픈 시도라는 것쯤은 잘 안다. 더구나 경숙과 남긴 그것이 극도의 공포 속에서 어쩔 수 없이 피어낸 것이기에 더더욱 아플 수밖에 없다. 어쩌면 그것은 허상이었을지도 모른다.

이번 산행에서도 끝내 경숙의 그림자를 떨쳐 내지 못하고 아내와 아이들의 곁으로 돌아왔다. 다가오는 일요일에 Y씨의 30주기 추모제가 조촐하게 열린다고 김 선배가 전해왔다. 아내는 미장원으로 백화점으로 그날을 위해 분주하게 나다닌다. 자신보다 십 년이나 위인 경숙을 평생의 연적으로 마음을 굳힌 이상 경계를 늦추지는 않을 심산이다. 그러나 그녀와 '사랑'이라는 허상은 하늘이 내린 짧은 한순간을 사랑했다는 것으로 족하다. 훗날로 돌리지 않고 주어진 순간순간을 깊이 사랑하는 것이 참사랑이라는 것도 먼 길을 돌아 비로소 깨달았다. 그 찬란했던 젊은 날의 우리란 그 당시로서는 주체할 수 없도록 아름다운 사랑이라서 아주 먼 날의 회상으로 남아 있기를 바란다. 부지불식중에 시나브로 더없이 행복했던 찰나로 문득문득 떠오를 즈음에는 괴로웠던 순간을 밀어내고 떠올라 주길 바란다. 그렇지만 그것이 비록 진정성을 담보로 하는 것이었다고 하더라도 결국 또 다른 형태의 괴로움을 겪게 될 수밖에 없는 존재였으리라.

김 선배가 전화해 왔다. 벌써 세 번째 전화다.
"여보게 후배, 그날 경숙이 중요한 일을 맡는다는데 우리 꼭 만나서 격려해 줌세."
"그라문요."
"이 사람아, 확실히 대답해 보거래이…."
"참, 선배님께서 꼭 참석해서 자릴 뜻 있게 해 주셔야지요. 저는 요즘 여기저기 수업 준비에 밀려서 어찌 될지 모르겠습니다."

경숙을 보고 싶은 마음이 절실한 것과는 달리 퍽도 자신이 없게 말하고 먼저 전화기를 내려놓았다. 경숙은 고난의 젊은 날을 보상받기라도 하듯 야권의 유명인사의 아내가 되어 있었다. 지금 그녀를 만나면 어떤 마음이 들까? 김 선배는 또 어떤 마음일까?

아내가 양손에 쇼핑백을 들고 현관문을 열고 들어서는 것을 보고 속이 타서 내쳐 소주를 마신 탓에 깜빡 잠이 들었던 모양이다. 전화벨이 요란히 울리는 통에 받았다. 새벽이다. 어머니는 막 6개월 지난 조카를 업고 마룻바닥에 엎드린 채로, 아버지는 동네 목욕탕에서 냉탕 온탕을 오가다가 졸지에 저승으로 가신 뒤로는 새벽에 울리는 전화벨은 늘 불안의 대상이다.
"교수님 댁이지요?"
"그런데요?"
"대구 K대 학생회입니다. 나경숙 씨 잘 아시지요?"
"예, 예에, 경숙 씨가 나를 찾는다고요?
 사무적인 투의 말이다. 전화 저편에서 딸깍 수화기를 놓는 소리가 들려왔다. 이유도 모른 채 중부고속도로를 통해서 내륙고속도로를 들어설 무렵에 벌건 해가 산 위로 솟아올랐다. 서른 해 전에 천생산을 오를 때 꼭 금세라도 세상을 구할 듯이 앞서던 그녀가 뒤를 돌아보며 손짓했다. 어서 오라고. 라디오의 볼륨을 올렸다.
「2007년 1월 23일 서울중앙지법 형사합의23부는 피고인 8명의 대통령 긴급조치 위반, 국가보안법 위반, 내란 예비·음모, 반공법 위반 혐의에 대해 무죄를 선고했다. 같은 해 8월 21일 유족들이 국가를 상대로 제기한 손해배상청구의 소에서 서울지방법원은 국가의 불법행위 책임을 인정하고 국가의 소멸시효 완성의 항변을 배척하면서 시국사건 상 최대의 배상 액수 637억여 원을 지급하라고 판결했다.」
라는 내용이 긴급뉴스로 나왔다. 갑자기 눈앞이 캄캄해졌다. 누더기 같은 스웨터 위로 드러난 상반신이며 멍하니 풀린 눈동자……. 한동안 잠잠하던 가슴 통증이 들고 일어났다. 숨을 고를 수가 없다. 나는 길가에 차를 세웠다. 그때 전화기가 울렸다. 경숙이의 목소리다.
"Y씨 모교에서 추모비를 건립하기로 결정했다내요. 와서 힘 좀 보태 달라구요."

 감곡에서 차를 돌렸다. 더 이상 아픈 상처를 들추고 싶지 않았다. 겨우 얻은 강사 자리마저 잃는 게 두려웠다. 서울이 가까워질수록 가슴의 통증이 서서히 가라앉기 시작했다. 다음 주 강의 시간에 맞춰서 수업 준비를 무사히 끝낼 수 있을지 조바심이 났다. 미망(迷妄), 아니라면 미혹(迷惑)? 경숙이 내 모든 것을 지배하다가 어느 순간에 그 모두가 혼란스러워 그녀로부터 달아나고 싶으니 말이다. 그래 이건 지금 내가 迷妄에 빠진 것이라고 하자.

2007.11. 탈고

2. 우야

　구미 선산(善山) 간 4차선 국도는 60년대 말쯤에 계획만 해 뒀다가 90년대 말에야 완공된 길이다. 그 길을 따라 善山(선산) 읍내가 보일 때쯤에 고아읍에서 초등학교의 야트막한 담장을 오른쪽으로 끼고 돌아들면 제법 넓은 일선 평야가 펼쳐진다.
　농지정리로 잘 정비된 들길이 바둑판이다. 자동차로 10여 분쯤 달리면 甘泉(감천)에 이른다. 내(川)를 가로지른 번듯한 2차선 다리이지만, 대교(大橋)라고 부르기엔 초라하다. 그래도 이 지역에서는 대(代)를 넘겨서 이어져 온 고통의 사슬을 한 번에 끊어 버린 기념비적인 다리이다.
　해거름에 다리 위를 검정 세단이 미끄러지듯 건너와 동쪽으로 꺾어 돌았다. 읍내와는 반대쪽인 감천의 끝자락이자 洛東江(낙동강)과 합류하는 지점에 형성된 자연 촌락이다. 옹기종기 정겹게 모여 몇백 년을 이어져 온 마을이다. 다리에 발을 들여놓기 전에 마을을 쳐다보고 있노라면 날아갈 듯 서 있는 웅장한 書院(서원)이 촌락과 어울리지 않게 맞은편 산자락에 떡하니 버티고 서 있다. 서원은 바소쿠리 모양 오목한 마을의 정수리에 앉아 건너편 평야를 거쳐 금오산까지 지켜보고 있다. 이 마을로 들어오는 이는 쳐다보기만 해도 마음의 평안을 얻는다고들 했다. 근동에서는 '남산(藍山)'이라는 지명 외에도 '서원'이라고도 부르기도 한다. 혹은 서원(書院)의 '院'자만 따서 행정명으로 '院里(원리)'라고도 부른다. 서원엔 고려 말 三隱(삼은) 중 야은(野隱) 길재 선생을 모시고 있다. 충신 중의 충신이라 동리 사람들은 물론 읍민들의 자부심이 대단하다.

자동차가 마을 회관 넓은 마당에 닿자 키가 육 척은 돼 보이는 쉰 후반의 사내가 차에서 내렸다. 미색 양복에 곱게 빗어 넘긴 머리하며 손에 든 가방에 걸음걸이마저도 거침이 없으니 언뜻 보기에도 예사 인물은 아닌 듯했다.
기사로 보이는 중년 사내가 여행용 가방 하나를 내려놓고 땅에 코가 닿을 듯 인사를 하고는 읍내 쪽으로 차를 몰아 되돌아갔다. 마을 회관에 딸린 단위조합에서 일흔 후반의 노파가 나와서 눈을 동그랗게 뜨고 사내를 이리저리 훑어본다.
"하이고 어디서 오신 뉘신 기요?"
말이 끝나기 무섭게 사내의 손에서 여행용 가방을 채듯이 끌고 앞장선다.
"예, 대전에서 유 초시네 장손 되시는 어른을 뵈러 왔습니다만."
사내가 뒤따르며 정중하게 대답했다.
"그래요? 어쩌지요? 그 댁은 모두 외지(外地)로 나간 지가 꽤 되는구마는…."
노파가 난감한 표정으로 서 있는 사내에게 까닭도 없이 미안해하며 말했다.
"외지요? 그럼, 거기가 어딥니까?"
사내가 묵직한 목소리로 되물었다.
"글씨 예. 낼로 알고 있기로는 양산이라고 알고 있긴 하지마는…."
노파가 말끝을 흐렸다. 그러나 사내는 서두르는 기색 없이 천천히 다음 말을 이었다.
"예, 그럼 대원 저수지 인근 마을로 장가드셨다는 그 댁 삼남(三男) 되시는 분은?"
이번엔 사내가 끝말을 아꼈다.
"아, 그 고추 영감님 예?"

노인이 아는 체를 했다. 성미가 매운 늙은이를 일컫는 이 마을 특유의 별호다.
"글쎄요. 그 어른의 빌호(別號)까지는 잘 모르지만서도…."
 사내가 그리 중요한 얘기는 아니란 듯이 말끝을 거뒀다.
"그 어른도 시상(世上)) 비린지가 몇 해는 되지 예."
 사내는 기연가미연가하는 노파의 대답에 더는 묻진 않았다. 대신 자신이 오늘 밤 묵을 거처를 물었다. 화제가 바뀌자 노파가 단박에 반겼다.
"예? 읍내로 들어가시면 하룻밤 묵을 곳이야 많지. 예."
 사내가 고개를 가로저었다.
"웬만하면 이 마을에서 묵고 싶습니다만…."
 사내의 말이 의외란 듯이 노파가 눈을 휘둥그레지게 뜨고 되물었다.
"그래 예?"
"예, 그렇습니다."
"그러면, 잠시만 기다려 보이소."
 노파가 전화를 걸어 여기저기 몇 곳을 알아본 뒤 사내에게 말을 시켰다.
"그런데 예. 와, 유 초시네 장손을 찾으시는데 예?"
 아무래도 궁금해서 못 참겠다는 표정이 역력하다.
"아, 그보다 어르신께선 이 마을에 오래 사셨습니까?"
"그렇고 말고지 예."
 사내는 잠시 머뭇거리다가 담배를 꺼내서 입에 물었다. 주머니를 뒤져 불을 찾다가 황급히 담배를 등 뒤로 감춘다.
"아이쿠! 제가 그만…."
 사내가 재빨리 담배를 주머니에 넣었다. 그때 전화벨이 울렸다. 노파는 전화를 받아 몇 마디 건네고는 난감한 표정으로 사내에게 말한다.

"어쩌지 예?"
사내가 노파의 표정을 금세 읽고 말했다.
"하룻밤 묶을 때가 없는 듯합니다만?"
"예, 그러면 어째요. 우리 집에서라도 자리를 봐 볼까 예?"
"아, 그렇게 해 주시면 저야 고맙지요."
사내의 표정에 적이 안도감이 묻어났다.
"아이고. 이거 좀 깨끗한 집에 모셔야 될 분인 것 같구마는…."
노파가 송구스러운 표정으로 말끝을 흐렸다.
"아닙니다. 아무 곳이라도 하룻밤인데 어떻습니까."
노파가 안채로 들어간 후에야 사내는 주머니에 넣었던 담배를 다시 꺼내서 물고 불을 붙였다. 서쪽 하늘이 노을로 붉었다. 담배 한 개비를 다 피우고서야 노파가 나왔다. 이마에 송알송알 맺힌 땀으로 보아 사내가 묵을 방을 정리해 놓고 나온 기색이다.
"자, 그 큰 가방 이리 주이소."
노파의 제안에 사내가 도리질했다.
"아닙니다. 제가 옮기지요."
사내가 여행용 가방을 끌고 노파를 따라 안채로 들어갔다. 노파의 말과는 달리 안채는 정갈해 보였다. 지은 지 그끄러께나 되어 보이는 2층 양옥이다.
"집이 아주 훌륭합니다. 현대식으로 아담하게 잘 지으셨군요."
허투로 하는 말이 아니었다. 도회지에 가져다 놓아도 별 손색이 없어 보였다.
"그래 예?"
"예에, 시골에 이만한 집이 있으리라고는 생각 못했습니다. 잘생긴 손자님이시군요. 공부도 참 잘할 것 같고요."

마루 벽에 걸린 액자에 훤하게 생긴 청년의 사진을 보며 칭찬했다. 그러나 그 말에 노파는 대답하지 않았다. 대신 고개를 갸웃거리며 생각에 골몰하다가 말을 이었다.
"혹시 이름이 '인홍'이라 카지 않는교? '유인홍'"
"네에, 맞습니다. 어르신!"
"아이고, 우짜노? 설마 했더니만. 내 생각이 지대로 맞아떨어졌구만."
 노파가 사내를 대하는 태도가 단번에 변했다. 사내가 반색하며 물었다.
"저를 잘 아십니까?"
 기대에 찬 목소리라 힘이 실렸다.
"잘 알지. 그라먼 내 어째 모를까! 그런데 그 어린 나이에 한 번 댕기 갔었는데, 여길 어떻게 알고?"
"키워 준 이모가 잘 가르쳐 주셨습니다."
"그래, 그 똑 떨어진 처자, 야무지게 보이긴 했었지. 이쁘기도 했고."
 노파가 아련히 먼 곳을 바라보듯 가늘게 눈을 뜨고 천정을 올려다보았다.
"그런데, 그 어른들이 사시던 집은 어딥니까? 아직 건재합니까?"
"아, 그 집은 '御江(어강)'이라고 하는, 강 건너 바로 조긴데, 지금은 보이는 것 맨처로 강둑이 매어져서 그 집은 없어지고……."
 노인이 가리키는 곳으로 사내가 시선을 옮겼다. 둔덕이라고는 하나 없는 들판에 마을이 조그맣게 형성되어 있었다.
"유 초시 댁에 '우야라는 불구 어른 한 분이 계신다'라고 들었습니다만…."
"기셨지. 기셨어. 암만."

"그런데 어째서 그 가문의 호적에도 올라 있지를 않을까요?"
 "그것까지야 미련한 늙은이가 어째 알겠는가."
 노파가 말끝을 두루뭉수리 끝맺었다. 어떡하든 그렇게 해도 무방하다는 생각이 들었기 때문이다.
 "그렇다면 제 어머니 되시는 분에 대해서는 아시는 게 있으신지요?"
 노파가 고개를 갸웃거리며 잠시 생각을 떠올리는가 싶더니 금세 말을 이었다.
 "오래된 이바구긴 해도 내가 어째 그 일을 잊었겠는가. 자네 모친 참 이뻤제."
 "그러시면 제 어머니 얘기 좀 들려주시겠습니까?"
 "우선 편하게 옷 좀 갈아입고 나오시게나."
 자신을 잘 안다고 말한 후부터 줄곧 하게 하는 투로 보아 '노파가 자신과 전혀 무관하지는 않겠구나' 하는 생각에 일순 안도감을 느끼는 기색이다.
 "자네가 알고 있는 그 양반보다 함자(銜字)가 봉(鳳)자 삼(三)자를 쓰시는 어른을 알면 더 좋을 낀데. 이제 그 양반들 이바구는 이 마을에서는 잘 알고 있는 인사가 없다카이. 다 외지로 떠난 뒤라…."
 노파는 주섬주섬 유 초시댁 일가의 이야기를 주워섬기기 시작했다.

 봉삼은 한창때에 만주로 동경으로 흘러 다녔다. 독립되고 나서 누나인 물목 댁이 사는 이곳으로 소금 장수 배를 끌고 찾아왔다. 부산에서 배에 소금을 싣고 대구에서 한 사나흘 머물렀다. 그동안에 소금가마를 부리고 왜관을 지나 한 달을 족히 걸려 남산 앞 강가에 닻을 내리고 나머지 소금가마를 부렸다. 지금은 흔적도 없어진 대문 집이 돛배가 정박하는 나루터였다. 봉삼의 누나인 물목 댁이 큰 며느리인 죽림 댁의 눈을 피해 불구아들인 우야한테 소소한 먹거리를 지워 강 건너로 보냈다. 우야가 어머니의 처사가 옳지 않음에도 싫다 않고 가는 이유는 예쁘고 젊은 외숙모 때문이었다. 그러나 봉삼은 그 젊고 예쁜 아내는 아랑곳하지 않고 여기저기 훌훌 잘도 떠돌아다녔다. 그가 예쁜 색시를 어떻게 구했느냐는 것도 단박에 근동의 화젯거리로 떠올랐다.

 전라도 무주 산골에서 돈을 들여 사 왔다는 소문도 있고. 투전해서 따왔다는 소문도 들렸다. 그러나 그 무엇도 봉산 내외의 입을 직접 통한 것은 아니었다. 그저 소문만 무성할 뿐이었다. 더구나 물목 댁은 이런 말을 듣기 싫어하는 눈치라 마을 사람들로서는 무어라 입에 올리기를 꺼렸다. 색시의 미모를 본 마을 사내들은 너나 할 것 없이 군침을 흘렸다. 물목 댁은 스무 집 남짓 사는 강 건너 어강(漁江)에 자신의 논 닷 마지기를 내어 줬다. 논 위에 덩그렇게 집터를 돋우고 방 두어 칸이 든 뱃집을 지어 동생 내외를 살게 했다. 그리고 우야한테 이것저것 지게에 지워서 나르게 했다.

 우야는 본디 불구로 태어나지는 않았다. 일제가 한창 대륙 침략에 열을 올릴 때인 1930년대 말쯤에 소아마비를 앓았다. 지금은 다 꺼진 생명도 되살린다는 현대 의술이니 그리 심하게 불구가 될 병도 아니었다. 그 당시야 어찌해 볼 수 없어 그냥 둔 것이 그의 일생을 불구로 만든 것이다. 말이 어눌해서 '우야'라고 불린 것이 그대로 굳어졌다. 오른쪽 다리를 눈에 뜨일 정도로 절었다. 그러나 근본이 방구 꽤나 뀌는 집안 자식이라 사람 사는 도리쯤은 충분히 갖춘 사내였다.

 봉삼은 고운 색시와는 어울리지 않는 외모지만 단단하고 건장했다. 물목 댁도 다리를 약간 절었다. 눈에 금방 띄지는 않았지만 눈여겨본다면 금세 알아챌 수 있을 정도였다. 그녀는 그런 몸으로 큰 강을 건너 이 백 리 길인 대구로 나가 온갖 약을 받아다가 근동에 팔았다. 그렇게 억척스럽게 번 돈의 일부는 동생 봉삼을 위해 아낌없이 내놓았다.

 우야의 아버지는 초시였던 부친의 덕으로 한학깨나 한 인물이었다. 구한말 망해가는 나라 꼴에 초시(初試)가 뭐 그리 대단했는지. 식솔들 앞에서 호령만 했지, 벌어들일 줄을 몰랐다. 그런 만큼 가산을 지탱하게 된 것은 온전히 물목 댁의 몫이었다. 그런데도 자식 욕심은 어찌나 많았던지 10남매에 아들만 여덟을 뒀다. 그 여덟의 밑에서 네 번째가 우야다. 아래로 고운 누이가 하나 있었지만, 그녀는 일본으로 징용 간 남편을 찾아 해방 이듬해에 일곱 살 난 아들과 함께 밀선을 타고 현해탄을 건넜다.

 그리고 그 누이의 바로 밑 아우는 한국 전쟁 때 학도병으로 나가 전사했다. 둘째와 셋째가 강원도 원주에서 자리 잡았다. 인근 읍내로 시집간 맨 위의 맏딸은 30대 후반에 요절했다. 그렇게 물목 댁이 낳은 8남 2녀 중 5형제가 근동에 자리 잡고 살았다.

 감천(甘泉)의 가을은 발을 담그기엔 지나치게 차가웠다. 뼛속까지 시렸다. 그래서 가을이 오기 전에 마을 사람들이 힘을 모아 외나무다리를 놓았다. 낙동강변의 하천부지(河川敷地)에 버드나무를 심어서 쓸 만한 것만 베어 다리를 놓았다. 힘깨나 쓰는 장정들은 모두 모여 알맞게 자르고 다듬기를 추석 턱밑부터 거듭해서 음력 9월 기망(旣望)쯤엔 준비를 끝냈다. 그리고 그달 鹽干(염간)엔 다리가 완성됐다. 일 백보, 이 백보 다리의 길이가 늘어날 때마다 온 마을은 축제 분위기에 빠져들었다. 이장은 튼실하게 키운 누렁이 한 마리를 내놓았다. 부녀회장도 막걸리 닷 말을 기꺼이 내놓았다. 게다가 면장까지 가세해서 돼지 한 마리를 내놓았다. 인근 마을에서도 닭 몇 마리에 백미로 한두 가마씩 더한 것이 축제 분위기를 한껏 돋우었다.

그러나 그렇게 놓인 다리도 우야한테는 그림의 떡이었다. 양쪽 팔과 손은 자유롭다. 그렇지만 오른쪽 다리를 심하게 저는 바람에 외나무다리를 건너기가 호락호락하지 않았다. 차라리 강물을 건너는 편이 나았다. 얼음이 꽝꽝 얼고 그 위에 모래를 뿌려 우마차가 다니는 엄동설한이 아니면 대개는 차가움을 무릅쓰고 강을 건넜다.

낙동강으로 감천이 흘러드는 지점에 넓은 삼각주가 형성되었다. 삼각주엔 가을부터 북에서 날아온 기러기들이 겨울을 나고 돌아갔다. 봉삼은 기러기잡이의 명수였다. 어디에서 배워왔는지는 알 수 없었다. 가을이 되고 기러기가 북녘으로부터 날아 삼각주 넓은 모래사장에 자리를 잡는다. 그즈음부터 봉삼은 그믐 전후의 며칠은 아예 강변에서 일본군이 버리고 간 군용 텐트를 치고 밤을 지냈다.

봉삼은 불을 두려워하는 기러기의 속성을 잘 이용했다. 그 효과를 극대화하기 위해서 달이 아주 자취를 감추는 그믐을 며칠 앞서거나 뒤서게 날을 잡는다. 이때는 건장한 마을 머슴 중에서 날랜 사람 서넛을 데리고 기러기를 포획했다. 낮 동안 기러기들의 동태를 살펴서 계획을 세웠다. 그럴 땐 마치 나이가 열 서넛인 소년의 심성으로 돌아갔다. 강물 위에서 느릿느릿 떠다니는 기러기 떼를 머릿속 백지에 열심히 그렸다. 강물은 파랗고 떠다니는 잿빛 기러기들의 흐름은 평화로웠다. 그렇지만 누나를 위하는 마음이 동하면 당장 눈빛이 빛났다. 그리고 밤에 일을 벌인다. 기러기는 그 습성을 잘 이용하면 하룻밤에 많게는 스무 마리에서 적어도 네댓 마리를 포획할 수가 있었다.

 기러기를 포획하는 데는 먼저 쭉 곧게 자란 장대를 마련하는 게 중요하다. 그 장대를 구하려면 마을 건너편 냉산(冷山)을 몇 번이고 들락거려서야 곧게 자란 대나무를 구할 수가 있었다. 그렇게 장대 두 개가 준비되면 명주실에 풀을 몇 차례 먹여 그물을 엮었다. 게다가 잘 말린 솔잎을 정성스레 마련하면 기러기 사냥 준비는 대충 갖춘 셈이다.

 사냥은 초저녁부터 시작된다. 기러기는 타고난 습성대로 떼를 지어 잠든다. 대낮에 미리 보아 둔 보금자리 곁에 일꾼들이 매복한다. 그리고 기러기들이 잠이 들 때까지 숨죽여 놈들을 살피며 기다린다. 간혹 방귀를 뀌거나 딸꾹질해도 놈들은 금세 알아차리고 후루룩 대장을 따라 멀리 날아가 버리고 만다. 그래서 배가 더부룩하다거나 감기에 걸린 일꾼은 스스로 빠지는 것이 불문율이다.

 기러기는 자시 초(子時 初)가 되면 대개 잠이 든다. 때를 기다렸다가 팀의 반대편에 매복한 날랜 두 사람 중 하나가 성냥을 그어 잘 말린 솔가지에 불을 붙인다. 불을 켤 때도 옷섶으로 가려서 낌새를 채지 못하게 해야 한다. 불을 붙일 잘 마른 솔가지 위에 청솔가지를 덮고, 그 위에 군용담요를 덮어 기러기들이 화기를 느끼지 못하게 해야 한다. 드디어 불이 붙고 군용담요가 확 걷히는 순식간, 불빛이 그믐밤을 대낮 같이 밝힌다. 잠결에 놀란 기러기들이 우두머리의 외마디 비명과 함께 본능적으로 불을 피해 반대로 오십여 보를 뛰어가다가 그 탄력으로 날아오른다. 사냥에 나선 축들이 이때를 놓치면 안 된다. 순식간에 그물을 치켜든 장정 두 사람이 벌떡 일어서서 날아오르기 직전의 기러기 떼를 덮친다. 눈 깜빡할 사이에 이뤄내야 한다. 그물에 잡힌 기르기가 고요한 강변을 쩌렁 하도록 애처롭게 울어 댄다.
 물목 댁은 해소(解消)로 고생하고 있었다. 젊은 시절, 새벽에 강을 건너 대구까지 왕래해야 했던 것이 해소를 얻은 원인이다. 봉삼은 누나의 해소에 기러기 고기가 즉효라는 민간 처방을 철석같이 믿었다. 늦가을에 시작해서 겨울이 나고 기러기가 떼를 지어 북상할 때까지 전력을 쏟았다. 많이 잡을 때는 읍내에 내다 팔아 돈도 푼푼이 챙겼다. 그 동안 젊은 아내는 독수공방해야 했다. 근동의 사내들이 군침을 다셨다. 이런 낌새를 알고 있는 봉산 댁은 우야를 외가로 보내서 젊은 삼월을 지켜 주게 했다.
 겨울이 가고 봄이 오면 봉삼은 낙동강에서 아주 철수했다. 이번엔 기러기의 깃털을 등에 지고 이 마을 저 마을을 다니며 팔았다. 기러기의 깃털은 누에치기에 안성맞춤이었다. 애벌레를 살살 쓸어 담기에 제격이었다. 봉삼은 한 번 길을 떠나면 열흘이고 스무날이고 돌아오지 않았다. 번 돈으로 투전한다는 소문이 사실유무는 확인하지도 않고 퍼졌다.
 그러나 삼월은 소문을 듣는 둥 마는 둥 내색하지 않았다. 대신 물목 댁이 우야를 시켜 보내는 남의 옷 손질이나 그 외에 자질구레한 일을 부지런히 해냈다. 삼월의 솜씨는 인근의 어떤 아낙보다 뛰어났다. 무슨 일이든지 맡기만 주면 척척 잘 해냈다.
 그녀가 태기(胎氣)를 보인 것은 그 해 오월쯤이었다. 소문은 바람결처럼 물목 댁의 귀에 들어갔다. 그러나 물목 댁은 그런 소문에 대해서 가타부타 말하지 않았다. 뿐만아니라 우야를 시켜 자신이 제조한 보약을 묵묵히 날랐다. 이런 물목 댁의 행동에 마을 사람들이 수군대기 시작했다. 그녀가 외간 사내를 끌어들였다는 말이 돌았다. 또 한편에선 물목 댁이 우야를 일부러 들여보냈다는 말도 돌았다. 그러나 그런 소문에는 물목 댁이 일언반구 대거리하지 않았다.
 그리고 얼마 뒤, 칠흑 같은 날, 물목 댁이 우야한테 짐을 지우고 감천을 건너 어강으로 갔다. 물목 댁이 삼월의 손을 꼭 잡았다. 삼월이 일어서서 큰절을 올렸다. 물목 댁은 소곤대듯 말했다. 삼월은 고개를 숙인 채 흐느꼈다. 물목 댁이 보자기에 싼 것을 내밀었다. 그리고 우야가 큰 봇짐을 하나 지고 나섰다. 그 뒤를 삼월이 따랐다.
 그날 밤 이후로 봉삼은 물론 우야와 삼월도 동리에서 자취를 감췄다.

 세월이 흘렀다. 마을 사람들도 차츰 그들을 잊었다. 다만 바람결에 실려 오는 소문이 간간이 들릴 뿐이다. 대구 근교에서 연탄 지게를 진 봉삼을 봤다고도 하고, 또 왜관에서 부잣집 드난살이를 하더란 말도 들렸다. 그러나 어느 추운 겨울에 낙동강 얼음을 타고 건너다 얼음구멍에 빠져 실종됐다는 말 뒤엔 하찮은 그런 類 풍문도 짚불이 꺼지듯 사그라졌다. 그 사이에 모든 의혹을 뒤로한 채로 물목 댁도 세상을 떠났다.
 근동 사람들의 기억에서 그들의 관심이 사라질 때쯤 미모의 처녀가 사내아이를 데리고 우룡의 집을 찾아왔다. 사내아이는 대여섯 살쯤으로 언니인 삼월이 낳은 아들이라고 했다. 삼월과 우야도 달포를 사이에 두고 앞서거니 뒤서거니 이 세상을 등졌다는 소문이 꼬리를 물다가 끊어졌다.

 노파의 말에 귀를 기울이던 사내가 꿈속에서 깬 듯이 물었다.
 "그럼, 그 두 분은 나중에 어찌 됐다고 하셨답니까?"
 "그 뒤 이바구는 동리 사람들 뉘기도 아는 사람이 없지."

"윤 초시네 장손인 백부께서도 몰랐을까요?"
 "그야, 낸들 어찌 알겠는가?"
 뒤를 두고 말하는 품이 전혀 모르는 것 같진 않았다. 그때 밖이 떠들썩하다.
 "아이고 우리 바깥양반이 왔나보구먼"
 서둘러 일어서는 노파의 뒤에다 사내가 한 마디를 보탰다.
 "그럼 어르신께선…?"
 밖으로 나가던 노파가 건성건성 대꾸했다.
 "그렇구먼. 내가 자네 모친과는 그나마 말 상대가 됐던 사람이구먼."
 그리고 알듯 말듯이 한 마디를 더 보탰다.
 "내가 이 마을에서는 자네 모친을 잘 아는 몇 안 되는 사람이구먼."
 노파가 밖으로 나간 뒤, 인홍이 방바닥에 벌렁 누웠다. 두 손으로 깍지를 끼고 머리를 받쳤다. 천정을 장식한 벽지에 인근 마을을 그려 나갔다. 먼저 낙동강을 그렸다. 그다음으로 그 지류(支流)인 감천을 그렸다. 그 위에 대충 어강의 위치를 확보했다. 지금은 없어진 자신이 잉태된 뱃집도 그렸다. 수리계에서 설치한 펌프가 농수를 끌어 올리느라 밤낮으로 윙윙 소리를 냈다. 수로를 따라 물이 넘실거리며 흘러 어강의 들을 살찌운다. 어둠 속에서만 밀회를 즐길 수밖에 없었을 두 사람의 사랑이 애틋하게 전해온다.
 설핏 잠이 들었다. 두 사람이 봉삼을 따라 길을 떠나는 꿈이다. 두 남정 뒤에서 삼월이 배부른 몸으로 뒤뚱거리며 뒤를 따른다. '어머니!' 부르다가 잠이 깼다. 밖에서 인기척이 났다 낌새로 보아 저녁 식사가 준비된 듯했다. 노파가 조심스레 방문을 열고 나직하게 인홍을 깨웠다.
 "저녁 준비가 다 됐네. 일어나서 마루로 나와 보시게."

식욕을 자극하는 벌건 닭도리탕이다. 딴은 대단한 손님 대접이 아니면 어려운 대접인 듯했다. 벌건 국물 속에 감자 몇 알이 보였다. 엄마의 모습이 어른거렸다.

"준비하시느라 고생하셨습니다."

인홍이 먼저 진정 어린 인사를 건넸다.

노파가 상머리로 쪼르르 다가앉아 궁금해 죽겠다는 듯이 눈을 깜빡거렸다.

"그래, 지금은 어디에서 무얼 하시는가?"

바깥노인이 입을 열었다. 언뜻 다 알면서도 건성으로 묻는 말인 듯했다. 눈이 부리부리하고 떡 벌어진 어깨하며 팔순을 넘은 나이로 보이지 않았다.

"대전에 자리 잡고 삽니다. 지금은 고법(高法)에서 일하고 있습니다."

"고등법원이라!"

두 노인의 얼굴이 굳어지는 것을 보며 인홍이 천천히 그러나 공손하게 명함 한 장을 건넸다. 바깥노인이 받아들고 찬찬히 살폈다. 긴 침묵 뒤에 방 공기를 말리듯 건조하게 한마디를 던진다.

"판사라, 그런데 어째서 이제야 찾아왔는가?"

노파는 미동도 없이 인홍을 건너보고 있었다. 두 남자의 대화 속에서 무슨 기밀이라도 찾아낼 기세다. 대답을 할 쪽에서도 뜸을 들였다.

"실은 이전에 몇 번 마을을 다녀가기는 했습니다. 인사이동이 있을 때마다 제 가족사가 의심스럽다는 소견이 끊임없이 올라왔습니다. 저 자신도 확신할 수 있는 가족사를 모르니…."

"그런데?"

"그렇지만 이모가 극구 말리는 바람에 가족사만이라도 알아

보려고 몇 번 다녀갔었지요. 지난여름에 이모가 세상을 떠났습니다. 그래서 짬을 내서 이번에 작심하고 내려왔습니다."
 "그만한 자리에 있다면 유 초시네 장손을 찾지 못할 바도 아닐 텐데, 어째서 이제야 찾게 됐느냐는 말일세."
 노인의 말에 은근한 책망의 빛이 서려있다. 인홍이 묵묵부답 천정만 쳐다본다. 또 긴 침묵이 흘렀다.
 "사실 나는 자네 집안 내력을 잘 알고 있는 사람일세. 지금은 번듯한 집도 쟁이고 살지만, 그때만 해도……."
 인고의 세월을 곱씹기라도 하는지 눈을 지그시 감은 노인의 입술이 떨렸다.
 "내가 우룡, 그 양반과는 갑장(甲長)일세. 덕분에 이 마을로 들어와서 정착할 수도 있었지"
 두 사람의 대화를 듣고 있던 노파가 인홍보다 더 화들짝 놀라는 기색을 보였다. 의외라는 듯이 바짝 다가와 앉았다.
 "백부님과 가깝게 지내셨다면?"
 인홍의 눈빛이 빛났다.
 "그렇다네. 대갓집 장손인데다가 일본에서 대학까지 나와서인지 툭 터인 데가 있었지."
 "이모 얘기로는 보통 어른이 아니라고 들었습니다만……."
 노인이 노파의 눈치를 흘깃 살피고는 말을 이었다. 말에 힘뿐만 아니라 절도가 있어 보인다.
 "나는 이 마을의 소임(所任)이었다네."
 그리고 또 말 뜸을 들였다. 노인의 얼굴에 만감이 교차하는 듯했다.
 "소임(所任)이라면 '색장(色掌)'이라고 하는?"
 "그렇지"
 "이 마을 저 마을의 험한 일을 도맡았던 말단 향리 말씀이신지요?"

"향리라……. 그렇기는 하네만, 그때는 시절이 바뀌어서 마을의 궂은일을 도맡았지. 그 대가로 각호에서 하곡(夏穀)과 추곡(秋穀) 한 되를 철마다 사경으로 받았지. 그래서 '이장모'라는 본명보다 '이 소임'이라 불렸다네."

 노인의 말씨에 사투리가 아닌 표준말이 섞여있다. 인홍이 노인의 눈빛이 예사롭지 않다는 것을 알았다. 순간 온몸이 팽팽하게 긴장했다.

"유 초시네 집안에 빌붙어서야 이 마을에서 쉬이 살아갈 수 있는 언덕이 생긴다는 것을 알았지. 또 우룡과 통하는 바가 있어서 물심양면으로 덕 많이 봤다네."

 인홍은 점점 노인의 말속으로 빠져들고 있었다. 이모가 간혹 들려준 이야기 속에서도 전혀 등장하지 않던 인물이지만 어쩐지 자신 집안 내력을 훤히 꿰뚫고 있는 듯했다.

"우룡은 읍내에서도 친분이 있는 인사가 많았다네. 신문물을 먹어서인지 마을 사람들과는 달리 혈혈단신인 나를 대하는 태도에도 스스럼이 없었지. 다만 해방이 되고 나서부터는 마을에서 바깥출입을 삼가고 농사일에만 열중했다네."

 인홍은 이제 부모에 대한 내력보다 우룡의 인물됨이 더 궁금했다.

"물론 농협 조합장으로 출마도 해 보았고, 인근 중학교에서 교편을 잠깐 잡기도 했지만 무슨 연유에서인지 마을을 떠나는 일이 드물었다네."

 인홍이 무엇인가 집히는 게 있는지 조심스럽게 말문을 열었다.

"혹시 좌익? 그래서 인사이동 때마다 윗선에서 수군거린 것 아닌지요?"

 순간 노인의 얼굴에 노기가 번지는 듯했다. 속삭이듯이, 그러나 단호하게 일갈했다.

"당치 않은 소리!"
 노인이 옆 상위에 놓인 누런 주전자를 들어 벌컥벌컥 물을 들이켰다. 두 사내의 대화에 흥이 떨어진 틈에 노파가 소반에 담아 들여왔다. 긴 침묵이 방 공기를 더 무겁게 가라앉히고 있었다. 금세라도 벼락이 이들을 갈라놓을 기세다. 그러나 인홍이 착 가라앉은 어투로 말을 이었다.
"별 의미는 없습니다. 당시에 유학생 중에는 그런 기류에 함몰된 지식인이 허다했다고 들었습니다."
"모두를 부인하지 않겠네만, 단연코 좌익은 아니었네. 다만 조국 광복에 도움이 될까하여 기웃거린 것은 인정하네."
 노인은 금세 평정심을 되찾았는지 말투가 안정되어 있었다. 인홍은 두 사람의 관계는 도대체 어디까지인지 궁금했다. 그것이 풀려야 부모의 내력도 파악될 수 있을 것 같았다.
"그렇다면 그 어르신과는 어떤 사이이신지요?"
 순간 노인의 얼굴에서 핏기가 사라지고 있었다. 한참을 침묵한 끝에 무겁게 말을 꺼냈다.
"봉삼 어른은 나를 이 마을로 불러들인 장본인일세."
 인홍은 자리에서 벌떡 일어서려다가 마음을 다잡고 다시 앉았다. 그리고 심호흡을 길게 했다. 그리고 결국 가장 궁금한 점을 입에 올렸다.
"그런데 어째서 이모의 말속에서 단 한 마디도 어르신이 등장하지 않았을까요?"
 물 주전자 옆에 막걸리 팩이 돼지고기 편육과 함께 놓여 있었다. 노인이 팩을 들어 휘휘 내저었다. 부글거리지 않게 막걸리를 잔에 따랐다. 능숙한 솜씨다. 노인을 따라 인홍도 얼굴을 돌려 단숨에 잔을 비웠다.
"나는 개성 출신이라네. 봉삼 어른이 인삼을 구하러 개성에

왔을 때 내가 약간의 도움을 주고 있었다네."
 "인삼이라면 인근에 풍기 인삼도 있는데 왜, 개성까지 가셨을까요?"
 인홍이 의아한 얼굴로 궁금증을 말했다.
 "물론 풍기 인삼도 있지만 서울을 들러서 개성, 그리고 신의주를 지나 만주까지. 꺼릴 게 없는 인물이었다네."
 인홍은 짐작을 하는 듯이 고개를 주억거렸다. 그는 지금 이모한테 듬성듬성 들은 외삼촌에 대한 내력과 퍼즐 맞추기를 하는 중이었다.
 "그런데 그 일이 육이오 사변으로 막혀버렸군요."
 노인이 순간 놀라는 눈빛으로 인홍을 바라보았다. 이어서 들릴 듯 말 듯이 한 마디를 보탰다.
 "듣던 대로 명민(明敏)하네만!"
 그렇다면 이모가 설핏 흘린 독립군 이야기에 신빙성이 있다는 말인가?
 "그 어르신이 왜 만주를 들락거렸을까요? 단순히 인삼 장수는 아닌 듯해서 드리는 말씀입니다만."
 노인이 인홍의 눈빛을 살폈다. 묘한 미소가 입가에 번졌다.
 "자네가 짐작한 대로일세."
 "그렇다면 어르신께서도?"
 "나는 전적으로 나선 건 아닐세. 그 당시는 내가 어렸을 뿐만 아니라 독립이라는 것에 관심이 없었다네. 다만 어른이 중요한 일을 도모하고 있다는 것은 눈치를 채고 있었지. 그렇지만 그뿐일세."
 노인은 그렇게 말했지만 인홍의 생각은 달랐다. 외삼촌이 남의 눈을 속이려고 허허실실 나돌아다녔겠지만, 허투로 사람을 누나의 시집 마을로 끌어들이지는 않았을 것 같았다.
 "나를 왜 이 마을까지 불러들였느냐는 게 궁금하단 눈치로

구만."
 노인도 인홍의 마음을 읽고 있었다. 인홍은 노인의 인물됨이 만만치 않다는 생각이 들었다.
"네, 그렇습니다."
 검사의 논고와 변호사의 변론을 다 들은 뒤 마침내 선고를 내리는 판사의 위엄이 엿보였다. 노인은 일순 긴장했다. 어느새 술상이 다시 차려져서 들어왔다. 바깥이 웅성거렸다.
"김천에서 자네 동료가 소식을 듣고 찾아온 것 같네."
 그 사이에 노파가 소문을 낸 모양이었다. 인홍이 밖으로 나갔다. 지방법원에서 후배가 와 있었다. 밤이 이슥했지만, 그저 돌려보내기가 거북스러워서 젊은 며느리를 시켜 차 한 잔을 내어 대접하는 중이라고 전했다. 마당을 훤히 밝힌 덕분인지 마을 사람들이 여럿 모여서 기웃거리고 있었다. 찾아온 손님도 아쉬워하겠지만 내친김에 노인의 얘기를 마저 듣겠다는 심사로 손님을 돌려보냈다. 곧 이야기가 이어졌다.
"어르신이 개성으로 들어오면 이런저런 잔심부름을 충실히 해냈지. 그래서 내가 믿음을 얻었던 듯했지."
 주위가 조용해지자 아무래도 이제는 할 말을 해야 할 것 같았는지 내쳐 얘기를 마무리할 기미를 보였다.
"그런데 어떤 연유로 이 마을에 정착하셨습니까?"
 노인이 인홍을 찬찬히 살피다가 입을 열었다.
"모든 게 운명의 장난이라고 하면 너무 허허롭겠지. 그런데 그 6·25가 나를 이곳에 아주 주저앉게 만들고 말았다네."
 인홍은 머릿속에 외삼촌과 우룡 형님, 그리고 이장모의 관계를 머릿속에 붉은 매직으로 그리듯 꾹꾹 눌러썼다. 그러자 그들이 그리는 공통점이 어렴풋이 보이는 듯했다. 그렇지만 노인의 입에서 어떤 말이 나와서 관계도가 더 복잡하게 얽힐지는 짐작할 수가 없었다.

"이 마을의 소임으로 청춘을 다 보내고 유 초시네 가솔들이 뿔뿔이 외지로 흩어진 뒷수습을 내가 맡았네. 그래서 마을회관 뒤의 이 집터랑 지금 부치고 있는 전답까지 다 내 손으로 건사하는 것이고."

그래도 인홍이 그리고 있는 관계도는 어딘가 허전해 보였다. 노인이 갑자기 깊은 생각에 잠겼다. 침묵을 틈타서 재빠르게 머릿속 관계도를 지우고 다시 그렸다. 검사와 변호사가 설전을 벌이는 동안 무수히 그려 본 관계도이다. 인홍이 재촉하듯 먼저 입을 열었다.

"세 분이 그렇게 친밀한 관계라 하더라도…."

인홍은 스스로 한 말속에서 집히는 게 있었다. 그래서 말끝을 흐리고 노인을 건너보았다. 노인의 눈빛과 교차하는 순간, 노인의 눈동자가 흔들린다는 것을 보았다.

"자네 짐작이 맞네. 자네 어머니와 이모는 내 누이들일세."

인홍이 석상처럼 굳어졌다. 마루와 방을 들락거리며 두 사람의 대화를 다문다문 듣기만 하던 노파도 문지방 위에 우두커니 멈춰 섰다. 주변의 모든 것이 얼음처럼 굳는 듯했다.

"그렇다면 어머니랑 이모, 그리고 외삼촌 …."

인홍이 겨우 입을 열었다.

"내 부친이 독립군이었네. 그래서 봉삼 어르신이 우리 집에 들락거렸던 것인데. 일정 말기에 부친이 검거되는 바람에 집안이 풍비박산이 났지. 그때 몸을 피한 곳이 이곳일세."

말을 마치자 노인은 또 입을 다물었다. 언제 다가왔는지 노파가 두 사람의 손을 모아 쥐었다. 인홍의 가슴이 뜨거워졌다.

"사실은 자네 조모이신 물목 댁과 형수인 중임 댁도 자네 부모에 대해서 다 알고 있었네. 봉삼 어른은 자네 부친을 위해 거짓 부부행세를 한 것이고."

인홍이 속으로 가슴을 쳤다. 조금만 더 관심을 가지고 이 마을을 살폈더라면 이렇게 긴 세월 동안 자신의 출생에 대해서 마음 아파하지 않았을 것을. 인홍은 내심 봉삼과 우룡이 좌익 활동을 한 것으로 어렴풋이 짐작하고 있었다. 그래서 허투루 캐어 본 것이 사실이다.
"자네 부친인 우야는 우리들의 방패막이였네. 비록 몸은 성치 않았지만, 궂은일을 다 했지. 물목 댁이 지게에 지어 보낸 것 중엔 독립군 자금이 적잖이 들어있었거든. 그렇지만 불구인 자네 부친을 의심할 사람은 아무도 없었다네."
 그 사이에 술상이 다시 들어왔다. 하릴없이 들락거리던 젊은 아낙이 그 남편과 함께 조심스럽게 합석했다.
"내가 이곳에 정착한 뒤 서른이 넘어서 장가들어 얻은 아들일세. 자 인사들 하거라."
 인홍의 눈시울이 뜨거워졌다. 이모가 세상을 떠난 후 오직 혈혈단신인 줄 알고만 살았던 세월을 이제 보상받는다는 느낌이 들었다. 판결 내릴 때마다 가족들이 공판장에 와서 자리를 메우고 자신이 내린 판결문에 환호도 하고 비탄도 함께 하던 모습이 늘 부러웠던 인홍이다. 이제 부러울 게 없지 않은가.
"형님, 제 술 한잔 받으시지요."
 인홍은 외사촌이 건네는 술잔을 받으며 외숙모인 노파를 바라보았다. 노파는 연신 손등으로 눈물을 찍어 냈다.
 인근 마을로 시집갔다가 자손을 건사하지 못해 소박을 맞고 친정에서 지낼 때였다. 강 건너에 사는 삼월과 이런저런 연유로 말동무가 되었다. 그 인연으로 이렇게 장모와 새살림을 차리고 자손을 낳아 잘살고 있지 않은가. 그러고 보면 자신의 입 무거움도 누구에게도 모자라지 않는다고 생각하니 가슴이 벅찼다.

"나는 신문을 통해서 조카가 고시에 합격한 것부터 어느 법원에서 어떤 일을 하고 있는지 훤히 꿰고 있었다네. 물론 자네가 진행하는 공판장에도 몇 번 들렀지."

"그런데…."

"허, 승승장구하는 자네를 먼발치에서 보는 것만으로 가슴 벅찬데 무얼 더 바라겠나. 자네 백부인 우룡도 자네 소식을 다 알고 있다네. 우룡이 사실 좌익은 아니지. 그렇지만 그 당시 지식인치고 잠깐 좌익에 경도되지 않은 사람이 있었을까? 6·25를 겪고 난 후부터 요주의인물이었다네. 그래서 몸이 성치 않은 아우를 보호하려는 마음에서 아예 존재 자체를 지운 것이지."

퍼뜩 인홍의 머릿속 퍼즐이 제자리를 다 찾았다는 것을 알았다. 그리고 외가가 개성에서 피난 나와 남한에 정착한 월남 가족이라는 것도 알았다. 머릿속 관계도를 이리저리 재구성하느라 골똘해 있는 사이에 모였던 가족들이 모두 흩어졌다. 노파가 방을 치우고 이부자리를 펴며 중얼거렸다.

"이장모 씨, 당신은 좋겠소. 대단한 판사 조카를 만났으니."

노파가 문을 닫고 나갈 때까지 옴짝 않고 앉아있던 인홍이 갑자기 전화기를 들었다. 그리고 아내한테 밑도 끝도 없이 수다를 쏟아냈다. 인홍의 평소 모습과는 전혀 다를 뿐만 아니라 들떠있다.

"내다. 알라들 다 잠들었나? 내가 지금 기분이 억수로 좋데이. 잘 자거레이. 낼은 양산에 들릴 거구만. 어따, 내 말 못 알아 듣것나? 그냥 기분이 좋다 이 말이다. 우리 집안이 독립군 집안이다."

오랜만에 꾹 누르고 있던 사투리가 툭툭 튀어나왔다.

"당신은 경상도에 살아 본 적도 없다면서 흥분할 땐 꼭 사투리가 튀어나오더라."

아내가 고개를 갸웃거리며 던지던 말이 떠올랐다. 실없이 웃음이 터져 나왔다. 그리고 벌러덩 이불 위로 자빠져서 천정을 쳐다봤다. 눈물이 흥건히 귓가를 지나 목뒤를 적셨다. 엄마랑 이모 얼굴이 번갈아 떠올랐다. 다리를 절뚝거리며 인홍을 향해 우야가 걸어온다. 만면에 웃음을 가득 머금었다. 평생을 혹시 자신의 집안이 좌익이 아니었을까 조바심하며 살았다. 이제 독립군 가족으로 밝혀졌다. 자신이 초등학교에 입학하던 해에 폐병으로 세상을 떠난 엄마가 활짝 웃으며 팔을 벌리고 어서 오라는 듯이 손을 흔든다. 그 이듬해에 평생 불구의 몸으로 살다가 이승을 하직한 아버지도 지금, 너무 그립다.

"아부지! 오늘 밤에는 억수로 잠이 잘 올 것 같습니데이. 이젠 고마 내 걱정을랑 마시고 훨훨 날아다니시라고요."

3. 삶의 실밥

 펌프를 감싸둔 헝겊 뭉치는 이미 본질을 잃은 지 오래여서 종이인지 나뭇잎인지 분석해 내는 데는 꽤 질 높은 과학적 지식이 필요할 터였다. 사실 본질을 이해하는 것이 진정으로 중요한 게 무엇인지 명확히 하는 데 도움이 된다. 본질을 인식하려면 정보에 입각한 의사 결정이 쉬워진다 이것을 통해 핵심 가치 및 목표와 일치를 기반으로 선택의 우선순위를 정하고 평가할 수 있다. 헝겊을 이어 붙이고 하나의 물건으로 쓸 요량이었다면 지금 보이는 실밥이 무엇보다 귀한 존재였으리라.
 습한 기운으로 오랜 시간 방치한 탓에 종잇장보다 더 맥없이 줄줄 흘러내리는 꼴이 흡사 물먹은 창호지 짝이다. 모아쥐자고 해도 제대로 된 걸레의 꼴을 조금이라도 갖출지는 가늠하기 어렵다. 쇳물에 녹은 녹 냄새가 역겹게 풍겨서 괜한 짓을 하나보다고 후회했다. 그렇기는 하지만 기왕 시작한 것이니 해내겠다는 오기가 불뚝 발동했다.
 가까운 읍내에서 사면 될 것을 매사에 일등품 신봉자인 아내의 눈치를 받으며 이 집을 단장한답시고 서울까지 나갔었다. 그런데 오히려 신도시에 가야 건자재를 제대로 구한다는 말 한마디에 변두리를 몇 바퀴나 돌고서야 겨우 사 왔었다. 그 페인트를 다 쓴 후에 손잡이를 만들어 양동이로 사용했다. 그 양동이에 누가 받아 놓았는지 물이 반쯤 담겨 있다.
 양동이에 또 다른 헝겊 뭉치를 담고 꾹꾹 눌러 짜서 한 주먹을 더 만들자니 언제 고약한 놈이 엄습해올지 몰라 초조했다. 이 집을 떠난 후로 한동안 물과는 인연을 끊고 살았었다. 그런데 지금 이렇게 다시 연을 맺는 걸 보면 '이것으로 끝이다.'하는 것은 세상에 없을 듯싶다고 생각한다. 찌든 헝겊이 내놓은 실밥이 양동이에 허옇게 떴는데 그 위로 대낮의 해가 수술실 조명처럼 나타났다가 사라졌다. 때맞춰 광폭한 현기증이 발광하기 시작했다. 양동이 모서리를 잡고 바닥에 퍼질러 앉아 단거리 선수가 전력 질주한 뒤 숨을 고르듯 헐떡대며 머리카락이 양동이 속으로 반쯤 잠기자 겨우 머리를 쳐들었다. 머리카락에 실밥 몇 올이 달라붙어 있지만 떨어뜨릴 기력조차 없어서 양동이를 손가락이 아프도록 꽉 잡고 시멘트 바닥에 목이 비틀린 닭처럼 늘어져서 놈이 지칠 때까지 숨을 고른다. 놈은 그가 견딜 수 없을 만큼 발광하지만 그렇다고 놈을 퇴치할 만한 방도는 그에게 없어 보인다. 이럴 땐 그저 지난 일들을 끌어들여 조금이라도 고통을 잊는 게 상책이다.

훈은 겨울이면 늘 얼곤 하던 펌프를 얼지 않게 하려고 애쓰던 때를 눈알이 튕겨 나올듯한 아픔과 함께 놈이 무자비하게 숨을 죄어 오는 때에 억지로 떠올려서 본다.
"펌프가 벌써 얼었나 봐요?"
아내가 골방을 향해 소리쳤다. 긴장한 가수가 삑사리를 내듯 목청을 높일 땐 재빨리 움직여야 뒤탈이 없다. 교안을 작성 중이던 영훈이 얼른 아내가 있는 펌프 근처로 내려갔다. 큰길가에서 한 마장은 올라서야 있는 집이라 늦가을에 살얼음이 얼면 이듬해 3월까지 녹지 않았다. 더한 추위가 오기 전에 방법을 찾아야 했다.
"어디서 두꺼운 헝겊이라도 찾아서 가져와 봐요."
신경질적인 그녀의 말에 동네 어귀에 쌓여 있는 헌 옷 나부랭이가 생각났다. 전원주택이 즐비한 마을이라 고급 옷이 많지만 쓸 만한 것은 달 없는 밤에 여지없이 사라지고 그 누구도 입을 수 없을 옷가지만 쌓여 있었다. 그는 옷더미에서 쓸 만한 몇 가지를 챙겨 와서 펌프를 둘둘 말아 감쌌다. 그렇게 응급조치를 한 후로는 이 집에 사는 동안 가을이면 어김없이 해야 하는 연중행사가 됐었다. 덕분에 펌프가 언 적은 없었다. 그렇게 쓰였던 것이 이제 또 다른 용도로 쓰일 참이다.

 사흘 전 새벽에 대학병원 아래를 흐르는 탄천으로 영훈이 내려갔다. 누구를 향한 것인지는 모르지만 그는 흥분해 있었고 가을 새벽의 쌀쌀함이 그를 더욱더 분노에 차게 했다. 그 전날 밤늦게 들린 아내가 묻지도 않은 말에 답했다.
"아이들에겐 바라지도 말아요. 나라면 모를까."
 아내는 담담하게 말했다. 기실 그의 입으로 직접 말하지는 않았었다. 아내와 건강한 자식이 셋이니만큼 그만한 콩팥 하나쯤이야 얻을 수 있으리라고 내심 거는 기대가 컸었다. 그렇기는 했어도 아내의 말속에서 반드시 희망을 찾자는 것은 아니었다. 그런데도 아내의 입으로 그렇게 담담하게 명확한 답이 나올 줄을 영훈은 미처 몰랐다. 자신은 오직 그들을 위해 일했고 그들만을 위해 그가 살아야 할 이유가 있다고 믿었다. 그런데, 어째서 아내라면 모를까, 아이들은 누구도 안 돼야만 하는가. 적어도 온몸을 바쳐 가족을 위해서 살다가 쓰러진 아비요, 아버지인 자신을 이렇게 방치할 수 있단 말인가. 그렇다고 아내에게도 기대할 수 없다. 당장 그녀가 온통 가족을 다 짊어지고 있지 않은가. 영훈은 밤새 고통과 싸우면서도 갖가지 생각으로 잠을 이루지 못했다.
 연일 미디어에서는 금세 썩어서 모든 생명이 존재할 수 없을 것처럼 난리를 치지만, 정작 탄천에는 메긴지 붕언지 확

연치는 않으나 분명히 생명체가 움직이고 있었다. 생명이라 그렇게 쉽사리 없앨 수 있는 성질의 것이 아니지 않는가. 주머니에 손을 찔러넣고 손에 잡히는 지폐를 꺼내 세어본다. 스무 장은 족히 되는 듯싶다. 노인 두셋이 무리를 지어 영훈의 앞을 지나쳤다. 나이로는 대략 스물쯤은 그보다 더한 저들도 저렇게 펄펄 날듯이 뛰는데 이제 겨우 오십 줄 앞인 자신은 성한 곳 하나 없이 골골대는 꼴이 비감스럽다.

병원으로 돌아가는 다리 위에 택시를 세우고 가볍게 맨손체조를 하는 기사를 한량없이 부럽게 쳐다보다가 그 앞으로 천천히 걸어가서 지나는 말처럼 물었다.

"기사 아저씨, 분당에서 퇴촌까지 얼마에 가실 수 있지요?"
"지금 당장이요?"
"예, 지금이요."

택시는 먼동이 틀 무렵에 43번 국도를 달려 한창 공사 중인 아파트와 D대학의 골조들이 너무 웅장해서 남은 산자락이 초라하기 그지없는 가장 높은 고개를 오르니 동쪽 하늘이 온통 붉은빛인데, 그 아래로 안개에 덮여 희뿌옇게 보이는 산봉우리들이 장관을 이뤘다. 곧 날이 밝을 징조다. 이렇게 황홀한 광경이 지금 눈에 들어오는 게 신기하다는 듯이 연신 눈을 깜박거렸다.

드디어 이태를 넘게 비워 둔 보금자리인 골방으로 영훈이 돌아왔다. 이른 아침이라 마을은 정적에 싸여 있지만 산의 중턱이라 집 아래로는 안개가 자욱해서 보이는 게 없다. 그저 구름 위에 떠 있는 기분이다. 그렇지만 뒷산 봉우리 너머에는 이제 곧 모습을 드러낼 태양이 미리 하늘을 밝히고 있었다. 영훈은 비로소 어머니의 품처럼 포근한 안식을 느낀다. 이곳에 사는 동안 골방에는 자신만의 세계가 있었다. 저녁나절이면 쪽문으로 흘러드는 석양을 조명으로 책을 읽었고 온갖 공상에 잠겼었다. 온몸을 오그려 들게 하는 고통이 있을 때마다 금세라도 고통에서 벗어날 듯이 골방이 그리웠다. 질긴 놈과의 싸움에서 패잔병이 된 그가 마침내 응원을 청하려 골방에 든 것이다.

 구두를 신은 채 걸어 들어온 자국이 먼지가 쌓인 방바닥에 그대로 남았다. 그 자국이 싫어서 닦으려고 걸레를 찾았던 거였다. 방바닥에 남은 발자국이 '도둑'이라는 단어로 영훈의 기억에 남아 있어서 닦아내지 않고는 배겨 낼 수가 없을 듯했다. 신혼 초에 잠시 방을 비우고 외출한 후 단칸 셋방으로 돌아왔을 때 외제 자물통만 믿었던 그가 얼마나 무지했던가를 깨닫는 계기가 되었다. 도둑은 바닥에 발자국을 남기고 알량한 결혼 패물을 몽땅 들고 간 후였다.

 30대 초반에 어머니의 갑자기 당한 죽음을 접한 뒤로 아버지, 숙부, 그리고 친구 몇도 보내고 나니 죽는 것은 두렵지 않았다. 그의 어머니는 당뇨와 고혈압에 몇 년을 시달리시기는 했지만 그렇게 빨리 아무런 말도 남기지 않고 가리라고는 6남매 중 아무도 예측하지 못했다. 마치 삶의 전부를 건 여자가 떠난다고 말할 때의 황당한 기억과 닮아서 그의 기억에 깊이 남아있다. 100일 지난 손녀를 업은 채 마루에 엎드려 숨진 어머니를 3일장으로 선산(先山)에 모셨다. 자신의 어머니가 그렇게 가셨을 때 알았어야 했다. 10년 후에 아버지가 같은 병으로 시달리다가 동네 목욕탕 탕 속에서 아무도 지켜보진 않은 채 절명하셨을 때까지도 그는 깨닫지 못했다. 두 분의 뒤를 이어 같은 길을 자신이 걸을 것이라고는 꿈에도 생각지 못했었다.

"가족 중에 당뇨나 고혈압으로 돌아가신 분이 계셨지요?"
 의사가 그에게 물었다. 그러나 그땐 이미 늦어 있었다.
 놈도 그리 모질진 않아서 두어 시간쯤 난리를 치다가 뜸할 때가 있다. 부스스 일어나 주위를 훑어본다. 양동이에 담겼던 물이 쏟아져서 그의 몸을 흥건히 적시고 있었고 그 위를 개미 떼들이 부지런히 돌아다녔다. 녀석들을 보자 시장기를 느꼈다. 선우 선생이 싸서 들고 온 김밥이 생각났다.
"드시고 싶을 때 조금씩만 드세요,"
 영훈은 들고 온 가방을 열어 김밥을 찾아서 입에 넣어 씹으며 그녀의 정이 입안에서 오물거림을 느꼈다. 실밥이 검정 스웨터에 묻어서 묘한 무늬를 만들어 놓은 것이 눈에 띄었다. 다시 물을 받아 놓고 헝겊을 뜯어내어 남은 조각을 모아 걸레로 쓸 만큼 되게 만들어서 들고 골방을 들락거렸다. 젖은 옷을 그대로 입고 닥치는 대로 치우기 시작했다. 이태를 비워둔 방은 흡사 온갖 벌레들의 공동묘지처럼 보였다. 거미가 줄을 치고 걸려든 놈은 가차 없이 껍질만 남긴 채 먹어치운 뒤에 놈도 끝내는 스스로 친 줄에 걸려 다른 녀석에게 뜯겨 허물만 남기고 있었다. 가쁜 숨을 몰아쉬고 허리를 펴서 또다시 휘하고 걸레를 내저을 때마다 때를 만난 먼지가 나비가 되어 날아 다녔다. 마침내 누렁 빛깔의 바닥이 드러나기 시작했다. 아내와 자신이 방 다섯 칸에 장판을 깐 뒤 남은 조각으로 이 골방에도 깔았었다. 한 시간쯤 방을 오르내려 두어 평 넓이의 방을 마침내 말끔히 치웠다. 창문틀에 매달린 주검들까지 치우고 나니 숨은 가빠와도 머릿속은 오히려 개운하다. 비로소 젖은 옷을 갈아입고 지친 몸을 방바닥에 벌러덩 뉘니 포근한 졸음이 몰려온다 싶더니 놈이 이번엔 가슴을 공략하기 시작한다. 식은 보리밥 덩이를 급히 먹고 체한 것처럼 구역질을 동반했다. 물이 간까지 차오른 게 분명한데 이제 곧 허파까지 차면 의식을 잃게 될 것이다.
 이럴 땐 선우 선생이 옆에 있었으면 좋겠다는 생각이 불현듯 든다. 영훈의 아내는 그가 일할 수 없게 된 후로는 늘 바빴다. 그녀 혼자서 이 모든 짐을 다 짊어져야 하니 바쁠 수밖에 없다. 낮에는 환경 지킴이를 함께 했던 동지들이 돌아가며 그의 곁을 지켰다. 그들은 영훈의 아내가 간호할 수 없게 된 때부터 자주 시간을 내어 그를 지켜줬다. 그렇지만 시간이 지나면서 그가 가장 맘에 들어 하는 선우 선생만이 자리를 지켰다.

"선생님, 신장 이식만 하면 정상적인 활동이 20년까지도 가능하다고 들었었지요?"

"그렇다고 듣긴 했습니다만…."

"선생님 자신도 자신이지만 우리 회원들도 선생님이 더 활동해 주시기를 바란답니다."

평소에 말보다는 잔잔한 미소로 자신의 뜻을 잘 전달할 줄 아는 여자로 남편을 폐암으로 일찍 잃어선지 처음엔 말수가 적어서 영훈으로서는 접근하기가 몹시 어려웠다. 회원들은 평소에 존경 반 애정 반으로 그녀를 좋아했다. 그녀가 한 말이라면 회원들이 그가 활동을 더 해 주길 바란다는 것은 맞는 말이라고 영훈은 생각했다.

"말씀이 진심인 줄은 압니다."

영훈은 선우 선생의 손을 꼭 잡았다. 그로서는 아내의 빈자리만 동지들에게 내어줬지만, 혼자인 그녀는 영훈과 달랐다. 그녀는 어쩌면 그에게서 훨씬 더 크게 의지했을지도 모른다. 이제 영훈은 그녀에게 아무런 의지가 될 수 없는 인물로 전락하고 만 것이다. 영훈이 그런 생각은 하면서도 그녀는 제발 그렇게 생각해 주지 말았으면 하는 약은 마음이 한쪽에 도사리고 있었다. 그 심사가 미워서 스스로 책망도 하지만 속수무책으로 선우 선생에게 의지하고 싶은 마음이 불쑥불쑥 고개를 쳐든다. 이럴 땐 염치를 논할 자격이 없다. 사람이 염치를 모를 지경까지 왔다면 살 가치가 없다는 생각이 들었다.
 고등학교 교사였던 영훈이 맡은 고3생들이 대입 수능을 열흘 앞둔 11월이었다. 야간 자율학습이 끝날 때쯤 갑자기 현기증이 도졌다. 요 며칠간 가끔 좀 심하다 싶었던 증상이 끝내 일을 낸 것이다. 카풀이라는 구실로 늘 신세만 지던 동료의 차로 응급실로 실려 간 후 산소 호흡기가 씌워지면서 영훈은 의식을 잃었다. 온갖 악몽을 꾸다가 깨어났을 때 심장의 양방에 철관 두 개씩과 풍선 세 개를 이용해서 좁혀진 혈관을 확장하는 시술이 끝난 때였다.
 "믿을 만한 최신 제품은 의료보험에서 제외된답니다."
 "또 천만 원은 더 쓰게 생겼네."
 아내의 혼잣말이 아니었더라도 그도 비용 걱정이 되었다. 수능을 끝내고 정밀 검사를 받겠다고 잡은 계획이 한순간에 계획했던 것보다 빨리 이루어진 셈이다. 시술한 후로는 일어설 때나 앉을 때 심장이 터질 듯이 아픈 고통은 좀 덜했다. 이번에는 일주일에 3번은 신장을 투석해야 했다. 정년퇴직할 때까지 어떻게 하든지 버텨 볼 작정을 했지만, 심장에만 온 정신을 쏟던 그에게 의사는 아무렇지도 않게 지시했다.
 "심장을 살리려니 과다하게 약물이 필요했고요. 허술하게 하는 사이에 신장에 무리를 줬나 봅니다."
 "아니 하루 이틀도 아니고 몇 년간을 돌보신 분이…."
 아내가 탄식조로 하는 말이지만 의사는 대꾸하지 않고 할 말만 했다.
 "만성 신부전증입니다."
 그의 아내는 말을 잇지 못하고 울음부터 삼켰다.
 영훈 부부는 평생 집 한 채 지니고 사는 게 소원이었다. 어떻게든지 전세로 덩그런 집에서 살 수도 있었다. 그런데 은행에 맡겨놓은 돈에서 시나브로 이자가 쌓이는 게 신기해서 부부는 남의 집을 전전하면서도 이곳에 땅을 샀다. 그리고 마침내 자신들의 집을 짓게 된 것이다. 자그마치 스무 해가 걸려서 마련한 집이라 소원을 이뤘는데 10년도 살지 못하고 팔 수밖에 없다니 부부는 기가 막혔다. 그렇지만 어쩔 수가 없었다. 투석 받기 편하게 대학병원 근처로 거처를 옮겼다.

 언제까지라도 아무런 변화 없이 순탄한 삶을 유지할 수 있을 것이란 어리숭한 생각은 여지없이 무너졌다. 그리고 가장이 무너진 집안 꼴은 하루아침에 풍비박산이 났다. 유학 중인 맏이는 귀국을 서둘렀고 대학을 다니던 둘째 아들은 휴학하고 군에 입대함으로써 그들 부부에게 힘을 덜어줬다. 늦둥이 딸은 웃음기를 잃었다.

 그뿐만이 아니었다. 5년을 가족처럼 지낸 진도견 한 쌍을 일면식도 없는 목장으로 보내는 것이 가장 힘이 들었다. 어떻게 하든지 보신탕이 되지 말아야 한다는 원칙을 세워 두고 그의 아내가 인터넷을 통해서 찾아낸 집이었다. 녀석들이 떠나던 날, 그녀는 두 녀석의 습성이며 식성을 종이에 정성껏 썼다. 집을 떠나면서 녀석들은 눈을 들어 집 주위를 살피고는 포기한 듯 조용히 무릎을 꿇고 앉았다. 힘부치는 영훈이 암컷을 안고 그의 아내는 수컷을 안았다. 녀석들의 사료를 함께 먹던 까치들이 전선 위에서 부부가 하는 양을 지켜봤다. 반 시간을 넘게 달려 목장에 닿자 새 주인은 녀석들에게 금세 짠 소젖을 내밀었다. 두 놈은 그것을 맛있게 먹느라고 내외가 수박 몇 쪽을 먹는 둥 마는 둥 하고 목장을 나올 때까지 주인을 바라볼 여유가 없었다. 영훈이 먼저, 그리고 뒤따라 아내가 눈물을 찍었다. 부부는 '언제라도 와서 다시 데려가마.'라고 허튼 약속을 했다.

 이때부터 화, 목, 토요일에는 어김없이 투석을 받아서 연명했다.

"보험으로 80%는 감당됩니다. 그리고 2급 장애인으로 등록하시면, 여러 가지 혜택이 주어집니다."

고마운 일이기는 하지만 모두가 공허하게 들렸다. '이런 상태로 연명한다는 것이 무슨 소용이란 말인가! 차라리 사라지는 쪽이 훨씬 낫다'라는 생각이 영훈의 의식을 지배하기 시작했다.

대입 논술을 지도하는 시간에는 '안락사' 문제가 단골 메뉴다. 그런 까닭에 웬만한 아이들이면 미국 오클랜드 순회법원의 제시카 쿠퍼 판사의 판결문을 줄줄 외웠다. '죽음의 의사'라는 별명을 가진 2002년 당시에 고희를 맞은 병리학자 잭 캐보키언에게 2급 살인죄를 적용해서 15년의 징역을 선고한 사건이다.

"자, 그럼 오늘이 17일이니…. 어이, 17번! 앞으로 나와서 잭 캐보키언의 입장에서 자기 변론해 보시지."

이렇게 시작되는 논술 시간은 늘 TV 인기 프로인 100분 토론을 방불케 했다. 그런데, 지금 그 잭 캐보키언의 입장에서 영훈 자신의 운명을 생각하고 있다. 잭 캐보키언은 1990년부터 10년 동안 130명의 말기 환자들이 자살하는 것을 도왔다. 그리고 그동안에 네 차례나 기소 됐었지만 유죄 판결을 받은 것은 지금에 와서라면 그것이 무엇을 의미하는지 영훈은 곰곰이 생각하는 때가 많았다. 과연 그의 도움으로 자살한 환자들이 그 법정에 있었다면 자신을 도와준 의사에게 어떤 말을 했을까. 엽기소설 속의 인물보다 더 대담했던 그의 행위가 존경스러운 것은 지금 그의 심정과 어쩌면 같지 않았을까 하는 생각에서였다.

오늘이 금요일이다. 단 두 번 투석을 걸렀는데도 눈앞이 침침하다. 이런 몸으로 골방을 다 치웠으니 피로가 극에 달할 수밖에 없다. 온몸을 구부려서 엄습해 오는 공포에 그저 몸을 맡기는 것 외엔 달리 도리가 없다. 언제부턴가 고통이 밀려올 때마다 옛일을 떠올려 고통을 잠시나마 밀어내려고 갖은 노력을 했었다. 그런데 소년 시절의 기억들이 죽음과 직결된 것을 보면 자신도 그들 곁으로 갈 날이 예고된 징조인가 해서 씁쓸하다. '이제부터 지난날의 잘못을 참회해야 할까 보다.'라고 생각했다. 그가 성장하는 동안 수족과 같이 움직여 준 머슴 부길이 떠올랐다.

 영훈의 고향은 직지사 쯤에서 강의 모습을 이룬 감천(甘泉)이 낙동강으로 흘러드는 북서쪽에 서원(書院)이 있는 동리다. 계추(季秋)에 짬을 내어 낙동강 백사장에 상머슴 부길이 동리 머슴들을 독려해서 구덩이를 팠다. 그리고 여름내 살찌게 먹인 똥개를 구덩이로 꾀여 들였다. 장날에 사다가 꼬아 놓았던 갈비에 참기름까지 바르면 개는 환장을 한다. 갈비가 구덩이로 던져지자 상머슴을 따라온 똥개는 바로 갈비로 뛰어들었다. 똥개가 갈비를 물고 구덩이를 뛰어오르기 직전에 장정 서넛이 짊어지고 있던 바소쿠리에서 진흙을 똥개 위로 쏟아 부었다. 흙더미에 묻혀 발광하는 놈 위로 물동이를 이고 있던 아낙들이 줄지어 물을 부었다. 똥개가 날뛰면 날뛸수록 진흙 반죽은 더 잘 되는 법이다. 그 위에 마른 솔가지가 쟁여지고 곧 불을 붙였다. 불붙은 마른 솔가지 위에 청솔가지를 덮었다. 그렇게 하룻밤을 이어 불씨를 살렸다. 머슴들은 밤을 새워 불 주위에서 투전도 하고 씨름도 하면서 일 년 걸려 놀 것을 이 밤에 다 놀듯이 했다.

 이튿날 아침에 아낙들의 행렬이 강가로 이어졌다. 아낙들의 손엔 둥우리가 하나씩 들려져 있게 마련이었다. 장정 몇이 불을 끄고 진흙 덩이를 끌어내어 망치로 두드려 흙을 떨어낸다. 똥개의 가죽은 구워진 진흙에 달라붙은 채로 떨어져 나가고 흰 살점이 드러났다. 여기저기에 멍석을 깔고 그 위에 차일 치고 아낙들이 살점만 발라 둥우리에 담는 동안 머슴들은 한데 얼려 농악놀이를 했다. 그때 열 살쯤 난 사내아이 하나가 똥개의 이름을 부르며 강변을 구르듯이 내달려온다. 아이의 손엔 지게막대기가 들려있었다. 상머슴이 벌떡 일어서서 아이가 달려오는 반대 방향으로 뛰었다. 머슴을 쫓다 지친 아이가 똥개의 이름을 부르며 강바닥에 퍼질러 앉아 울었다.

"부길아, 이노마, 네는 똥개보담 더 못한 놈이데이! 네 명대로 죽을까 보냐!"

부길은 몇 년 후 장마로 낙동강이 불었던 날 강 건너편에서 차를 타고 대구로 통학하는 아이를 태워 건네주고 돌아가다가 쪽배와 함께 행방불명됐다. 그 소식을 두 주 후에야 들은 아이가 이번에는 낙동강에다 대고 울부짖었다.

"부길아, 내가 네 원수를 꼭 갚을 끼데이! 이노메 강을 다 메워서라도 네 원수는 꼭 갚고 말끼데이!"

아이의 울음과 똥개의 몸부림이 영훈의 전신을 몸서리치게 억죄어 온다. 골방의 베개는 한 시간도 버티지 못하고 창자를 드러냈다. 허겁지겁 아내를 떠올려 통증을 잊으려고 애를 쓴다.

영훈의 아내가 허드렛일을 나가면서 벌어들인 돈은 그의 치료비에도 미치지 못했다.

"집을 판 것도 오래 가지 못하겠네……."

아내가 하는 말이 통증 다음으로 영훈을 괴롭혔다. 올봄부터 그의 아내가 좀 더 벌 수 있는 일자리로 옮기면서 경제적인 사정은 조금 나아졌다. 대신에 그녀의 낯을 볼 수 있는 시간이 그만큼 줄어들었다. 그 틈새를 견디지 못하고 환경 지킴이 동지들을 불러들여 빈자리를 채우기에 골몰했다.

안락사는 영훈의 머릿속을 꽉 채웠다. 통증이 온몸을 초토화시킬 듯이 영훈을 엄습해 올 때마다 빨리 이 고통에서 벗어나기를 바랐다. 한나절을 놈과 싸운 흔적이 방바닥 여기저기에 바닥을 후빈 자국으로 선명하게 남았다. 자 벌레 한 마리가 가다가 서다가를 반복하며 그 위를 힘겹게 횡단하고 있다. 이대로 오늘 밤만 넘기면 곧 의식을 놓을 것이다. 쪽문을 약간 열어 바깥 공기를 마셨다. 전신을 고문당하기보다는 차라리 고통받는 육신을 현실에서 소거시키고 싶었다. 투석할 때만 쓰는 왼쪽 팔목이 얼음장보다 더 차갑다.
"팔목으로 투석을 하기 전에는 목으로 합니다."
 의사의 간단한 말 한마디에 실린 의미가 얼마만큼의 것인지 그는 미처 몰랐었다. 전신마취를 했다지만 의사의 움직임이 그대로 그에게 전해왔다. 그리고 까무룩 의식을 잃었다가 찾기를 몇 번 한 후에야 시술이 끝났다.
"손목을 통해서 투석할 수 있을 때까지는 극도로 조심해야 합니다. 인조혈관이 심장을 지나고 있기에 자칫 잘못하면 감염의 우려가 있습니다."
 감염되면 치명적이란 것은 그 뒤에 알았다.
"다이아비네스 유의 약은 신장을 통해 배설됩니다. 체내에 축적되어서 저혈당을 초래하니까 삼가시고……."
 의사의 말이 끝나기가 무섭게 마구 떠오르는 약의 이름들이 대학입시 직전에 자면서도 외웠던 영어 단어처럼 머릿속에서 술술 떠올랐다. 메트포르민 젖산증 유발, 생명 위협. 다이그린 설폰 요소제, 비교적 안전한 혈당강하제로서 간에서 대사. 속효성인 노보넘 파스틱, 담즙으로 배설됨. 안전함. 인슐린 감각제인 아반다아나 액토스, 알파-글루코시디제 억제제인 글루코바이나 베이슨…….

정맥루 시술을 한 후, 병실 생활에 익숙해질 때쯤에 병원 내에서 여기저기를 돌아다녔다. 정신병동에서 점심 식사 전에 대장의 구령에 맞춰 행진하는 모습이 재미가 있었다. 그들은 규칙을 세워 놓고 한 치의 오차도 없이 정해진 시간에 행진했다. 차라리 제정신이 아닌 그들이 영훈에게 행복하게 보였다. 그들의 얼굴에는 고통이란 단어를 찾을 수가 없었다.

"저렇게 해봐야 다 소용없는 것을 저들이 알기나 하는지 궁금하네."

아내가 혼잣말로 했지만, 영훈은 그들 속에서 이미 함께 행진하고 있었다. 투석하는 간호사들은 잘 숙련되어 있었다. 동정맥루 시술 후 한 곳에 청진기를 대고 혈류의 상태를 관찰한다.

"혈류의 상태는 양호합니다."

그리고 영훈의 표정을 한 번 살피고는

"그러면 지금부터 주사기를 꽂습니다. 많이 아프시면 말씀하세요."

주사기는 정확하게 동맥과 정맥에 꽂히고 투석기에 연결된 호스와 합체시키는 데는 불과 5분쯤 걸렸다. 타이머를 맞추고 간호사는 자신의 자리인 컴퓨터 앞으로 가서 여러 데이터를 정리해서 입력시킨다. 인공신장기(Phoenix)를 통해서 맑게 걸러진 피가 기계 밖으로 난관을 통과할 땐 맥박과 함께 뛴다. 이렇게 같은 일을 한 번에 4시간씩 반복하면서 죽는 날까지 살아야 한다니 절대로 그렇게 살 자신이 없다. 여생을 고통 속에서 신음하면서 아무런 희망도 없이 '포에닉스(Phoenix)'라는 신장 투석기에 의존해서 살고 싶지는 않다. 열정을 다해 불꽃처럼 타오른 뒤 무언가를 남기고 요절해 버린 멋진 인생을 살고 간 사람도 많은데…. 그들의 죽음을 아쉬워하면서도 동경하는 것은 바로 그들의 짧은 삶이 의미와 가치로 충만해 있다고 보기 때문인데….

 30분을 금세 죽일 듯이 덤비던 놈이 잠시 쉬는 동안 여유가 찾아왔다. 그가 창을 통해 밖을 내다본다. 어스름이 산배미에 내리고 아랫녘에 시원히 뚫린 신작로를 달리는 자동차 행렬이 눈에 띄게 늘어났다. 팔당 끝자락을 부여잡아 찰랑이는 은빛 물결에 저녁놀이 어울려 장관을 드러냈다. 공사 중인 다릿발들이 듬성듬성 박혀 있다. 어린 딸과 여름방학 땐 한나절씩 지내던 곳이다. 그림도 그리고 식물 채집도 하는 동안 동네 꼬마들도 나와서 영훈이 그리는 그림과 딸이 그리는 그림을 비교해 가며 신기한 듯이 쳐다봤다. 날이 갈수록 하나씩 둘씩 저수지 주변에 모여 함께 몇 년을 그렇게 보냈다. 그곳에 온갖 중장비가 들어와 땅을 파고 둑을 쌓았다. 그들은 가까운 산기슭에 모여 보금자리가 잘리고 파헤쳐지는 광경을 황망하게 쳐다만 보아야 했다. 그걸 막아 보겠다고 뜻을 같이하는 사람들이 뭉쳤지만, 남자라곤 건강이 시원찮은 영훈 하나뿐으로 싸움의 끝은 뻔했다.
"무슨 모임에 달랑 당신 혼자만 남자랍니까?"
"요즘 세상에 봉사활동을 한답시고 모일 수 있는 남자가 대낮에 어디 몇이나 되겠소. 나 같은 룸펜 말고는…."
"그렇기는 하겠네. 하지만…."
 그의 아내가 말끝을 흐렸지만 궁금한 몇 가지는 더 있었던 게 분명했다.
"이제부터 나는 40%만 사랑해요. 그리고 당신이 좋아하는 일에 30%…."
 다음 말은 또 다른 사랑을 찾는데 30%라고 그의 아내가 말했었다. 영훈이 자신에게만 얽매이지 말았으면 해서 한 말이었다.
"당신, 그 멤버들 중에 누가 젤 좋아요?"
"저돌적인 강 선생은 선발대로 내세우기에 좋고, 논리적인 곽 선생은 말싸움시키기에 안성맞춤이라 좋고 …."
 그가 짐짓 딴청을 부리며 말하곤 했지만, 그 자신이 선우 선생을 사랑하는 맘이 없었더라면 그저 환경만 보호한다는 열정만으로 줄곧 그들과 어울리지는 않았을 터였다.
 신작로를 달리던 자동차 한 대가 속도를 늦춰서 우회전하여 마을로 들어오는 것이 창을 통해 보였다. 이곳을 찾을 사람은 그녀의 아내와 선우 선생. 둘뿐인데 그의 아내는 지금 근무 중이다.
 바로 눈앞에는 영훈이 이곳으로 이사 오던 해에 심었던 미루나무가 아직도 뿌리를 덜 내려서 세 개의 지주목에 기대어 힘겹게 버티고 서 있다. 녀석은 위로만 똑바로 자란다고 들었다. 그런 만큼 뿌리도 똑바로 땅속으로 뻗는다. 그러나 안타깝게도 바위나 여타 장애물을 만나면 돌아서 뻗지 못하고 시들어 버린다. 그 척박한 땅에서도 예쁜 가을꽃이 피었다. 다른 나무와 달리 미루나무는 주위의 풀들을 죽이질 않는 군자다움이 있어서 이름도 모를 야생화가 필 수가 있었던 게다.
어제 낮에 잠깐 다니러 온 아내가 의사와 하는 말을 영훈이 들었다.
"얼마나 더 버틸 수 있을까요?"
 그의 아내가 의사를 향해 던지는 질문이다.
"글쎄요. 지금으로 보아서는 마음의 준비는 하셔야겠습니다만……."
"선생님께서 솔직히 말씀해 주셔야 저희도 준비하지요."
 '마음의 준비라니, 그럼 이제 내가 죽는다는 말인가.' 잠에서 골아서 떨어졌던 영훈이 지금 막 깨었지만 두 사람의 대화가 오가는 동안에 그는 기척을 하지 않고 듣고만 있었다. 그의 아내가 한 말을 듣는 순간, 문뜩 살고 싶다는 생각이 샘솟았다. '희망이 전혀 없는 것도 아니잖은가?' 유학 중인 아들이 곧 돌아올 것이고 군에 입대해 있는 둘째 녀석이 오면 두 녀석이 서로 아버지를 위해서 신장을 주려고 다툴 것이다. 그런데 그의 아내는 그런 말은 그에게 한 번도 하지 않고 그가 얼마나 버틸 것인지를 의사에게 묻다니 아내가 과연 영훈 자신을 살릴 생각이 있기나 하는지 의심이 됐다.

그의 아내는 영훈이 교사로 처음 부임한 여학교에서 만난 학생이었다. 그녀는 그가 원하는 것이면 미리 챙겨주는 재치가 있었다. 그리고 더 마음이 간 것은 그녀의 집안이 부유했다는 것이다. 궁벽한 곳에 나서 늘 어렵기만 했던 그에게 경제적인 부담이 없는 그녀가 편했다. 결국 그녀는 대학에 입학하자 곧 결혼을 준비해야 했다. 지나칠 정도로 영훈의 결벽증이 자유분방한 그녀의 대학 생활을 용납하지 않았기 때문이었다. 그런저런 이유로 그의 장모는 그를 평생 도둑이라고 생각했다.

"자넨 도둑이야. 그렇게 어린 것을 데리고 살 생각만 하고……."

그 도둑이란 말이 자꾸만 머릿속을 어지럽힌다. 장모는 스무 해가 넘도록 영훈의 식구로 함께 살았다. 그런 그녀도 마지막 몇 년을 온갖 실망을 안겨주고 갔다. 장모의 투병은 아주 길 듯이 여겨졌었지만, 자식들을 적당히 고생시키시고 갔다.

그녀가 가기 한 해 전인 어느 날 새벽에 2층으로 유일하게 통하는 계단이 삐걱거리는 소리에 설핏 든 잠에서 깼다. 그는 곁에 습관처럼 둔 핸드폰은 새벽 2시를 조금 넘었음을 알게 했다. 이 시간에 계단을 이용할 사람은 없다. 애완견이 있긴 하지만 영훈의 기척에 깨어 졸린 눈을 겨우 들어 그를 쳐다보고 앉았을 뿐이다. 2층엔 칠순을 넘긴 그녀와 이제 초등학교 5학년인 영훈의 막내딸이 있지만 두 사람 중 누구도 이 새벽에 1층으로 내려올 가능성은 없다. 2층에도 부엌이 있고, 화장실도 있어서 손(客)이나 들면 모르되 대부분의 일상은 2층에서 이루어진다. 막내딸은 늦도록 컴퓨터게임을 하다가 자는 것을 확인하고 내려왔으니 녀석은 지금 깊은 잠에 빠질 시간이다. 1층은 부부만의 공간이다. 짧은 시간인데도 별의별 생각이 다 떠올랐다. 그러다가 다시 잠이 잠깐 들었다. 얼마나 잤을까 이번엔 입대로 비어 있는 아들 방에서 사박사박 발자국이 들렸다. 귀를 쫑긋하고 2층에서 나는 소리에 온 신경을 집중시켰다. 사람의 기척에 그는 벌떡 일어서서 현관에 세워 둔 야구 방망이를 들고 이층으로 통하는 계단을 조심스레 올랐다. 낡아서 2.5 Kg 몸무게인 애완견이 다녀도 삐걱거리는 계단이다. 낮엔 노인이 짜증을 부렸었다. 마지막 계단에서 영훈은 멈춰 섰다. 노인이 보따리 하나를 들고 중얼거리며 넓은 응접실을 서성대고 있었다.

"상도동을 어디로 가나요?"

장모가 누구와 함께 있을까 하고 전등을 켰으나 노인 외엔 아무도 없었다. 입대하기 전에 아들이 즐겨 연주하다 세워둔 기타가 노인의 발에 걸려 넘어지면서 묘한 굉음을 냈다. 노인이 그 소리에 깜짝 놀라 자리에 털썩 주저앉았다.

"나 상도동을 가야 하는데…."

'상도동이라니?'하는 생각에

"허허, 상도동은 뭣 하시려고 가실 건데요?"

별 의미 없이 한 말에 그녀가 다급하게 말했다.

"빨리 가야 해, 빨리…."

자신이 30년 전쯤에 사셨다는 신림동엘 가려면 상도동에서 차를 갈아탔었다고 말한 기억이 났다. 그렇게 해서 입원한 장모는 그해 겨울을 지나고 이듬해 새봄이 오자 생기를 찾는 듯싶었다. 그랬던 그녀가
"여보게!"
"예, 어머님!"
"요즈음은 내 옆에 낯이 선 남정네가 자주 와."
"허허허, 어머님께서 인기가 워낙 좋으셔서…. 허허허!"
"이 사람 실없긴."
 그렇게 말했지만, 기분이 나쁜 것 같지는 않았다.
"잘 듣게 자네."
"예, 말씀하시지요."
"사실 자네 식구 말일세. 저 어린 것이 나인 마흔을 훨씬 넘겼지만…. 아직도 철이 없어서 …."
"철이 없긴요. 아까도 어머님 드린다고 비지 사러 읍내를 다녀왔는걸요."
"아 참, 그렇지….."
"그러니 안심하시고요."
"여보게, 나 딱 5년만 더 살고 싶어!"
"그럼요. 5년이면 저희가 오히려 더 섭섭하지요. 10년은 더 사신대도…."
"고맙네. 말만이라도. 자네가 고마워!"
"고맙긴요."
"그리고 내가 어미랑 자네한테 한 말 잊지 말고 문서로 남겨 두게."
"아직은 싫습니다."
"아니야. 내가 더 정신을 놓기 전에 해두게. 나중에 딴 소리 할 수도 있거든. 그땐 그 문서를 내놓고 꿈쩍도 말게. 며

느리가 묻거든 문서를 내보이게. 다 쓰면 날 주게. 지장 꽉 찍어 두게."

그녀는 평생에 이룬 집 한 채와 현금으로 몇천만 원을 꼭 쥐고 살았었다. 자신의 말년을 함께한 딸한테 그것을 남긴다는 말이다. 그녀의 말이 영훈의 귓전을 맴돈다. '그렇다면 나도 유언을 남겨야 할 때가 된 건가. 그럼 누구에게 어떤 말을 남길까?' 영훈은 별의별 생각이 다 떠올랐다.

새로 갈아입었던 옷이 온통 땀에 젖었다. '이대로 얼마를 더 살아야 하나?' 하는 절망감이 다시 영훈의 가슴을 짓누른다. 혈압이 갑자기 상승하는지 숨이 막혀온다. 가방에서 니트로닝글을 찾아 입안에 뿌렸다. 금세 통증이 사라지는 기분이다. 인기척이 났다. 선우 선생이다.

"걱정되셨군요?"

영훈의 말에는 대꾸가 없다. 웃고 있지만 그녀 특유의 미소가 아니었다. 슬픔이 가득 배어 있는 억지웃음이다. 그가 평소에 안락사를 자주 입에 올렸을 때마다 그녀는 영훈을 딱하다는 듯이 보며 말했었다.

"어차피 갈 때 가는 목숨인데 왜 그렇게 서둡니까?"

"모두를 괴롭게 하니까 그렇지요."

"돌보는 노고보다 더 괴로운 게 선생님께서 생각하시는 것이랍니다."

그렇게 말할 땐 눈에 눈물이 그렁그렁 고였었다. 선생이 무겁게 입을 열었다.

"지금 선생님께서 하시는 이 도피도 안락사와 일맥 통한다고 생각합니다."

"……."

그도 그녀의 말에 동의한다. 의사가 돕는 행위는 아직은 명백한 불법이다. 그렇다면 다소나마 의식이 남아있을 때 스스로 행하는 수밖에 없다고 생각했다.
"선생님, 사실은 제가 콩팥 하날 드릴 수도 있었답니다."
"아니 내 가족도 많은데 하필…."
"그냥 드리고 싶어서요. 다시 혼자가 되는 건 제가 싫었거든요."
"절 그렇게까지! 그래도 그렇지요…."
 영훈은 자신이 그녀에게 의지는 했었지만 스스로는 아무런 행동을 취하지 못했었다. 그것은 그녀에게 더 이상의 것을 바란다면 한순간에 모두가 날아갈 것만 같았기 때문이었다. 선우 선생이 한 의외의 말에 영훈은 가슴이 벅찼다.
"그런데 선생님의 둘째 아드님이 이식하기에 꼭 알맞은 콩팥을 가졌답니다."
 그동안 가족들끼리 그렇게 날 살리려고 애를 썼다는 말에 영훈은 온 전신에 소름이 돋았다. 가장이라는 이름의 불출이 사랑하는 사람들의 마음도 헤아리지 못하고 여기까지 오기로 온 것이 부끄러웠다.
"그런데 선생님!"
"예에?"
"그러니, 선생님의 가족은 물론이고 우리 회원들께도 섭섭해 생각지 마세요."
"물론 그래야지요."
 영훈이 진심으로 대답했다. 그러나 점점 기운이 빠져나갔다. 놈이 찾아올 때가 지났지만 어쩐 일인지 아직은 잠잠하다. 다만 숨이 가쁠 뿐이다. 영훈은 니트로닝글을 한 번 더 분무했다.
"사실은……."
"예에."
"선생님, 사실은……. 콩팥 때문이 아니고요."

"그렇다면요?"
 그녀의 목소리에 울음이 섞였다.
"막힌 심장의 혈관을 더는 확장할 수가 없어서…."
"예에…."
 그저 멍한 눈으로 영훈이 그녀를 올려다봤다.
"이 말은 제가 꼭 알려야 한다고 애들 엄마가 직접 부탁했거든요."
"그랬었군요."
 순간 아내와 아들 둘, 그리고 막내딸이 영훈의 눈앞에 어른거렸다. 영훈은 장모처럼 무엇인가 남길 말이 있으면 했지만 떠오르질 않는다. 다만 세월에 찌든 헝겊이 힘없이 내놓은 실밥을 양동이에 허옇게 띄운 채로 자꾸만 감겨 지는 것만 눈앞에서 어른거렸다.

 감천에 가을이 되어 물이 차가워지면 동리 장정들이 모여 외나무다리를 놓았다. 보름을 걸려도 쉬엄쉬엄 진척되면 면장이며 근동 유지들이 수시로 들락거렸다. 물이 차가워서 강 건너 중고등학교로 등교하는 아이들이 고생이 많다고 안달한다. 고생 끝에 만들어진 덩그런 섶다리 위를 상노인들이 먼저 건넜다. 그 뒤를 영훈이 오랜 고통에서 벗어난 기쁨으로 만면의 웃음을 띠고 건너고 있다. 선우 선생이 자신을 부르는 소리가 정겹게 들렸다. 오늘따라 강물 빛이 유독 맑게 보였다.

2005.2. 탈고

4. 잔설(殘雪)

 훈은 지난겨울에 설악산을 여행할 때 보았다. 눈보라가 세차게 몰아친 날이었다. 그렇게 모질게 몰아친 눈보라지만 잔솔가지 하나도 분질러 놓지는 못했다. 그러나 가볍게 눈이 소록소록 솔가지에 쌓인 이튿날 아침에 보았다. 소나무는 그 무게를 이기지 못하고 스스로 가지를 부러뜨렸다. 훈은 세상살이의 오랜 시달림으로 자신의 눈앞에서 스스로 무너져 내리는 명희를 보며 적설의 위력을 떠올렸다.

충동

 이 훈은 대학에서 현대 소설론을 강의한다. 학교로 나가봐야 변변한 연구실 하나 마련되어 있질 않은 신참 강사다. 학부를 마치고 입시학원을 전전하며 재산은 좀 모은 편이다. 그런 훈이 대학 강사 자리를 얻은 것은 순전히 친구 김 교수가 등을 밀어서다. 그리고 김 교수가 자신의 연구실에서 수업 준비할 수 있도록 배려해 준 덕에 다른 강사보다는 사정이 좀 나은 편이다. 窮卽通이라든가. 훈의 아내인 정숙은 이런 남편이 미덥지 못해서 자신이 직접 일식집을 꾸리기 시작한 지 올해로 삼 년이 됐다. 이젠 제법 이골이 나서 단골도 늘고 그런 만큼 수입도 늘었다. 훈으로서는 먹고 사는 걱정은 하지 않아도 된다는 것이 무척 다행스러운 일로 여겨진다. 그렇다고 경제적으로 당장 궁해야 할 이유도 딱히 없는 처지라 언제나 여유가 있어 보이게 신경을 쓰는 중년 사내다.
 이런 훈에게도 살맛 나는 일이 하나 생겼다. 글을 쓰는 광호에게 곧잘 찾아오는 명희란 여자가 어느 때부턴지 훈의 마음에 자리 잡기 시작했다. 그녀가 광호를 찾아오는 것은 수필을 공부한다는 구실에서다. 그러나 광호의 상식으로는 그다지 좋은 수필을 쓸 것 같지는 않다고 훈에게 귀띔했다. 그러함에도 다정다감한 표정과 잔잔한 미소는 충분히 매력적이랄 수 있는 여자다. 훈은 그녀를 만날 때마다 이성으로서 그녀에게 끌리는 마음을 주체할 수 없을 것 같은 기분에 휩싸이곤 했다. 그런데 바로 6개월 전에 명희가 묘한 제안을 해 왔다.

"선생님, 제가 좋은 글감 떠오르는 대로 수필을 쓸 테니, 선생님께선 저를 주인공으로 해서 멋진 소설을 써 보시죠?"

이 엉뚱한 제안에 훈은 움찔 놀랐다. 그러나 못할 것도 없을 것 같은 제안을 물리칠 이유가 없어 그냥 승낙하고 말았다.

"그러시지요, 뭐 저야 좋습니다만…."

"호호호. 그럼 승낙한 겁니다."

"그런데 말이지요. 왜 저한테 그런 제안을 하시는지요?"

"이 선생님도 참, 각박한 세상에 뭐 우리까지 그렇게 살 필요가 있나요? 제가 선생님께 접근할 수 있는 통로를 마련한 거니까 그렇게 아세요."

"그럼 그 통로는 쌍방이겠군요?"

"그렇게 생각할 수도 있죠. 단 선생님께서 약속을 잘 지켜 주시기만 한다면야. 특별히 문제 될 건 없지만요."

"그야 약속은 이미 한 거 맞고요."

"좋습니다. 자, 악수!"

그 이후로 훈이 김 교수의 사무실을 찾는 것은 순전히 명희를 만나기 위한 것이었다. 구실이야 그녀를 주인공으로 해서 소설을 쓴다는 것이지만. 명희가 그런 훈을 이해하기 시작한 이후 그를 조금씩 좋아하고 있다는 걸 스스로 느꼈다.
 훈은 그동안 묵혀 둔 원고를 꺼내 들고 정리하기 시작했다. 시도 소설도 다 20대 후반부터 틈틈이 모아 둔 것이었다. 무신경했던 연애 감정이 되살아난 것도 이때부터다. 그렇게 훈이 스스로 변화를 시도했다. 매사에 적극적으로 대처하는 방법도 터득해 갔다. 그런 일로 훈이 얻는 것은 많았다. 우선 강의에 생기가 붙었다. 수강하는 학생들이 관심을 가지기 시작했다. 그런 만큼 수강생도 늘어났다. 명희도 약속대로 수필을 썼다. 처음은 사랑 얘기가 주요 레퍼토리였다. 그러나 시간이 지나면서 철학적인, 혹은 일상적인 삶을 테마로 한 시를 선보이기 시작했다. 그녀를 지도하고 있던 김 교수가 그 시에 관심을 가지기 시작할 정도로 명희는 창작 열의와 함께 시의 질적인 수준이 향상되고 있었다.
 명희는 이즈음 남편과 좋은 관계를 유지하고 있지 못했다. 흔히 남편 석민이 명희에게 하는 말은 일종의 통보에 불과했다. 남편은 언제나 밑도 끝도 없이 출장을 알렸다.
 "여보, 나 출장이야. 속촌데 한 일 주일 정도 걸릴 일이야. 좋은 땅이 나와서 말이야."
 그럴 때도 명희도 일상적인 말로 묻는다.
 "혼자 가요?"
 "아니 직원 서넛과 함께 가지."
 "남자 직원만?"
 "에이, 여직원도 있지."
 "좋겠다."
 이미 오래전부터 있어 온 흔한 대화 중 한 토막이다. 그러나 이런 남편으로부터 홍천쯤에서 만나 하룻밤 함께 보내자는 제안을 해 온 것은 특별했다. 명희는 남편의 제안에 들뜬 기분으로 준비했다. 그렇게 해서 만나기로 한 홍천으로 향하는 길에 예상치도 않은 눈이 펑펑 내리기 시작했다. 틀렸구나. 생각이 들 때, 남편의 전화가 왔다.
"여보, 나 오늘 당신과 만나는 건 어려울 것 같아. 지금 진부령엔 엄청난 눈이야. 당신은 그냥 집으로 돌아가 있어. 지금 상황으론 아무래도 내일 오후에도 홍천에 도착하기가 쉽지 않을 것 같아서 그래."

명희는 맥이 탁 풀렸다. 전에 없던 제안에 잔뜩 기대를 걸었었는데, 이렇게 눈까지 자신을 방해하는 듯해서 더 실망스러웠다. 이미 그녀의 차는 양평 대교를 건너 홍천으로 향하고 있었다. '이 꼴을 친구인 채숙이 보면 얼마나 고소해할까?' 2년 전에 이혼하고 혼자 사는 채숙에게 남편과 만나 보낼 얘기로 한 시간 넘게 통화했던 명희다. 이런 때에 동광이 떠올랐다. 요 며칠 전에 그가 한 말이 생각났다.
"명희 씨, 저 퇴촌에서 이번 겨울에 칩거하면서 한 작품 쓸 겁니다. 적적하시면 내려오십시오. 집 앞에 있는 멋진 카페에서 차 한 잔 살 테니까요."

동광은 동네 헬스클럽에서 만난 두어 살 연하의 글쟁이로 알고 있다. 처음엔 멀쩡한 대낮에 운동하는 룸펜쯤으로 무시하고 지냈었는데, 한 달 두 달 같은 시간에 거의 매일 만나서 겪어 보니, 자신이 한 처음 생각이 많이 달라졌다. 가끔 끼리끼리 점심도 함께했고 노래방도 몰려갔다. 물론 단둘이서 어딜 가본 적은 없었다. 그를 대하면서 느낀 것은 우선 성실하게 살고 있다는 것이다. 또, 창작하는 시간과 운동하는 시간이 확실히 구분되어 있었다. 그리고 매사에 열성이 대단했다. 규칙적인 운동해서인지 유니폼 위로 드러나는 몸은 각이 서 있었다. 언제부턴가 남편과 뜸한 그녀에게 동광의 억세게 생긴 몸매가 머릿속에 각인되기 시작했다. 함께 운동하는 친구들도 그의 몸에 대해서는 소곤소곤했다. 그런 그가 갑자기 생각이 났다.
 명희는 길가에 차를 세우고 동광에게 전화했다. 그가 반갑게 전화를 받았다. 명희는 오던 길을 되짚어 다시 양평 대교를 건넜다. 그리고 40분 후에 동광이 사는 동네 어귀에서 그를 태우고 중부고속도로에 올랐다.
"동광 씨, 나 눈 내리는 바다가 보고 싶은데."
 명희의 말에 동광은 자신의 손목시계를 흘낏 보고는 말했다.
"지금이 오후 다섯 시라…. 동해는 눈 때문에 틀렸고, 서해도 뉴스에 눈이 내리고 있다니, 거기도 그렇고, 음…."
 동광의 말이 이어지고 있는 순간에도 명희의 차는 고속도로를 달리고 있었다.
"그래요. 바다는 아니더라도 비슷한 곳이 있지요. 이동저수지라고."
 명희는 이동저수지를 알고 있었다. 남편과 별장 자릴 사겠다고 한창 나돌 때 몇 번 들린 곳이다.
"그곳 괜찮지요, 남편과 별장 지 찾느라고 몇 번 들린 적이 있었거든요."
 명희가 일죽 톨게이트를 거쳐 이동저수지로 향하는 동안 동광은 무슨 고뇌에 빠진 사람같이 보였다. 마치 이 세상의 온갖 고뇌를 한 몸에 짊어진 사람처럼 보였다. 명희는 그런 동광이 좋았다.
"사모님은 분당에 계시고요?"
"아, 네. 그렇습죠. 초 5년 된 딸이 하나 있거든요."
"네에, 사모님이 초등학교 교사이시라고 들었는데…."
"그렇습죠."
"그렇담 방학 중인데, 함께 내려와 계시지 않고?"
"예에. 그렇긴 한데, 제가 좀 귀찮아서요."

"아, 창작하시는데 방해된다는 말씀이시군요?"
"네, 뭐 그렇기도 하고요."
"아니 그럼 무슨 딴 이유라도?"
 그렇게 말하고 명희는 침묵했다. 이동저수지 근처에 오자 모텔이니, 콘도를 알리는 휘황찬란한 불빛이 두 사람의 눈을 어지럽게 했다. 송전 고개를 넘어서 저수지를 끼고 시속 20킬로미터로 천천히 차를 몰았다. 물안개가 자욱이 끼어서 빨리 달릴 수가 없었다.
 명희는 갑자기 시장기를 느꼈다. 남편과 만나 맛있게 저녁식사하겠다고 계획을 한터라 그럴 만도 했다. 명희의 형편을 눈치챈 동광이 먼저 제안했다.
"저기 물가에 횟집이 보이네요. 저기서 요기하시죠?"
 횟집은 저수지를 끼고 갖가지 조화를 다 부려서 꾸민 듯했다. 유럽풍의 지붕이 이국적인 인상을 풍겼다. 입구 양옆으로 세워져서 대낮같이 불을 밝히고 있는 수은등부터, 굳이 영어로 쓴 입간판 등이 그랬다. 이만한 날씨에 이 시각이면 한산하리라는 예상과는 달리 손님이 꽤 많았다. 흔한 광어회에 반주로 내온 소주를 동광이 두 잔 명희가 다섯 잔을 비웠다. 그가 차를 몰 작정이었다. 주인 사내가 두 사람을 유심히 살피고 있었다. 부부면 묵묵히 먹기에만 급급하고, 연인 사이면 주로 여자가 쫑알대며, 남자를 챙긴다든가? TV에선 축구 중계 중이었다. 명희가 손거울을 꺼내 들고 얼굴을 손질하고 있을 때쯤에 동광이 말한다.
"제가 차를 몰죠."
 명희가 핸드백을 열어 차 열쇠를 찾아 동광에게 건넸다. 열쇠를 받아 들고 동광이 어설프게 시동을 걸었다. 그리고 천천히 횟집을 빠져나오자 명희가 그의 오른손을 잡고 말한다.
"선생님, 나 취했나 봐요. 겨우 다섯 잔인데, 어디에 차를 잠시 세우고 바람이라도 쐬고 가야 될 것 같은데….”
 불빛도 없는 칠흑의 어둠을 헤치고 저수지 물소리만 들리는 길가에 차를 세웠다. 명희는 동광의 손을 놓지 않고 있었다. 차를 세우고 동광이 명희의 팔을 살며시 당겨 그녀를 품에 안았다. 그리고 큰 손으로 머리를 쓸며 얼굴을 움켜쥐었다. 순간 명희가 움찔했다. 동광은 서둘지 않았다. 평소에 보아오던 명희라면 심한 거부감을 느낄 것이다. 카 오디오의 음질이 좋다고 생각했다. 명희의 음악적 소양이 어떠한가를 아는 데는 5분도 걸리지 않았다. 할리우드 영화의 삽입곡을 즐겨 듣는 듯했다. 명희가 본능적으로 뒤로 물러나 앉았다. 그때 동광이 의자를 뒤로 젖혔다. ‘이건 아니다.’라고 명희의 마음속에서 외치는 소리가 들렸다. 그렇지만 마음과는 달리 명희의 몸은 젖어 있었다. 동광이 하자는 대로 나란히 누웠다. 동광이 명희의 가슴을 감싸 안았다. 명희는 숨이 멈추는 듯 아찔함을 느꼈다. 술기운이 전신을 감쌌다. 동광의 혀가 명희의 입술을 덮었다. 그리고 부드럽게 명희의 혀를 찾았다. 그의 손이 명희의 치마를 들치고 있었다. 동광의 억센 팔에 안긴 명희의 가냘픈 몸이 몹시 떨고 있었다. 스물셋에 지금의 남편을 만나 대학 졸업과 함께 결혼 생활을 해온 명희다. 그런 그녀가 지금까지 꿈속에서도 상상해 본 적이 없는 정사를 벌일 생각은 서너 시간 전까지도 전혀 없었던 일이다. 정말 순식간에 일어난 일이다.
 이동저수지의 검은 물이 이렇게 거대한 소리로 명희를 압도하기는 처음이다. 눈으로 보지 못하는 아름다움이 귀를 통해 명희의 전신을 감쌌다. 남편 석민이 생일 선물로 사준 애마가 이렇게 쓰여도 된단 말인가? 하는 짧은 단상은 다음 순간 사라지고 말았다. 육중한 기중기가 커다란 해머를 사슬로 감아올리는 소리를 내며 천천히 오르다가 들춰진 명희의 치마 안으로 사정없이 밀고 들어 왔다. 땅바닥을 내리찍는듯한 순간의 충격이 명희의 몸속을 전율시켰다.

"아!"

하는 외마디와 함께 마흔의 나이는 부서지고 있었다. 한 번, 두 번, 세 번! 명희는 점점 그 육중한 아픔이 환희로 바뀌고 있음을 알았다. 명희는 자신도 모르게

"훅!"

소리를 내는 입술을 동광의 가슴에 묻어 막았다. 40년을 무장시켜 온 윤리가 그래도 최저 방어선을 치고 있었다. 동광은 이런 명희가 몹시 사랑스러웠다. 그는 생각했다. 아내 정숙의 발랄한 정사는 화려하기는 하나 자신을 늘 감질나게 했다. 윤미는 남자를 굴복시키는 다소곳함이 없었다. 반면에 지금 자신을 받아들이는 명희의 몸은 그 다소곳함 속에서 자신의 전신을 빨아들이는 흡인력이 있다. 아내 윤미와는 비교할 수 없을 정도로 자극적이다. 선배들의 말 중에 열 계집이면 다 각기 갖는 색다름이 있다더니, 바로 이런 것을 두고 하는 말이구나 싶었다. 명희는 동광의 등이 패이도록 그의 몸에 자신을 밀어 올렸다. 활처럼 휘어있는 명희의 잘록한 허리를 힘껏 끌어당겨 자신 몸을 밀착시키던 그가 먼저 외마디 비명을 지르며 명희의 몸 위에 허연 객기를 쏟아냈다. 뒤이어 명희의 괴로운 비음이 터졌다. 순간 그녀가 걸어 놓은 'Eric Clapton'이 부르는 'Wonderful Tonight'가 절정에 접어들었다. 우레 같은 박수가 터졌다. 공연 실황을 녹음한 것이었다. 뒤이어 이어지는 여자 가수의 비음이 이어졌다.

'Wonderful Tonight'

늦은 저녁이었어. 아내는 뭘 입을까 고민하고 있어. 화장하고 아내는 여전히 긴 금발 머리를 다듬고 나서, 그리고 나에게 물었어.

"여보, 나 괜찮아 보여요?"
 그래서 난 대답했지.
"그래, 당신 오늘 밤 정말 기가 막히는데"
 우린 파티에 갔어.
 모든 사람이 내 옆에서 걷고 있는 아름다운 숙녀인 내 아내를 보러 눈을 돌리는 거야. 아내는 내게 물었지.
"당신 괜찮아요?"
 난 말했어.
"그래, 나 오늘 밤 아주 기분이 좋아"
 난 정말 기분이 좋아 당신의 삶 속에서 내 사랑을 찾았기에…. 그런데 그 모든 것 중 가장 궁금한 건 내가 당신을 얼마나 사랑하는지를 당신이 깨닫지 못하고 있다는 거야. 집에 돌아갈 시간이 되자 난 머리가 좀 아파서 아내에게 차 열쇠를 건네줬어. 아내는 내가 침대에 눕는 걸 도와줬고, 난 불을 끄면서 이렇게 말했지.
"여보, 당신 오늘 밤 정말, 기막혔어"
"내 사랑, 당신 오늘 밤 너무도 눈이 부셔!"
 'Eric Clapton'의 감사하다는 인사를 끝으로 잠시 끊겼던 음악이 이어졌다. 차 안이었다. 남편 석민이 그녀의 생일 선물로 사 준 차다. 명희는 카섹스란 말만 들었지, 자신과는 먼 남의 얘기로만 여겼었다. 그런데 지금 자신이 스스로 하고 있다는 것이 참으로 신기하기도 했다. 그렇게 동광과 자동차속에서 정사를 치렀다.
 명희가 남편 석민을 만나 결혼한 것은 그녀가 대학 시절에 하숙하던 집의 아들인 석민의 끈질긴 구애 때문이었다. 5남매의 맏이라 그녀의 부모가 결사반대하는 결혼을 사랑 하나만 믿고 성사시킬 정도로 둘은 잘 어울렸다. 그렇게 시작한 그들이었지만 석민이 고향인 성남의 운중동으로 돌아와 큰돈을 굴리면서 달라지기 시작했다. 씀씀이가 커지면서 외박이 잦게 된 것도 그때부터다. 거기에다 그가 태어나서 줄곧 자란 운중동이 신도시로 조성되면서 처음에 풍문으로만 들리던 개발이 구체화 되기에 이르자 동리 사람들의 눈빛부터가 달라졌다. 처음 몇 십 만원이라던 평당 가격이 백만 원을 호가하자 동리가 술렁거리기 시작했다. 운중동의 누구도 이 소용돌이에선 예외가 될 수 없었다.

 운중동은 성남시의 12%의 넓이를 차지하고 있는 풍요로운 농촌이다. 1992년 4월 20일 청소년 문화원이 들어서기 전에는 그랬다. 경기도 성남시 분당구와 의왕시를 잇는 342번 지방도 중간쯤이 이 마을의 위치다. 이곳에서 위로 올라가 서울 외곽 순환 고속 국도 밑의 터널을 지나 국사봉 자락의 기슭에 운중 저수지가 그림처럼 펼쳐져 있다. 그러나 왼쪽으로 펼쳐지는 분당의 아파 군들의 끝임 없는 부풀림이 곧 불어 닥칠 운중동의 운명을 이미 예고하고 있었다. 이제 운중동의 지금 모습은 풍전등화에 직면했음을 실감할 수 있다.

 목돈 앞에서는 처자식은 물론 부모 형제의 정의나 우애도 무의미해졌다. 오직 그들에겐 몇억 돈이 누구의 손에 가느냐가 관심거리였다. 이 동리에서 난 사람 중 유일하게 부동산 중개하고 있던 석민은 쉽게 몇십억을 손에 넣을 수가 있었다. 그 돈은 곧 투자가 되어 전국을 누비고 다녔다. 자연히 아내 명희를 소홀히 대하는 일이 잦아질 수밖에 없었다. 명희라고 달라지지 말라는 법은 없다. 본디 농사를 짓는 집에 시집온 것이 아니었기에 고운 그대로의 몸매나 용모를 간직하고 있었다. 서울에서 시집온 만큼 배움도 있어서 동리 사람들과는 구별되고 있었다. 그런 그녀에게 지금 불어 닥치는 개발 열풍이 피해 갈 리가 없었다. 남편이 틈틈이 마련해 준 자신 명의의 땅마지기는 천여 평에 이르렀고, 모두가 노른자 위라 최고의 보상이 예상됐다. 마을 주민들이 인근의 판교 사람들과 연대할 때 명희도 토지 보상 대책 위원회에서 맡긴 부회장 직함으로 연일 시위 현장을 누볐다. 그런 보람이 있어 연말에 보상액이 통보됐다. 십억이 넘는 돈이 눈 앞에 펼쳐지자 부부는 금이 가기 시작했다.

열정
"당신 그 돈 어디에다 쓸 거야?"
"그걸 당신이 알아서 뭣하게요?"
"내가 사 준 땅이니까 그렇지"
"아무튼 내 명의잖아요? 그러니 가타부타 말아요. 절대로 헛되이 쓰진 않을 테니까요. "
"아니 이 사람이?"
라고 을러대봤자. 이미 '토지 보상 대책 위원회'의 일을 맡으면서 박사가 된 명희를 어찌할 수가 없었다. 석민이 그런데도 적극적으로 명희의 땅 보상비에 탐을 내지 않는 것은 자신에게 주어질 보상액도 만만치 않은 것도 있지만, 벌써 몇 개월째 함께하고 있는 다른 여자가 있기 때문이기도 했다. 석민이 눈독을 들이고 있는 여자는 서울에서 내려와 부동산 일을 돕는 자영이다. 그녀의 말로는 서울 명문 여자대학을 나온 후 미국에서 결혼해 살다가 딸 하나 딸랑 낳고 이혼했다고 말했었다. 말수가 적고 하는 손맛이 맵다. 그 점이 석민의 맘에 들었다. 게다가 이혼녀라니 우선은 부담이 적은 데다가 어디를 함께 다녀도 다들 한 번 더 볼만큼 미모가 뛰어나고 행동 하나하나가 세련되어 보였다. 석민은 그것이 좋았다.

　명희는 충동적으로 동광과 정사 벌인 이후로 그녀는 몰라보게 달라지기 시작했다. 조신하고 무감각했던 그녀의 몸에 탐

욕의 아름다움을 깨닫게 해준 동광이다. 그의 엄청난 힘에 기절할 듯했던 황홀감을 잊을 수가 없었다. 그러나 그런 동광이 가끔 전화했지만, 다시 그를 만나려는 시도할 엄두를 내지 못했다. 그는 어딘지 모를 두려움이 있었다. 더 이상 동광에게 빠지면 모든 게 흔들릴 것만 같았다. 그것은 명희에게 두려움이었다. 반면에 훈을 대하면 대할수록 그의 인간됨에 끌렸다. 이런 때에 이훈이 다정다감하게 명희에게 다가온 것이다. 그리고 이젠 훈과 명희는 누가 보더라도 좋은 문학적 동지애가 보통 이상임을 알 수 있게 했다.

채숙이 이 둘과 열심히 어울렸다. 노래방이니, 맛난 음식점을 요기조기 잘도 알고 있었다. 이런 때의 모든 경비는 명희로부터 나왔다. 자신의 명의로 된 토지를 보상받은 액수가 10억을 넘었다. 그 현실이 명희를 풍요롭게 했다. 그러나 한 편에는 남편에게서 채울 수 없는 또 다른 그 무엇을 훈에게 얻고자 했다. 그런 만큼 훈의 존재도 명희에게 남달리 컸다.

이런 명희가 의도적으로 일상탈출을 시도했다. 바로 설악산으로 훌쩍 여행을 떠나기로 한 것이다. 친구 채숙이 걱정스러워 뒤따라갔지만 채숙이 가지 않았더라도 명희는 충분히 혼자서 해낼 수 있었을 터였다. 이 틈을 놓칠 훈이 아니었다. 곧 자신의 콘도를 예약하고 어둠이 깔린 지 꽤 지난 시간에 설악산을 향해 분당을 떠났다.

한낮에만 해도 2월 날씨로는 좀 춥다는 느낌이 들었으나 하늘은 특유의 코발트 빛 띄우고 있었다. 그런데도 일기 예보에는 눈이 올 것이라고 시간마다 알리고 있었다. 그런 날씨가 드디어 어둠을 신호로 분당에도 눈발을 날리기 시작했다. 유리창 밖으로 보이는 거리의 행인들이 잔뜩 몸을 움츠리고 종종걸음을 했다. 훈이 설악으로 출발한 건 밤 일곱 시가 지나서였다. 명희의 휴대 번호로 연방 메시지가 왔다. 채숙이 명희를 대신해서 보내는 메시지임에 분명했다. 명희가 직접 보낸 것이라면 훈에게는 더없이 고맙겠지만, 그녀가 메시질 보낸다는 건 이 훈의 상식대로라면 절대 아니다. 어쩌면 명희도 지금쯤은 숙의 성화에 지칠 때가 되었을 걸 생각하고 훈은 피식 선웃음이 나왔다.

43번 국도로 나서며 눈발은 더욱 험하게 휘날렸다. 훈이 자신의 마음을 다잡을 양으로 명희의 휴대 전화로 통화를 시도했다. 용케 이번은 그녀가 직접 전화를 받았다. 순간 훈의 심장이 아플 정도로 뛰기 시작했다.

"조심해서 오세요. 서두르지 마시고요."

진심에서 우러나오는 걱정이란 걸 훈은 잘 알고 있다. 그런 만큼 훈의 심장을 더 쿵쾅거리게 했다.

"네, 얼른 보고 싶습니다."

정말 훈이 명희에게 하고 싶은 말이다.

"싱거운 말씀 마시고요. 운전이나 잘해서 오셔야 됩니다. 기다릴게요."

훈은 명희를 눈앞에 두고 보는 듯이 행복했다.

홍천을 지나며 훈은 갈등하고 있었다. 과연 미시령을 이 눈발 속을 달려 무사히 그녀가 있는 속초로 들어갈 수 있을지. 자신이 없어진다. 그러나 훈은 명희가 그리웠다. 그녀의 온화한 모습과 보일 듯 말 듯 한 미소를 보고 싶었다. 결국 그것이 힘이 되어 훈은 미시령을 넘었다. 그리고 가파른 내리막길을 내려오며 속초 시내를 수놓고 있는 무수한 불빛을 내려다봤다. 훈은 말로 표현할 수 없는 벅찬 가슴을 진정시키느라 애를 쓰고 있었다.

이제 30분 후면 명희의 따스한 미소를 볼 수 있으리라. 미시령 쪽에 퍼붓던 눈발이 언제 그랬냐는 듯 시치밀 뚝 떼고 있었다. 하늘은 맑고 별까지 총총하다. 그 무수한 별 중에 명희의 별로 지칭한 페가수스가 한층 더 빛을 발하고 있었다. 그것은 고생 끝에 미시령을 넘어온 데 대한 신의 보상이라고 훈은 생각하기로 했다. 그녀가 묵는 콘도에 도착한 훈을 두 여자는 입구까지 나와서 환영했다. 훈은 채 숙의 시선을 피해 명희에게 눈인사했다. 얼른 명희를 가슴에 품고 싶었다. 그리고 깊은 입맞춤을 하고 싶었다. 그러나 그 충동을 훈은 애써 거세시켰다. 눈치 없는 채숙은 조수석에 앉고 명희는 뒷좌석에 앉았다. 백미러로 보이는 그녀를 훈은 아쉽게 달랠 수밖에 없다. 훈의 콘도까지는 그렇게 왔다. 채 숙의 영양분 없는 사설과 아쉬움 속에 이어지는 셋의 얘기는 맥주 몇 병을 사이에 두고 허공을 비껴갔다. 이렇게 훈과 명희와의 아쉬움은 04시가 지나서야 그 막을 내렸다. 밖엔 하얗게 눈이 내리고 있었다. 비틀거릴 정도로 마신 채숙을 부축해서 훈의 차에 태우고 명희가 운전하는 차가 콘도를 빠져나갔다.

채숙과 명희가 묵는 콘도는 10분 거리에 있었다. 방으로 돌아온 훈은 멍한 마음으로 옷도 갈아입지도 않고 침대에 누웠다 갑자기 잠이 마구 쏟아졌다. 의도적으로 채숙과 술을 많이 마신 탓도 있지만 명희를 보낸 아쉬움이 더 컸다. 얼마를 잤을까 노크 소리에 깨어 문을 여는 순간 훈은 자신의 눈을 의심하면서도 반가움에 말을 잊었다. 명희가 문 앞에 서 있었다. 분명 꿈은 아닌데, 명희가 신발을 벗을 틈도 없이 훈은 그녀를 번쩍 안았다. 그리고 격렬한 키스를 퍼부었다. 평소에 그토록 힘겹게 느끼던 상대인 명희가 자신의 품 안에 안겨 있다는 행복감에 훈은 온 전신이 꿈틀거림을 느꼈다. 그러나 명희가 다가오지 않는 한 이훈이 더 이상 원하지는 않았다. 명희는 조용히 이훈의 품에서 떨어졌다.

"선생님, 저 정말 이런 말씀 드려도 될는지요?"

"네, 무슨 말이라도…. "
"제가 지금 이곳까지 온 건 선생님을 사랑하기 때문이랍니다."
"네, 압니다."
"그런데, 선생님, 제가 지금 이 행동이 과연 옳을까요? "
"…? "
 훈은 대답할 수가 없었다. 지금까지 아내가 아닌 누구와도 잠자리를 함께해 본 적이 없는 훈으로서는 명희의 말에 적당한 답을 할 수가 없었기 때문이다.
"그렇군요. 저도 명희 씨와 생각이 같습니다. 그런데…."
"무슨 말씀인지 알겠습니다."
""그런데, 선생님!"
""네! "
"지금 저는 선생님이라면 무슨 일이든 할 수 있을 것 같습니다."
"네?"
""왜냐 하면요. 지금이 아니면 선생님과 전 더 이상의 기회가 없을 것 같거든요. "
"네, 그러나 난 명희 씨의 맑은 영혼을 사랑한답니다."
 그리고 훈은 더는 할 말이 없었다. 어쩌면 이 일로 명희가 자신을 영원히 떠날 것 같은 느낌에 주춤할 수밖에 없었다. 그러나 이쯤에서 물러선다는 것도 우습게 느껴졌다.
"저도 선생님의 순수함만을 사랑하고 싶답니다."
 훈은 무엇이 옳은지 판단하기가 어려웠다. 명희를 원하지 않은 것은 아니지만 정작 이런 상황 앞에서 당황하는 자신을 이해하기가 어려웠다. 훈은 급히 서두르지는 않았다. 그보다는 새로운 세계에 대한 도전의 뿌듯함으로 명희를 탐했다. 명희는 연약하게 보이는 외형과는 달리 탄력이 있었다. 그리고 충분히 육감적이었다. 훈은 오랜만에 가슴 속 깊은 곳에 간직해 둔 사랑하는 여잘 안고 만족감에 젖을 수 있었다.
"선생님, 참 새롭네요. 더구나 하늘 외엔 우리의 이런 모습을 누가 알기나 하겠어요. 그래서 더 좋거든요."
 훈의 눈에 비친 명희의 모습은 그가 늘 대하는 십대들과 진배없이 풋풋했다. 금방 가진 여자의 가슴을 사랑스레 쓸고 있는 훈의 손을 명희는 조용히 잡아 멈췄다. 그리고 명희의 입술이 훈의 입술을 사랑했다. 훈은 그 감미로움과 취기로 깊은 꿈속으로 빠져들었다. 훈은 꿈속에서 아내 정숙을 만났다. 그러나 꿈속의 정숙은 아무 말이 없었다. 그저 무감각한 표정으로 자신을 바라보고 있었다.
 훈이 깊은 잠에서 깨어난 것은 채숙이 일방적으로 정한 아침 9시였다. 명희는 숙소로 돌아간 뒤였다. 훈은 명희가 남기고 간 열락의 체취에 좀 더 취하고 싶었다. 그런 훈의 마음을 알고 방해하듯 채숙이 전화했다.
"잘 주무셨는지요?"
"네, 덕분에…."
"그럼 우리가 곧 가겠습니다."
 역시 일방적이다. 훈은 바빴다. 그렇게 준비가 끝나기도 전에 채숙이 먼저 방을 들어섰다.
"좋으신 것 같네요?"
"네, 참 좋습니다."
"전 오랜만에 과음했어요. 지난밤엔"
"좋아 보이던데요. 저도 그랬지만요."
 그때 주차를 끝내고 명희가 들어왔다. 훈은 명희를 똑바로 볼 수가 없었다. 그런 훈의 마음을 읽기라도 한 듯 채숙이 화장실로 들어갔다. 순간 명희가 훈의 가슴에 안겼다. 그러나 짧았다. 두 사람의 마음은 더없이 아쉬웠지만, 어쩔 수 없는 상황에 마음을 숨길 수밖에 없었다.
 눈이 내리고 난 후 화창하게 갠 날이다. 이런 날 아침에 바라보는 설악의 모습은 한 폭의 동양화 그대로였다. 언제 흐리기라도 했었냐는 듯 맑게 갠 하늘과 흰 눈이 쌓인 영봉의 조화는 감수성이 강한 훈에게 더없이 좋은 영감을 남겼다. 때맞춰 속초 공항에서 군용 헬기 한 대가 이륙하고 있었다.
 그네는 순두부집이 밀집한 산자락 마을에서 아침 식사를 해결했다. 그리고 포만감을 안고 정월 보름을 맞아 분주한 낙산사를 찾았다. 맑은 하늘과 청정한 기운이 온몸을 감쌌다. 알맞게 부는 겨울바람은 파도 대신 달리는 백마의 깃털처럼 아름다웠다. 그때, 채 숙의 전화가 울렸다. 그녀의 남편이었다. 순간 채숙의 얼굴에 검은 그림자가 드리워지고 그네들도 긴장했다.
"서울로 먼저 가야겠는데요."
 통화를 끝낸 채숙의 말에 훈은 마음이 착잡했다.
"무슨 나쁜 일이라도?"
"네, 시어머님께서 위중하시다고요."
"그럼 함께 가지요. 뭐."
"아닙니다. 공항까지만 바래다주세요. 그이가 예약을 해뒀답니다."
"그렇게 하지요."
 그러나 주차장에서 늘어선 택시를 본 채숙은 데려다 주겠다는 훈의 제의를 거절하고 택시로 떠났다.
"이거 원. 명희 씨, 이제 우린 어떻게 하지요?"
 훈이 멋쩍게 웃으며 명희의 의사를 묻는다. 기회를 잡아챌 땐 여자가 강하다고 했던가. 명희의 대답은 명쾌했다.
"호호호. 채숙이 우리에게 기회를 주려고 꾸민 것처럼 보이네요."

"그렇게 보입니까? 그럼 우린 경내를 마저 돌아보고 나오죠."

둘은 나란히 손을 잡고 경내를 돌았다. 한적한 곳에선 스스럼없이 입맞춤했고, 계단을 오를 땐 훈이 끌어 줬다. 훈은 출구에서 바닷바람에 상기된 명희의 얼굴이 열일곱 소녀 같다고 생각했다. 명희의 손은 찼다. 유독 추위를 심하게 타는 명희다. 그런 명희를 위해 비치 호텔 커피숍으로 향했다. 그러나 그들의 마음은 허전했다. 견물생심이라 했든가. 누가 먼저랄 것 없이 마음은 하나였다. 훈은 방을 원했다. 겨울의 비치 호텔. 호텔은 한산했고 그들이 원하는 전망 좋은 방도 쉽게 얻을 수 있었다. 창문을 통해 보이는 동해의 풍광은 또 다른 멋이 있었다. 갈갈이 부서져 제멋에 겨워 온갖 짓거리로 노니는 파도를 보며 둘은 긴 포옹을 했다. 그것도 힘에 겨울 때쯤 맥주를 한 잔씩 가득 따라 들고 창가 테이블에 앉아 사랑 가득한 눈빛으로 더없는 행복감에 젖었다.

지난 새벽의 즐거움으로 이미 서로에게 익숙해진 나신이 더없이 행복해했다. 그렇게 오후를 보낸 그들은 고속도로를 통해 분당을 향했다. 잠깐 사이에 문막을 지났다. 분당이 가까워져 오자 명희는 아쉬움이 고개를 들었다.

"저 이대로 헤어지긴 싫거든요."
"그럼 하루 더 함께 지낼까요?"
"네, 절 어디로라도 데려가 주세요."

훈은 영동 고속도로에서 중부고속도로로 방향을 틀었다. 그리고 곤지암 인터체인지를 통해서 양평 방면으로 향했다. 다리를 건너 20분을 더 달려 서종을 지나자 팔당의 넘실거리는 물이 보였다. 2월의 해는 짧았다. 노을빛에 물빛이 연분홍으로 물들고 있었다. 명희의 연분홍 세타를 가장 좋아하는 훈이다. 오른쪽 산길로 접어들어 다시 10여 분을 들어갔다.

이제부터 가파르게 산자락을 오르면 서너 채의 전원주택이 있고 그중에 훈의 소유인 하얀 2층 집이 있을 것이다. 싱거운 친구인 체육과 교수가 폐가가 된 농가를 사 두었다가 일년여 동안 걸려서 설계에서 준공까지 혼자 지은 집이다. 강원도나 경상도의 오지를 돌며 이 집에 잘 어울린다고 생각되는 것이라면 돈을 아끼지 않고 사들여서 가꿨다. 그걸 친구인 이훈도 이용할 수 있게 배려해 주었다.
 해가 떨어져 어둑한 때라 훈은 모든 전등을 켰다. 명희는 동화책 속의 주인공이 된 듯 행복해 했다. 마당엔 장작을 쌓아 불을 지폈다. 손수 화로를 만들어 둔 것이 이렇게 쓰일 줄이야…. 훈은 이 모두를 사랑했다. 넓은 판자로 대략 짜 맞춰 둔 벤치는 그 나름대로 자기 몫을 다 하고 있었다. 둘은 활활 타오르는 화로 앞에 앉았다.
 "어마! 어쩜 이렇게 잘 꾸몄죠!"
 "네 그 친구가 마치 명희 씨를 위해서 만든 듯합니다."
 "에그 선생님도 차암!"
 하늘에는 별들이 금방이라도 쏟아질 듯 총총했다. 저 수 많은 별 중에 두 사람의 별은 어디 있을까? 하고 훈은 생각했다. 두 사람의 별은 아마도 일등별은 되지 못할 것 같다는 생각이 들었다. 명희의 생각도 같았으리라. 젖은 얼굴. 그녀의 입술에 입술을 댄다. 이어지는 손길의 무례함. 자신도 조심스러워 손대기 두려운 곳이다. 그런데도 훈의 손이 함부로 벋어오는데도 저항할 마음이 없다. 오히려 그의 손길을 몹시 원했다 바로 옆집에서 공허하게 개들이 짖었다. 하늘의 별들도 이 두 남녀의 사랑놀음을 부러워하는 듯 길게 유성 하나가 명멸해 갔다. 이튿날 이른 새벽에 둘은 분당으로 돌아왔다.

명희의 하루하루는 바빴다. 자신이 보상받은 액수도 액수지만, 남편과 시부모님도 자신들의 명의로 된 토지 보상 액수가 몇십억에 달했다. 시부모는 인근 도시인 분당을 원했다. 아파트값은 하루가 다르게 치솟았다. 시부모가 살 아파트를 구입해 두고 살기가 늘 어렵게 보이는 하나뿐인 시누이가 함께 살도록 설득해서 이사했다.
"아버님, 남은 돈은 어떻게 쓰시려구요?"
"흠, 내 생각엔 상가를 사두면 세나 받아서 살 수 있지 않을까 한다만…."
"네, 그럼 그렇게 해드리겠습니다."
그래서 인근 용인에 상가를 분양받았다. 그리고 자신들이 살 집은 분당에서 오를 대로 오른 주상복합 아파트를 샀다. 명의는 명희 자신의 것으로 했다. 이사를 하는 날에도 남편 석민은 나타나지 않았다. 그가 받은 보상액이 무려 20억을 넘었다. 그렇지만 아파트를 사는 값의 반을 내놓은 것 외에는 모두 사업 자금으로 들어갔다.
그렇게 한바탕 회오리는 불과 한 달 사이에 일어난 일이었다. 이들이 동리를 떠나자 운중동은 텅 빈 집들이 동리를 지켰다. 불곡산이 빤히 보이는 50평 아파트에서 명희는 혼자 자고 혼자 일어나서 운동 나가고, 채숙과 어울리다가 집으로 돌아오면 이제 다섯 살 된 애견 앵두만 자신을 반겼다. 남편은 이사한 후로 한 번도 집에 돌아오지 않았다.
"엄마, 영국으로 건너와서 같이 살아요?"
고등학교를 마친 뒤 영국으로 유학 간 지 2년 된 외딸 수연이 전화했다."
"그래 나도 그렇게 하고 싶다만, 난 여기가 좋은데 …."
"아빠 뭐 하세요?"
"글쎄다. 바쁘셔서 얼굴 못 본 지 한 두어 달 됐다만…."

"왜요, 엄마?"
"그저 그렇다."
"엄마, 영국으로 건너와요."
 그리고 같은 날이 반복되었다. 그런 얼마 후에 양산에서 전화가 왔다. 석민의 전화였다. 그렇게 당당했던 남편 석민의 호기는 간 데가 없었다. 풀 죽은 목소리가 수화기를 통해 들렸다. 명희는 그런 남편을 만나러 양산으로 떠났다. 친구 채숙이 김포공항까지 태워주며 말했다.
"이번 기회에 좀 더 확실하게 해 둬라 얘."
"뭘?"
"그 석민 씨 말이다. 아무래도 자영인가 하는 그 여자와 심상치 않은 사이 같던 데…."
"무슨?"
이라고 부정했지만, 명희도 함께 어울리는 스포츠 센터의 멤버들에게서 들은 바가 있던 터라 걱정스럽긴 했다. 왜냐하면 남편이 우선 든든하게 버티고 있어야 자신의 삶도 좀 더 풍요로울 수 있다고 생각했기 때문이다. 그러나 김해공항에 석민이 직접 나와 있었다.
"나 너무 어려워…."
"20억에서 아파트 한 채 사고요?"
"응 무리수를 둔 게 잘못된 거야."
 석민의 재정 상태는 생각한 것보다 훨씬 심각했다. 자신의 능력 이상으로 많은 사채를 끌어다가 여기저기에 투자했다. 그러나 자영의 영리한 머리는 그 모든 걸 그냥 두지 않았다. 돈 될 만한 것은 교묘하게 낚아챘다. 석민은 자신을 사랑한다는 자영을 추호도 의심하지 않고 그녀에게 모두를 맡겼다가 낭패를 본 것이다. 지난주에 미국에서 공부한다는 딸을 핑계로 잠시 다녀온다는 말을 남기고 출국한 후 연락이 끊겼다는 것이다. 그 사실을 알고서야 모든 게 잘못된 걸 알았다니….

 석민을 늘 붙어 다니던 친구 겸 기사인 재영도 보이질 않았다. 남편의 몰골이 많이 상해 있었다. 그런 석민의 모습에서 명희는 무한한 연민을 느꼈다. 지금 마음 같아선
"여보, 걱정하지 말아요. 내가 가진 돈도 있잖아요. 그 돈이면 우선 급한 사채는 갚겠죠. 뭐."
라고 했으면 좋겠지만 이훈이 평소에 하던 말이 귓전을 맴돌았다.
"명희 씨가 가진 것과 석민 씨가 가진 것은 엄연히 다릅니다. 절대로 내놓지 마세요."
 명희는 마음을 다잡고 자신의 뜻을 분명히 했다.
"나도 살아야 해요. 수연이도 가르쳐야 하구요."
"그래도 당신이 날 돕지 않는다면 난 일어날 기력이 없는걸"
"그렇기는 하겠지만 어쩔 수가 없어요. 단 당신이 굶지 않을 정도로는 생각하고 있지만요. 그 이상은 안 돼요."
"당신 맘은 이해하겠는데…."
"차암, 여보! 내가 어쩔 수 없는 상황인데도?"
"더 이상 내가 당신 미워하지 않게 이쯤 해 둬요. 제발!"
"그래. 그럼 우리 이번에 산 아파트라도 팔아줘!"
"당신 왜 그래요?"
"할 말이 없어. 그러면 당신은 어쩌지?"
"내 걱정은 말아요. 수연이한테 가겠어요. 이 기회에 영국도 구경할 겸요."
"당신이 영국을 간다고?"
"그래요. 가서 수연이 졸업할 동안만이라도."
"미안해 여보. 그런데, 꼭 좀 팔아줘. 응!"

명희는 석민의 말에 대꾸할 필요를 느끼지 못했다. 지금 집을 팔아 준다고 하더라도 석민의 지금 사정이 좋아질 것 같지도 않았다. 그런 석민을 뒤로 하고 분당으로 돌아왔다. 남편과 셈할 일은 끝났다고 생각했다. 집은 팔아서 석민에게 주기로 마음을 굳혔다. 돈이 아쉽지 않은 것은 아니지만 이로써 그로부터 자유로울 수 있다는 사실 하나가 명희를 위로해 줬다. 그렇게 여유가 생기자 명희는 훈을 돌이켜 생각할 시간을 가질 수 있었다. 우선 이훈으로부터 얻은 것이 많다는 생각이 들었다. 이훈의 사려 깊은 행동이 특히 맘에 들었다. 일찍이 남편 석민에게서는 느끼지 못한 따뜻한 심성에서 우러나는 정겨움이 있었다. 그러나 명희에겐 훈과의 정사에서도 아쉬움은 있었다. 정말 아쉽게도 훈은 동광과 같은 폭발적인 힘이 없었다. 섬세함과 다정함에 힘참까지 갖춘 남자가 이 세상엔 존재하지 않는다는 것을 명희도 잘 안다. 그렇지만 아쉬웠다. 동광과 함께 한 그 무지한 정사가 자신의 몸 속 깊은 곳에서 염치없이 동광을 불렀다.
 아파트가 팔릴 낌새가 보였다. 물론 산 지 얼마 되지도 않은 아파트를 팔자면 여러 가지 어려운 일이 많겠지만 사 줄 때의 중개업자는 큰 탈 없이 잘 될 거라고 말했다. 명희로서는 얼마간의 손해를 보더라도 빨리 석민과의 관계를 정리하고 싶었다.
그렇게 한시름 놓고 나자 명희의 마음은 엉뚱하게 빠지고 있었다. 고민 끝에 명희는 동광을 찾아 퇴촌으로 갔다. 4월 초입이라 듬성듬성 피기 시작한 개나리와 산수유의 엷은 노란색이 어느 것이 더 진한 빛을 발하는지 겨룰 수도 없이 어울려 원당리는 바야흐로 봄이 무르익어 가고 있었다. 동광이 기거하는 별장과 연한 곳에 참하고 아담한 카페가 있었다. 그곳에서 동광은 명희를 반갑게 맞이했다. 해질녘이라 온통 통유리로 들어오는 석양이 카페의 실내를 한껏 물들이고 있었다. 한편에 그네가 메여 있었다. 장정이 쌍그네를 뛰어도 될 만치 튼튼한 밧줄이 아름드리 기둥에 걸려 있었다. 그리고 디딜방아를 의자로 사용하게 한 주인의 센스가 돋보였다. 간단하게 식사하고 약간의 반주를 곁들인 후 별장으로 자릴 옮겼다. 마당은 잔디로 덮여 있었다. 돌로 쌓아 올린 축대엔 틈틈이 만개한 개나리가 흐드러지게 피어 있었다. 그 축대 밑에 무슨 보물인 양 놓여 있는 역기며 근육을 기르고 다듬는 각종 운동기구가 유독 눈에 띄었다. 뜬금없이 카페에서 본 디딜방아의 공이가 눈에 어른거렸다. 명희는 고개를 내저었다. 얼굴이 화끈거렸다. 동광과의 우악스러운 정사 이후 간혹 떠오르는 원시적 감정이 지금 자신의 여성을 젖게 하고 있었다. 그런 명희의 심정을 동광이 놓칠 리가 없었겠지만, 동광은 짐짓 딴 화제로 입을 열었다.

"명희 씨, 이제 투쟁을 끝내고 보상받으시죠. 뭘 꾸물대십니까?"

토지 보상 문제를 두고 한 말이다. 그러나 그 문제는 이미 끝난 지가 2개월을 넘기고 있었다. 시골에 머무노라고 소식을 듣지 못했거니 하고 생각했다. 명희는 그 말에 대한 대답 대신 다른 말로 응수했다.

"간섭하지 마세요. 전 누구에게도 간섭받기를 싫어하거든요. 아주요."

"그래요. 그렇다는 건 잘 알지만요. 시간을 놓치면, 그도 저도 아닐 수도 있거든요."

"네, 잘 알겠어요. 동광 씨. 그런데 말예요. 동광 씨가 살고 계신 저 별장은 시가가 얼마쯤 될까요?"

"글쎄요. 평당 60에서 70만 원으로 친대도 300평이니 한 2억쯤은 …."

"네에. 괜찮네요."
"그런데. 갑자기 별장의 시세를 묻고 그러실까?"
"그냥요. 그냥…."
"혹시 여유가 있으시면 이 집 사 두세요."
"그래요. 사실은 제가 살 집을 물색 중이거든요."
"그럼 제가 알아보죠. 뭐!"
 그때 훈으로부터 전화가 왔다. 그러나 명희는 한 마디로 이훈을 따돌렸다.
"저 지금 바쁘거든요. 담에 연락드릴게요. 네에, 안녕히…."
 명희의 이 말에 훈은 더 이상 대꾸하지 않고 전화를 끊었다. 그렇게 하긴 했으나 훈이 그리웠다. 그러나 명희에겐 동광에게 온 분명한 이유가 있었다. 지금은 다정다감한 이훈이 아닌 자신의 모두를 태워 줄 동광이 더 필요했다. 그리고 멋진 풍광으로 휩싸인 공간에서 숨넘어갈 듯 끊임없이 솟는 파워를 앞세워 돌진하던 이동저수지에서의 동광이 지금으로서는 명희에게 더 절실했다. 동광은 이런 명희의 갈망을 넘치도록 잘 채워줬다. 명희는 동광의 근육질로 다듬어진 동광에게 존경심마저 품었다. 그렇게 명희는 동광이 필요했고, 이 필요에 끌려 수시로 퇴촌을 찾았다. 그리고 동광이 사는 별장을 샀다.
 이훈은 명희와 늘 가까이했지만, 그리고 이미 남다른 사이가 됐지만, 명희가 원치 않는 행동은 하지 않았다. 그만큼 그녀를 사랑하는 마음이 크기도 했지만, 무엇보다도 명희를 아끼는 마음이 앞섰기 때문이다. 그런데 그런 그녀가 자신을 점점 멀리하는 느낌이 들었다. 그러나 명희의 마음을 읽는 데는 그리 많은 시간이 걸리진 않았다. 명희를 잘 아는 친구가 동광과의 사이를 귀띔해 줬기 때문이었다. 이훈은 명희와 더 이상 만나지 않았다. 명희가 싫어서가 아니라. 명희가 자신의 존재를 부담스러워하지나 않을까 하는 배려 때문이었다.

 5월로 달이 바뀌었다. 명희는 동광을 하루가 멀다하고 찾았다. 그러나 명희는 알고 있었다. 서로의 육체를 탐닉하는 것은 순간의 쾌락은 될지언정 영원할 수는 없다는 것을 알고 있었다. 아파트는 팔렸다. 한 달의 여유를 두고 계약금으로 받은 돈은 남편에게 부쳤다. 그리고 한 달 이상 소식이 없는 석민에게도 여태 느끼지 못했던 죄책감이 들었다. 그래도 명희는 다정다감한 이훈이 그리웠다. 그를 만날 구실로 광호의 연구실을 찾기도 어색하고 불편했다. 수필을 쓸 땐 만나야 한다는 빌미가 있었으나 이젠 무슨 구실로 광호의 연구실을 찾는단 말인가.
 이럴 즈음에 석민이 자신을 고소한 사실을 알았다. 성남지원에서 보낸 소장에는 동광과 지낸 사실이 사진으로 찍혀 증거로 채택되어 첨부되어 있었다. 명희는 석민을 만나야 했다. 고소를 당해도 할 말은 없다고 생각하던 명희다. 그러나 억울한 생각도 들었다. 석민과 자영의 관계를 모르는 바가 아닌데도 백번 양보한 자신을 알면서도 고소할 수 있다니 하는 섭섭함도 들었다.
 석민은 명희의 전화를 받지 않았다. 명희는 남편의 친구 재영을 찾는 편이 빠를 듯해서 재영을 찾았다. 그러나 그도 쉽지 않았다. 재영도 요 며칠 집을 비우는 횟수가 늘어났노라고 그의 아내가 말했다.
"그래도 좀 찾아볼 수 없을까?"
 몇십 년을 함께 한 그녀라 사정했다.
"알지만, 어쨌든지 애 아빨 만나야 찾든지 말든지 하지."
 얼마 후 재영의 아내가 수고를 해준 덕에 우여곡절 끝에 재영을 찾았다. 재영은 백방으로 수소문해서 대전에 사는 그의 친구 집에 기거하는 석민을 겨우 만날 수가 있었다.
"당신 왜 그렇게 비열해졌어요?'
 명희가 석민을 만나서 던진 첫 마디다.
"맞아 당신 말이."
"그럼 꼭 이렇게 해서 내가 당신을 정말 싫어하게 할 이유가 뭐죠?"
"난 당신 돈이 필요해. 맹세코 다른 이유는 없어."
"차암, 딱도 하시네요. 그 돈이라야 수연일 공부시킬 수 있다는 거 잘 아시잖아요?"
"나한테 줘봐. 내가 벌어서 우리 가족 잘 살게 할 자신이 있다고. 글쎄!"
"어쨌든, 당신은 안 돼요. 절대로요."
"왜 안 되는데? 이유나 제대로 들어보자. 어디."
"몰라서 물어요. 지금 당신?"
"그래, 난 모르겠어. 몰라서 이런다고."
"정말 내 입으로 직접 말하긴 싫지만 모른다니 할 수 없네요."
"그래 직접 말해봐. 어디 들어 보게."
 순간 명희는 이훈의 말이 떠올랐다. 명희에게 이훈이 말했었다.
"명희 씨, 절대로 석민 씨가 무대책으로 나올 때는 맞서지 마세요."
"왜요? "
"그동안 명희 씨의 얘길 종합해보면, 석민 씨가 그렇게 호락호락한 인물이 아니란 거죠."
 그 말은 맞는 말이라고 명희는 생각했다. 개발 열풍을 타고 서울 등지에서 내노라는 투기꾼들이 몰려올 때도 온갖 수단을 동원해서 그들을 차단했던 석민이다. 여기까지 생각이 닿자 명희는 한 걸음 늦추어 말했다.
"그럼 일단 자영이란 여잘 찾아보세요. 그리고 그 여자가 당신을 위해서 내어놓는 만큼 나도 드릴 테니까. 그렇게 해도 되지 않는다면 그때 가서 고려해 보도록 할게요."
"좋아. 그렇게 말하지 않아도 내가 그년을 찾는 중이니까."
"좋아요. 꼭 그 여잘 찾길 바랄게요."
 말은 그렇게 했지만, 명희는 믿지 않고 있었다. 오히려 절대로 석민이 자영을 찾지 못하리라는 믿음이 더 컸다
"그런데 말이야. 당신!"
"왜 그래요?"
"정말 그 젊은 놈이 그렇게 좋아?"
"무슨 말이에요? 지금."
"나는 원래 그런 놈이라고 하지만."
"아니 당신은 그렇게 해도 되고?"
"어쨌든 잘된 건 아니잖아?"
"우린 친구라고요. 그저."
 석민은 그것으로 그 얘긴 그쯤 해두었다. 명희는 그렇게 한숨을 돌려놓고 한편으로는 영국으로 출국할 만반의 준비를 서둘렀다. 명희의 손에 남은 돈만으로도 딸 수연을 공부시키고도 조그만 집 한 채는 마련할 수 있겠다 싶었다. 그러나 한편으로는 이훈이 있는 한국을 떠나 낯선 영국에서 살 수 있다는 자신이 서질 않았다. 남편 석민이 미워서 떠나겠다는 말은 했지만, 이런 일이 갈등으로 변해서 명희를 괴롭혔다. 그중에서도 이훈과는 일 년여 동안 무척 정이 들었다. 잔설이 내리고 쌓여 꿇은 소나무의 가지를 분질러 놓듯 그와 지낸 일 년이 너무 크게 자신을 사로잡고 있다는 것에 명희 스스로 놀랐다.

"아, 이 정을 어찌할까?"
 아무리 괜찮을 거라고 다짐해도 하면 할수록 점점 더 자신이 없어진다. 이런 사정을 잘 모르는 채숙은 무작정 딸에게 가라고 잘라 말한다.
"그래, 내겐 네가 떠나는 것이 아주 아쉽기는 하다만, 아무 미련 두지 말고 훌쩍 떠나라."
"그래 나도 그러고 싶어."
"그럼 떠나 제발!"
"그런데 난 그렇게 훌쩍 떠날 수가 없어."
"뭣이 그렇게 너를 이 한국에만 살게 하니?"
"사실 나 이훈 선생을 사랑해."
"맙소사!"
"미안해. 일찍 네게 말하지 않은 거. 정말 미안해."
"차암 기막히다. 너!"
"그래, 그렇겠지. 나도 믿을 수가 없었으니까."
"그래서라도 한시라도 빨리 떠나야겠다. 너"
"알아, 알지, 안다고. 나도."
"내가 뒷마무리를 할 테니깐 너 빨리 서둘러라."
"그래…."
 채숙은 발 빠르게 명희의 출국을 진행시켰다. 그러나 복병은 또 있었다. 명희가 동광이 빌려서 사는 집을 사들였다가 낭패를 보게 생긴 것이다. 남편의 눈을 피한다고 동광의 명의를 빌린 것이 화근이 됐다.
"차암, 너도 어지간하다."
"할 말은 없어. 나도 알아. 이제야 내가 바보란 것을…"
"동광. 그 사람 빈털터리야."
"아닐 텐데, 여기저기 땅도 더러 있고…."
"참 순진하기는…."

"그야 어쩔 수 없지."
"그 집 살 돈으로 뭘 하고 있는지는 알고 있니?"
"말하지 마. 내가 왜 이렇게 된 건지 나도 모르겠어."
 명희는 슬펐다. 돈 때문이 아니다. 그렇게 사랑한다며 몸을 썩은 그가 돈 앞에서 위선과 배신이라니, 그가 아니라. 그런 사람이 사는 한국이 싫다. 아니 그가 사는 이 땅이 싫다. 이럴 때 훈이 얼마나 위로가 되는지를 명희는 뼈저리게 느꼈다.
 명희는 훈에게 매달렸다. 그가 강사로 나가는 대학 앞 카페로 출근하다시피 했다. 그런 명희지만 훈은 따스하게 맞아주었다.

공항의 실루엣
 오월 첫 금요일 오후에 두 사람은 이별 나들이를 떠났다. 퇴촌을 거쳐 남종의 풍광 좋은 음식점을 찾았다. 평소에 붕어찜을 먹어 보고 싶다고 말하던 명희를 위해 이훈이 마련한 자리다. 평일이라 손님도 들지 않는 집. 웅장하게 꾸며진 음식점엔 손님이라고는 이들 둘 뿐이었다. 팔당의 출렁이는 물결이 눈부셨다. 보트가 물을 가르며 달리고 있었다.
 "선생님, 다시 우리가 이런 자릴 마련할 수 있을까요?"
 "글쎄요. 그건 전적으로 명희 씨의 의사에 달리지 않았을까요?"
 "지금도 그렇게 생각하세요?"
 "네, 전 언제라도 지금의 자리를 지킬 자신이 있으니까요."
 "그런데, 선생님!"
 "네?"
 "사모님께서 선생님 옆에 건재하시고…."
 "그렇죠. 그러나 집사람과는 전 독립적인 관계지요."

"독립적인 관계라니요?"
"집사람은 자신만의 세계에 빠져 있고, 저 따윈 염두에 없지요."
"설마?"
"꼭 크게 성공한답니다. 자기는요."
"누굴 위해서랍니까?"
"네, 이해하시기 어렵겠지만요. 자식들을 위해서, 그리고 자신을 위해서랍니다."
 그때 음식상이 나왔다. 둘은 별말 없이 먹기에 전념했다. 파리 한 마리가 방을 날아다니다가 네다섯 살쯤 된 주인 아들이 어설프게 휘두르는 파리채에 맞아떨어졌다.
 이훈이 명희를 건너본다. 명희는 울고 있었다. 밥상을 사이에 두고 명희의 손을 잡았다. 명희의 손이 차다.
"딸 수연일 낳구요. 이젠 나이도 좀 되구요."
"그래서 손이 차다."
 그런 뜻을 전하려고 한 말이겠지만, 그 말이 훈에겐 서글프게 들렸다.
"그만하고요. 우리 능금 꽃구경 가요?"
 명희가 눈물이 채 마르지도 않은 눈을 들어 이훈을 끌 듯 쳐다봤다. 남종을 나와 팔당을 끼고 천천히 차를 몰았다. 온갖 꽃들이 길섶을 자랑하듯 수놓고 있었다. 능금 꽃의 화려함은 지금 절정을 이루고 있었다. 여기저기 길가에 차를 세우고 연인들이 쌍쌍이 꽃을 배경으로 셔터를 누르고 있었다.
"사진 찍어 드릴까?"
"아니고요. 그냥 저 꽃밭 속으로 가요. 우리."
 명희의 아담한 키로도 꽃들이 얼굴을 간지럽힐 만큼 능금나무는 크지 않았다.
"저 이래뵈도 다섯 자가웃은 된답니다."

"허허허. 저와는 한 자 차이로군요."
"차암, 그 보세요. 나뭇가지가 떽끼! 하잖아요. 호호호!"
 물오른 나뭇가지가 훈의 뒤 꼭지를 때렸다. 그러나 보드러운 깃털보다도 더 촉감이 좋았다. 꽃잎의 감촉이. 입술에 닿은 꽃잎을 이훈은 잠시 멈추고 눈을 감고 감미로운 감촉을 즐겼다.
"뭣 하세요?"
"꽃과 사랑하고 있답니다."
"에구, 이리 와 보세요."
 훈이 멈칫하는 사이에 명희가 훈의 목에 매달려 입술을 포갰다. 마치 꽃잎을 질투하듯. 꽃잎이 휙 불어오는 바람에 여기 저기 날렸다. 서로의 입술은 달았다. 꽃잎을 입에 문 덕분이었다.
"선생님, 저 붙잡으세요. 제발!"
"그럼 떠나지 않으시려고요?"
"한 번 잡아보세요. 어떻게 할지요. 제가요"
"......!"
 그렇게 둘은 양평 대교를 건너 구리를 거쳐 분당으로 돌아왔다.
 시간은 쏜 살과 같다든가. 명희가 출국해야 할 날이 점점 다가왔다. 이대로 헤어지면 영영 둘은 끝이라는 생각에 둘의 맘은 초조했다. 그러나 어쩔 것인가. 드디어 출국하는 날이 하루 앞으로 왔다. 훈은 꼼짝하지 않고 학교 연구실에서 자신의 자리를 지켰다. 처음 명희를 만나고 사랑을 느꼈던 자리다. 그리고 얼마 후 명희가 훈에게 제안하던 말이 주마등처럼 떠올랐다.

"선생님, 제가 좋은 글감 떠오르는 대로 수필을 쓸 테니, 선생님께선 저를 주인공으로 해서 멋진 소설을 한번 써 보시죠?"

훈은 후! 하고 한숨을 내 쉰다. 그렇게 시작한 그녀와의 약속대로 훈은 썼다. 그러나 명희도 그 약속을 지키고 있는지는 훈으로서는 알 수가 없다. 그렇게 꼬박 밤을 설쳤다. 훈은 자신의 낡은 차로 명희를 인천 공항까지 배웅했다. 채숙의 배려로 누구도 명희의 출국을 몰랐다. 명희의 출국 준비는 그렇게 진행됐다.

"몇 시 비행기죠?"

"11시 59분이네요."

"오늘따라 인천공항에 영송 객이 많지도 않군요."

"그렇게 보이지요."

"사람이 더 많아야 외롭지 않은데…."

공항에서 둘은 정말 하고 싶은 말이 아닌 헛말로 겉돌고 있었다. 이런 순간에 어쩌면 오래도록 만나지 못할 수도 있는 이 순간에 둘의 말이 엇박자를 치는 것인지…. 이러는 사이에도 여객기가 도착하고 떠나는 것이 알림판 위에 노란 글자로 명멸했다. 이제 곧 명희는 떠난다. 훈은 말없이 명희의 두 손을 잡고 자신의 품으로 끌어당겼다. 명희는 다소곳하게 안겨왔다. 어깨를 감싸 안았다. 명희가 갑자기 훈의 품에서 떨어졌다. 그리고는 훈의 얼굴을 두 손으로 감쌌다. 그 자그만 몸에서 어찌나 큰 힘이 솟는지 훈은 얼굴이 모두 명희의 손아귀에 으스러지는 줄 알았다. 그러나 그런 느낌도 잠깐 뜨거운 입술이 훈의 입술을 덮어 왔다. 그리곤 두 손으로 훈의 얼굴을 떼어선 빤히 훈을 쳐다본다. 훈은 울고 있었다.

"제가요. 이 지구상에 살아 있는 한은 선생님 잊진 않을걸요."
"잊지 않고요?"
"꼭 돌아오지요. 전"
"와선 어떻게 할 건데요?"
"사랑하지요. 선생님을요."
명희의 말도 이미 울먹임으로 변해 있었다. 훈도 명희도 더는 할 말이 없었다. 이런 순간에 훈은 명희에게서 욕정을 느꼈다. 평소의 이훈과는 다른 말이 불쑥 튀어나온다.
"명희 씨, 난 지금 당신과 잠자리하고 싶은 마음이…."
"그래요. 돌아올 때까진 유보해 두세요."
의외로 명희의 입에서도 파격적인 말이 나왔다.
"난 당신의 모두를 가져보지는 못했답니다."
"네 알아요. 돌아오면 다 드리겠어요. 모두를요."
"돌아오면요?"
훈의 목소리는 흐느낌으로 변해 있다.
"저 이제 가야 해요."
" ……."
훈은 천정을 올려 봤다. 눈물로 인해 보이는 것들은 다 흐렸다. 정말 떠나는 명희의 뒷모습을 보고 싶지 않았다.

그렇게 명희는 출구를 통해서 멀어져 갔다. 그녀는 이제 떠났다. 텅 빈 공항. 명희가 떠난 공항은 모두가 속속들이 비어 있었다. 훈은 시장기를 느꼈다. 눈에 보이는 한식당으로 들어가서 되는대로 주문했다. 그리고 맛도 모르고 그 음식을 다 먹은 뒤 주차장으로 나왔다. 넓은 마당엔 명희와 함께 타고 온 낡은 자동차가 훈을 맞았다. 손수건을 꺼내 다시 눈시울을 닦았다. 깨끗이 닦았다. 그러나 연이어 눈물이 흘렀다. 또 닦았다.

 명희와 미시령을 돌아내려 오던 길에 봄기운이 완연한데도 길가엔 군데군데 잔설이 보였었다. 그 잔설처럼 명희는 분명 떠났다. 그렇지만 훈의 마음엔 명희의 잔영이 더 크게 자리 잡았다.

 "아프지 말아요. 제발!"
 "당신도."
 처음이자 마지막이 될지 모르는 때에 명희가 훈을 "당신"이라고 불렀다. 야무진 듯 무장한 명희의 입에서도 울먹이는 안쓰러움에 훈이 울컥 돌아서서 쳐다본 객실 천정엔 그저 알 수 없는 서양식 장식만 보였다. 한 칠십만 살겠다고 입버릇처럼 되뇌던 명희가 그땐 얼마나 미웠는지 모른다. 부질없이 지난 날 되새기지만 여기저기 헛것인 양 날아다니는 명희의 실루엣으로 과연 훈은 오늘 이 영종도를 건너 분당을 갈 수 있을지 자신이 없다. 차라리 공항로, 명희와 왔던 거리에 지친 몸 쉬어 버리마하는 맘이 샘솟듯 했다. 그러나 이제 잊어야 한다. 어쩔 수 없지 않은가? 그렇다면 지난 일들은 남가일몽이요, 한단지몽일 뿐이라고 해야 한다.

 서종의 친구 별장엔 진도견이 한 마리 있었다. 이름이 쇠돌이다. 사료를 준 뒤에 조금 지나면 까치 네다섯 마리가 날아온다. 그리고 다정스레 쇠돌이와 함께 사료를 먹고 물을 찍어 먹었다. 그 광경을 재미있게 바라보던 명희가 손뼉 치며 깔깔거렸다. 그 웃음소리에 쇠돌이가 짖어댔고, 그 짖는 소리에 놀라 까치도 덩달아 까아깍. 소릴 치며 멀리 날아갔다.

훈은 갑자기 그 쇠돌이가 보고 싶었다. 쇠돌이를 보려면 빨리 차를 몰아야 한다. 차는 영종도를 빠져나가고 있었다. 그 동안에도 공항에선 몇 대의 여객기가 이륙했다. 그럴더라도 훈은 쇠돌이 외엔 아무것도 생각하지 않기로 했다. 이미 떠난 그녀를 잊지 않으면 어쩔 것인가? 잊어야 한다. 될 수만 있다면 빨리 잊어야 한다. 오늘 밤엔 아내랑 함께 모처럼 잠자릴 함께 해볼까 생각했다. 훈은 휴대 전화를 꺼내어 아내의 고유번호인 1번을 꾹 눌렀다.

2004년 5월 탈고

6. 池 兄

1.

池 兄, 지난겨울이었어요. 그러니까 정확히 지난해는 아니고요, 아마도 이쪽 겨울이니까 올 1월쯤이었을 겁니다. 자국눈이 내린 날이었는데 뜬금없이 백마산 기슭을 오르고 싶더군요. 왜, 兄도 가끔 그럴 때 있다고 했잖습니까? 문득 어딜가 보고 싶다든지, 웬만하면 생각이 나지 않았지만 말입니다. 중학생 시절에 짝사랑했던 여선생님이 떠오른다든가. 아무튼 그런 때는 뭐 상황이 그리 어렵지 않다면야 가야겠지요. 그래서 간단히 채빌 차리고 나섰던 겁니다.

　산기슭으로 접어들자 바람이 조금 세차구나 싶게 불어대는데 이거 혹시 무엇에 씌었나 싶기도 하고요. 암튼 그런데 말입니다. 늘 다니던 길옆으로 사람 발자국이 보이더이다. 이게 웬일인가 해서 무작정 옆길로 접어들었지요. 본디, 간 적이 없는 길은 궁금증이 일면 견딜 수가 없거든요. 그리고 갈 수밖에 없었던 이유가 또 있긴 했지요. 뭐냐 하면요, 그 발자국이 여인네 것이더라. 이겁니다. 이쯤 되면 좀 더 궁금해지겠죠? 池 兄도 이런 제 마음 이해하시리라 믿습니다.

　아무튼 발자국을 따라서 한참을 오르다가 우뚝 멈춘 곳에 움집이 있는 겁니다. 봄부터 가을까지 그렇게 오르내리던 곳인데도 이런 집을 보지 못했다는 게 좀 어이없긴 했지만요. 주변이 그런대로 눈 자국도 많지 않고 사람이 사는 흔적이 느껴지는 겁니다. 호기심이 발동하더이다. 그래서 제법 큰기침 소리를 냈는데도 아무런 인기척이 나질 않더군요. 그 참, 무엇에 홀린 것 같더이다. 그래서 더 가까이 갔습니다. 햇살이 잘 드는 곳인데다 소쿠리 모양으로 오목한 지형이라 바람도 그리 세차게 불지 않더이다. 헛간도 있고 물 조리개도 보입디다. 그리고 솥을 걸어 놓은 자리도 있고요. 그런데 사람은 끝내 보이지 않더군요. 내려오면서 개울가로 나갔더니 빨래한 흔적이 있는 겁니다. 허 참, 자세히 살펴보니 올라온 신발 모양과 반대 방향으로 또 같은 모양의 신발 자국이 있더이다. 아하, 올라왔다가 다시 내려간 것이란 생각이 들었어요. 그래서 다시 올라가서 뛰는 가슴을 진정시키고 문을 살짝 열었습니다. 아무도 없더군요. 이불이 바닥에 깔려 있고, 세간살이라기엔 초라하지만 그래도 사람이 기거할만하다는 생각이 들더군요. 신발을 벗고 방안으로 성큼 들어섰습니다.

 방안에는 조그만 선비 책상이 하나 놓여 있고 작은 쟁반 위에 굵은 양초가 반쯤 타다가 불이 꺼진 채로 있더군요. 촛농이 떨어져 흰 쟁반에 그려진 난초가 반쯤 덮혔더이다. 그런데 놀라운 건 상 위에 낡은 소설 한 권이 몇 번이나 읽혔는지 표지 귀퉁이가 무뎌져 있더이다. '무라카미 하루키'의 소설 《상실의 시대》이더군요. 제가 한때는 무라카미 하루키의 소설에 흠뻑 빠져서 그의 책을 쌓아놓고 읽었던 적이 있었거든요. 池 兄도 잘 아시겠지만 《상실의 시대》는 꽤 괜찮은 연애소설이잖습니까?
 池 兄, 이 소설을 겉표지가 너덜거릴 정도로 읽은 이 집 주인은 과연 어떤 사람일까? 내 나름대로 무척 궁금했습니다. 아마도 이 소설에 등장하는 인물들은 모두가 무언가 상실한 사람들이잖습니까. 꼭 필요한 삶의 한 자락을 잃어버린 채로 떠돌고 아파하고 외로워하지요. 그런 상실 속에서 서로 관계를 맺고 덧난 상처를 보듬어주는 과정들이 나오니까 말입니다.

와타나베가 나오코를 좋아하는 것도, 그리고 와타나베를 둘러싼 모든 사람들이 자기의 상실을 보상받기 위해 타인에게 의지하는 과정을 담고 있다는 것이지요. 나오코와 와타나베는 기즈키라는 한 사람의 상실을 아픔으로 간직하고 있고 미도리는 어렸을 때부터 바라왔던 사랑과 아버지의 죽음을 안고 살아가니까요. 그리고 이런 굵직굵직한 인물들이 아니더라도 등장하는 모든 사람들과 주인공을 둘러싼 등장인물들이 제각각 나름의 상실의 아픔을 겪고 살아간다는 것이지요.

 이 소설을 읽고 또 읽은, 아직 만나보지 못한 그 누군가로부터 池兄과 나로 비춰보면 결국 우리 자신도 하나의 상실에 불과하다는 생각이 들더이다. 어디선가 누군가에게 이런 상실을 보상받기 위해서 술집에서 크게 떠들기도 하고, 때로는 즐거운 척도 해 보고 뭇사람과 만나 관계를 맺고, 이 모든 일련의 과정을 거치는 것이 아닐까요. 그리고 이런 과정을 거쳐 스스로 마음을 가다듬고 다시 태엽을 감아 내일을 준비하고, 그렇게 하고도 상실은 절대로 치료받지 못한 채 가슴 한구석에 덩그러니 남아 있게 되는 것일 테니까요.

2.

 池 兄, 해를 넘겼다고 해서 혹은 몇 개월이 지났다고 해서 그동안 그 집을 잊고 있었던 것은 아닙니다. 지난 4월까지 소설 공부하는 친구들이 쓴 작품이 출간될 수 있도록 돕다가 제 건강을 소홀히 한 탓으로 큰 수술을 한 일, 잘 아시지요? 죽음의 문턱까지 갔을 때 말입니다. 池 兄 내외분이 내가 깨어났다는 소식을 듣고 제일 먼저 전화해 주셨잖아요. 池 兄의 목소리를 듣는 순간 얼마나 반가웠던지 지금도 가슴이 떨립니다. 사실은 그 집에 가고 싶지 않았다면, 더 나아가서 그 집에 가려고 나서지 않았다면 내 병이 얼마만큼 위중했는

지조차도 몰랐을 겁니다.

 정상적으로 난 등산로의 옆길로 접어들었을 때였습니다. 이 지점에서 5백 보쯤 더 올라가면 개울이 나올 것이고 그곳에서 백 보쯤 더 올라가면 예의 그 집이 나오는 지점이었습니다. 샛길 양쪽으로 은사시나무가 꽉 들어차서 아치를 이루고 있었지요. 여름이라면 잎이 무성해서 하늘을 보기가 어려웠겠지만 그땐 늦은 봄이라 잎사귀가 파릇파릇할 정도였어요. 그래서 하늘이 훤히 보이더군요. 겨울에 들어왔을 때와는 사뭇 다른 느낌이었지요. 웃옷을 한 겹 벗어서 왼팔에 걸쳐 들고 돌부리를 차지 않으려고 등산화로 아직 채 썩지 않고 쌓인 낙엽을 툭툭 차면서 앞으로 나아갔습니다.
 그런데 그때 꿩! 꿩! 소리와 함께 장끼 한 마리가 숲을 후다닥 기어가다가 순식간에 푸드덕 공중으로 솟아올라서 저만치에 날아가 앉는 겁니다. 가슴이 마구 뛰더군요. 그때 갑자기 숨이 멈출 것만 같은 통증이 몰려왔지요. 땅바닥에 가슴을 쥐고 주저앉아서 어떻게 하면 제대로 숨을 쉴 수 있을까? 아니면 이대로 이 산속에서 죽는 게 아닐까? 하는 공포로 전신이 쪼그라들더군요. 그리고 파란 봄 하늘이 컴컴하게 되면서 이내 정신을 잃었습니다.
 얼마나 그러고 있었는지 가까스로 눈을 떴는데 한 여인이 나를 걱정스레 내려 보고 있더군요. 여기가 어딘가 했지만, 곧 알 수가 있었답니다. 지난겨울에 잠깐 본 그 방이었습니다. 선비 책상이 그대로 놓여 있고 그 위에 낡은 소설책 《상실의 시대》가 보였습니다. 내가 일어나려고 하자 보드라운 손이 내 가슴을 슬며시 누르더군요. 그 힘에 그냥 멀뚱거리며 다시 누울 수밖에 없었지요.
 "고맙습니다. 초면인데 실례 많습니다."

사실 뒷말은 그녀가 그냥 걱정스레 내려 보고만 있기에 덧붙인 말이라 굳이 하지 않아도 되는 말이란 걸 금세 알았습니다. 옷은 남루하지만, 얼굴은 귀티가 나더군요. 머리는 타래를 틀어 단정하게 뒤로 묶여 있었고요. 그녀가 숨을 내쉴 때마다 알싸한 기운이 내게로 전해왔습니다. 그냥 이대로 있으면 모든 게 다 좋아질 것 같더군요. 전체적으로 '결이 참 고운 여자로구나' 했습니다. 여인은 내가 깨어났다는 걸 알자 말 대신 내 가슴에 얹었던 손을 얼른 빼서 그녀의 가슴으로 가져가더군요. 그렇지만 그 따스함은 내 온몸이 오래도록 기억할 정도로 강렬했습니다.

 그녀가 나를 살피려는 듯 뚫어지게 내려다보는 바람에 내가 먼저 눈을 감고 말았지요. 그런데도 나를 자상히 간호하고 있다는 느낌이 가시지 않았습니다. 이 시간에 나를 온전히 맡길 사람은 오직 그녀 한 사람뿐이었으니까요. 얼마쯤 그러고 있었는지 밖에서 두런두런 사람 소리가 들립디다. 내가 사는 마을 이장이 장정 몇 사람과 함께 왔더군요. 여인이 얼른 일어서서 내 곁에서 멀어졌습니다.

 장정들이 접이식 들것을 펴는 사이에 그녀가 아예 바깥으로 나가더군요. 그들이 이장의 지시대로 나를 들것에 옮기는 데도 나는 여인과 눈을 맞춰서 고맙다는 인사를 하려고 애를 썼지요. 아쉽게도 그녀는 끝내 나한테 눈길을 주지 않더군요. 장정 둘이 앞뒤로 서서 나를 들고 산 아래로 내려가기 시작했습니다. 이장은 싸늘한 내 손을 잡고 꾹꾹 주무르며 말을 걸었습니다.

"선생님, 저 여자 아니면 오늘 큰일 날 뻔했습니다."

 이장은 산책길에 가끔 만나 눈인사 정도나 나누는 사이였지요. 그런데도 이렇게 이장의 덕을 볼 줄 몰랐다는 생각이 들더군요. 뭐라고 고맙다는 인사는 해야겠는데 딱히 상황에 알맞은 말이 떠오르질 않더군요. 그래서 겨우 짧게 대답했지요.
"네, 고마운 양반이네요. 이장님도 그렇고요."
 입으로는 그렇게 말을 하면서도 눈은 여인이 혹시 따라오지 않을까 하고 그 자취를 보려고 애썼지요. 그러나 그녀는 끝내 더는 보이지 않더군요.
 그리고 그길로 인근 대도시의 대학병원에서 보낸 구급차에 실려 가서 입원했지요. 그때부터 이런저런 준비를 하는 기간이 꽤 걸렸습니다. X-ray 촬영은 하루에 한 번, 혈액 검사랑 소변 검사도 수시로 하더군요. 그중에 CT 촬영을 준비하느라 해독 주사를 촬영 전후로 1시간씩 맞느라 진이 빠지더군요. 특히 촬영 직전에 조영제를 투입하면서 몸에 이상이 있을 거라는 말이 떨어지기 무섭게 똥구멍, 눈과 귓가에 뜨거운 불에 댄 것처럼 후끈하더군요. 이틀이 지나서 CT 촬영의 결과가 나왔다고 아내가 전해줬습니다. 아내가 조용히 말을 걸었습니다.
 "그런데 말이에요. 그렇게 심각할 때까지 어떻게 내가 모를 수가 있었지요?"
 "글쎄 말이오. 내가 미련해서 미처 당신과 의논하지 못한 것 아니겠소?"
 "내 잘못이 더 커요. 이번 일로 반성 많이 했답니다."
 수술실에 들어가기 전에 온 가족이 모여서 나를 위해 기도하더군요. 미국에서 맏아들네가 들어왔던 말 들으셨지요? 맏며느리는 수심에 찬 얼굴이었지만 함께 살지 않았으니 진정 어린 낯빛은 아니었을 겁니다. 물론 기대도 하지 않았지만요. 맏손자는 뚱해 보였습니다. 이 사람들이 왜 이렇게 호들갑이냐는 듯이 엄마랑 영어로 뭐라고 속삭이더군요. 알아들을 수 없으니 뭐라고 한들 어쩌겠습니까. 맏이는 내 손을 잡고 눈을 감고 기도를 더 올리고 있더이다. 멀리 떨어져서 사는 자신이 불효자라며 늘 미안해하는 마음을 담고 사는 줄 알기에 나도 그 손을 맞잡았습니다. 두 누나는 울어서 눈이 퉁퉁 부었더군요. '내가 피붙이들한테 이토록 소중한 인물이었던가.' 하고 생각했습니다.

 수술실로 운반하는 침대에 실려 온통 하얀 천정을 올려다보며 수술실로 내려가는데 짧은 시간에 별의별 생각이 다 듭디다. 수술실 문턱에서 딸이랑 둘째 아들 내외가 멈춰서더군요. 그리고 마지막으로 아내가 잡았던 내 손을 꼭 쥐었다 놓더군요. '힘을 내라!'는 듯이 눈으로 억지 미소까지 지어가면서 말입니다. '그래, 난 내가 할 일은 다 했소. 다만 아직도 젊은 당신한테 넉넉히 남기지 못해서 미안할 뿐이오. 내가 다시 이 문턱을 살아서 나오면 당신한테 모든 것을 다 바쳐 충성하겠소!' 멀어져 가는 아내한테 속으로 다짐했습니다. 따라오던 마취의가 말했습니다. 이제 곧 잠이 들 겁니다. 잠든 사이에 수술이 깨끗이 끝날 것이니 아무 걱정하지 마시고요. 셋, 둘, 하나- 하얀 가운과 푸른 가운을 입은 사람들이 뒤섞여 어지럽게 오가는 것을 보며 나는 까무룩 정신을 잃었습니다.

  3.
   두런두런하는 사람의 말소리가 들립디다. 그런데 놀랍게도 산속의 그 여인이 내 가슴에 한 손을 얹고 다른 한 손은 그녀의 가슴에 댄 채로 기도하는 듯했습니다. 두 눈을 꼭 감고 입을 달싹거리지만, 바삐 움직이는 간호사들의 움직임 때문에 그녀의 목소리는 더는 들리지 않았습니다. 나는 그녀가 서 있는 쪽의 팔을 옮겨 그 손을 잡아보고 싶었습니다. 그런데 손을 움직일 수가 없더군요. '고마워요. 정말 고마워요. 댁이 아니면 나는 이미 이 세상 사람이 아니었을 겁니다.' 그때 마침 그녀가 눈을 뜨고 나를 내려 보았습니다. 천사의 눈이었습니다. 입술을 달싹이며 내게 말을 했습니다. 물론 나는 그 목소리를 한 마디도 알아들을 수가 없었지만요.

"아이고! 마약이라도 줘 봐요. 아파서 못 견디겠어요!"
외마디 비명처럼 가래가 그르렁거리는 쉰 목소리가 귓전을 때렸어요. 그 바람에 잠시 감았던 눈을 번쩍 떴지요. 푸른 옷을 입은 간호사들이 우르르 내게 달려오더군요.
"환자분, 제 목소리 들리세요? 환자분 이름은요? 그리고 생년월일이 기억나시면 말해 보세요."
나는 그녀가 묻는 말에 제대로 대답했지만, 그녀들은 내 말을 알아듣지 못하는 것 같았지요.
"환자분, 좀 더 크게요!"
나는 컥, 하고 가래를 내뱉고는 소리를 더 크게 내서 한 번 더 나름대로 정답을 불러줬습니다. 갑자기 통증이 몰려오더군요. 대여섯 명의 푸른 간호 복을 입은 사람들이 달려들어 내 수술복을 갈아입혔어요. 내 어깨를 들어서 이리저리 돌려놓는 간호사의 이마에 땀이 송골송골 맺혔더이다. 온 전신을 대꼬챙이로 마구 들쑤셔놓는 아픔에 '아이고오!' 소리가 절로 나오더군요. 나는 그 아픔 속에서도 그녀를 찾고 있었어요. 얼른 와서 따뜻한 그녀의 손이 아픈 내 가슴에 올려만 준다면 이 아픔이 금세 나을 것 같은 기분이 들더이다.
"그 여자를 데려다줘요! 얼른!"
"환자분, 가족 면회는 아직 시간이 되지 않았습니다. 더 기다리셔요."
간호사가 내 말을 제대로 알아듣지 못한 채 짐작으로 자신만의 생각만 하고 있다는 게 부아가 치밀었지만 계속되는 통증에 정신을 차릴 수가 없더이다.
 "아이고, 마취제 놔 줘요!"
 여인의 쉰 목소리 뒤에
 "야, 씨 팔 년들아 몰 핀 꽂아달라니까!"
 남정네의 쉰 듯, 깨진 듯한 외침이 귓전을 때렸습니다. '그래, 그런 게 있었구나. 나도 아이고, 나 죽는다!'라고 소릴 치려는데 언제 왔는지 그녀가 내 가슴에 손을 얹고 있었어요. 아픔이 순식간에 사라지더군요. 나는 그 따스한 손을 잡으려 했지만, 양손이 다 묶여 있었어요. 그때 그녀가 나직이 말했지요.
 "괜찮아요. 이젠 아프지 않을 거예요. 자, 착하지. 안심하고 한숨 푹 자요. 네."
 나는 그 말을 들으며 깊은 잠에 빠졌어요.

 얼마쯤 시간이 흘렀는지. 잠든 사이에 시간이 지나긴 했는지. 갑자기 내 몸이 흔들리기에 정신이 번쩍 났습니다. 아마 그녀가 날 재우고 난 뒤 얼마 지나지 않은 듯했지요. 예의 푸른 간호 복을 입은 여인들이 환자복을 갈아입히고 있더이다. 전신으로 통증이 찾아와 마구 헤집고 있었어요. '그 여자를 불러줘요. 어디 갔어요. 금방 여기 있던 여자요.' 그렇게 고래고래 소리를 질렀지만, 간호사는 똑같은 말만 되풀이하더군요.
 "환자분, 가족 면회는 아직 시간이 되질 않았습니다. 자, 잠깐만요."
 그리고는 나를 들어서 옆 침대로 옮겼습니다. 어찌나 심하게 아픈지 나는 내 어깨 부근의 시트를 쥔 간호사의 목과 허리를 꽉 껴안고 말았어요. '미안해요. 아이고. 너무 아파서요.'라고 사과했어요. 그런데도 간호사는 내 사과 말을 받아

줬는지 어쨌는지 아랑곳하지 않고 내 고추에 꽂힌 줄을 들어새 통으로 옮기면서 말했어요.
"그냥 소변을 보면 돼요. 참으려고 하지 마시고요."
 순간 나는 움찔했답니다. 그 여자가 이 광경을 봐서는 안 된다는 생각이 퍼뜩 들어서요. '안 돼요. 안 된단 말이오!' 그렇지만 그 소리는 간호사한테 들리지 않았나 보더이다. 간호사가 내 고추를 살며시 쥐고는 쭉 훑더군요. 쪼르륵 오줌 떨어지는 소리가 났어요. 아, 정말 절망적이었어요. 그녀가 여기 어디쯤에선가 이런 날 다 보고 있을 것만 같았거든요. 간호사들이 옆 침대로 날 번쩍 들어서 옮겨갔습니다. 정신을 가다듬고 내 상태를 살펴보았어요. 두 손은 풀어놓은 게 분명했어요. 방금 내가 간호사의 목과 허리를 꽉 껴안았었거든요. 그런데 내 입과 코에 뭔가가 막혀 있었어요. 옆 침대에 중늙은이의 몰골을 보아서 미루어 알았지요. 그리고 가슴을 더듬거려 보았어요. 아, 뱀처럼 울퉁불퉁한 게 손끝에 느껴지더군요. 한 뼘은 족히 넘는 듯했어요. 그녀가 이 징그러운 상처에 손을 얹고 기도를 한 거였어요. 어쩌면 그녀가 천사가 아니었을까 하고 생각했지요. 그때 또 그 통증이란 놈이 엄습해오더군요. 여기저기서 '마약 줘!'라는 외침이 들리더이다. 같은 시간에 아프고 또 같은 시간에 잠잠해지는 게 여름 무논에서 울어대는 악머구리 울음 같다는 생각이 들더군요.

 '이 통증을 견디려면 가장 아름다웠던 때를 떠올려야지.' 기특하게도 한 소녀가 떠올랐어요. 영등포 신길동과 대림동 사이에 있었던 유명한 피아노 공장으로 통하는 논길을 나는 그 소녀랑 걷고 있었어요. 논두렁이라 우리는 신발을 벗어서 들고 나란히 걸었지요. 소녀가 좁은 논두렁에서 내 팔에 매달리듯이 꽉 잡고 걸었어요. 딴엔 무척 무서웠던가 봅니다. 내가 소녀의 신발을 받아 들었어요. 아주 조그만 운동화였어요. 피아노 공장의 불빛만 보일 뿐 온 들녘이 칠흑보다 더 캄캄했어요. 그래도 촌놈이라 이런 논길에 익숙했던 나는 요행히 그녀가 매달렸어도 거뜬히 피아노 공장의 둑까지 다다를 수가 있었어요. 나는 소녀를 꼭 안고 얼굴을 들어 도톰한 입술을 찾아 키스했어요. 소녀가 입술을 꼭 다물고 있었지만 양 볼을 꼭 쥐고 입술을 열었어요. 달콤한 아기 냄새가 났어요. 그리고 우린 신작로를 따라 걸으며 밤늦게 마을로 돌아올 수 있었어요. 소녀가 하얀 손을 흔들며 자기 집안으로 사라졌어요. 아쉬웠지만 나도 손을 들어 '잘 자'라고 말했어요.
"아이고. 나 죽겠네!"
 여기저기서 합창을 하는 바람에 눈을 번쩍 떴어요. 간호사들이 달려들어 환자복을 새것으로 갈아입히고 있었어요. 고추를 잡아 훑어서 쪼르륵 오줌 흐르는 소리가 났어요. 마신 것도 없는데 민망스럽게 오줌이 왜 자꾸만 차는지. 입은 열렸는데 코에는 긴 줄이 달려 있더군요.
"물!"
 물기가 살짝 먹힌 솜이 입술을 축여줬어요. 내 목소리가 그녀들 귀에 들린다는 증거라 기쁘더군요. 그렇지만 그것도 잠시 더 큰 통증이 몰려왔어요. 나는 참을 수가 없어서 간호사의 팔을 꼭 잡았어요. 팔을 잡힌 간호사가 귀엣말로 속삭였어요.
"환자분, 조금만 더 참으세요. 곧 통증 완화 패드를 붙여드릴 거예요."
 그 말에 나는 그녀의 팔을 퍼뜩 놓았지요. 간호사가 얼마나 아팠을까요. 지금 생각해도 미안할 따름입니다. 간호사의 말대로 조금 뒤에 파스처럼 생긴 패드를 가슴에 붙여 줍디다. 그래도 통증이 쉬 가시질 않더군요. 결국, 이번엔 알약을 먹었습니다. 마약이라고 불리는, 그토록 환자 동료(?)들이 원하던 알약 덕분에 통증이 훨씬 더 가라앉는 듯했어요. 수술실 밖이 훤하게 밝아오더군요. 통유리창 밖으로 보이는 커다란 나무의 초록 잎들 위로 찬란하게 금빛 햇살이 쏟아져 내렸어요. 하얀 가운을 입은 간호사가 다가왔어요.
"환자분, 이름은요? 생년월일은요?"
 나는 또박또박 정답을 말했어요.
"네, 잘하셨어요. 고생 많이 하셨지요. 이젠 곧 가족들을 만날 거예요. 자, 물 한 잔 마시고요."
 대롱이 달린 물통이었어요. 그런데 대롱이 짧았어요. 그녀가 하얀 고무호스를 가져와서 조금 길게 잘랐어요. 그걸 물통과 연결해서 내 입에 갖다 대더군요. 얼마나 달콤한지 한 컵을 다 마셨다니까요.
"가족을 만나시니까 예쁘게 하셔야지요. 자 머리를 이쪽으로 돌려 보세요."
 사이가 촘촘한 빗으로 머리를 빗겼어요. 그리고 얼굴을 거즈로 닦아줬어요.
"여태껏 푸른 간호 복을 입은 분들은 어딜 가셨지요?"
"지금 저희 팀이랑 교대했답니다."
 정말 고생하신 분들이라 고맙다고 인사를 하고 싶었는데 교대했다니 몹시 섭섭했답니다.
"수술 팀들은 6개월을 못 견뎌요. 저도 그랬었거든요. 허리가 상하지 않은 이가 없을 정도니까요. 그래서 곧장 신임들과 바꿔 준답니다. 아마 여기 보이는 간호사들은 누구나 겪는 일이기도 하지요."
 그렇구나. 건장한 남정네도 힘든 일일 텐데 연약한 여자들이 얼마나 힘겨울까? 팔을 잡힌 채로 귀엣말로 속삭여 주던 간호사가 고마웠습니다.

"자, 요로도 빼내겠습니다. 조금만 참으셔요."
 그리고 고추를 잡아서 길게 꽂힌 줄을 펜싱 선수가 칼을 뽑듯이 쭉 뽑아냈지요. 칼로 내장을 훑어내는 듯이 불이 일었지만 잠깐이었어요. 아픈 것보다 얼굴이 화끈거리더군요.
"미안해요. 선생님!"
 내 말에 방끗 웃으며 눈 한쪽을 찡긋 감았습니다. 수술실을 지나 회복실로 들어오는 문이 활짝 열렸습니다. 가족들이 우르르 아빠, 엄마, 할아버지, 혹은 할머니를 부르며 몰려들었어요. 아내가 내 손을 잡았어요. 그리고 둘째 아들과 며느리랑 딸이 눈가가 촉촉해져서 나를 내려 보고 있었어요. 나는 아내의 손을 잡고서도 그녀를 찾았어요.
"큰아들 찾으시는 거예요?"
 아내의 물음에 그냥 웃었어요. 더는 뭐라고 말을 할 수가 없잖아요.
"그나저나 아기 둘 다 보고 싶지요?"
 '아기', 솔직히 손주들이 보고 싶었지요. 그렇지만 이런 꼴을 보여주고 싶지 않았답니다. 내가 혹 저세상으로 가고 난 뒤라도 녀석들이 훌쩍 자라서 할아버지의 못난 모습을 기억되게 하고 싶지 않기도 했거든요. 언제나 용감무쌍한 주인공이 악을 물리치는 멋진 이야기를 들려주는 할아버지로 남고 싶었기 때문이었답니다.
"지금 손주들 보고 싶지요?"
 아내가 배시시 웃으며 내 속을 훤히 꿰뚫듯이 말하더군요. 나는 그냥 눈만 껌벅거렸습니다. 이런 소란을 부려놓고 염치가 없기도 해서요. 조금 뒤에 손자들이 들어와서 내 품에 안겼습니다. 그런데 일곱 살배기 손자는 금세 코를 움켜쥐더군요. 그도 그럴 것이 며칠간 씻지 않기도 했지만, 약품 냄새가 전신에 배어 있으니 당연히 그렇겠지요. 오빠와는 달리

다섯 살짜리 손녀는 내 손을 꼭 잡고 눈물을 글썽이며 고사리손을 모아 기도를 올리더군요.
"하나님, 울 착한 할아버지 얼른 낫게 해주세요. 아멘!"
짧지만 정말 내가 듣고 싶은 기도였습니다. '그래, 살아서 나가기만 하면 꼭 교회에 나가리라' 하고 답니다. 아내의 말에도 다음 말에도 그냥 웃어줬습니다. 뭐 더 할 얘기도 특별히 없었으니까요. 그렇게 나는 새롭게 삶을 연장해서 살게 되었답니다.

4.
池 兄, 사람에게 습관이란 게 참 묘하기도 하지요. 글쎄 한 10여 년을 같은 장소에서 운동하다 보니까 그곳이 아니면 운동을 하는 것 같지 않더이다. 한 건물에 목욕탕과 헬스장이 함께 있는 건물이었지요. 池 兄 가끔 저를 만나려고 오시고 했었지요. 바로 그 헬스장 말입니다. 1층이 헬스장이지요. 헬스장 문을 열려면 꼭 목욕탕 카운트랑 마주 보게 되어 있잖습니까. 그래서 카운트 보는 여인과 눈인사하게 되지요. 그리고 오른쪽의 헬스장 문을 열고 입장하게 되는데 그게 습관이 되어서 카운트 보는 여인과 인사를 하지 않는 날은 그 이상하게도 운동한다는 느낌이 반감되더군요.
그곳을 지키는 여자들은 보통 몇 개월이면 바뀌곤 합디다. 그런데 최근에는 한 몇 년이 됐는데도 그녀가 계속 일하더군요. 그러던 어느 날이었습니다. 한낮이었는데 헬스장이 텅 비다시피한 때였어요. 그녀가 카운트의 문을 닫고 헬스장으로 와서는 화장실을 이용하는 거였습니다. 마침 나도 옆 화장실에 들어갈 참이었는데 급히 그녀가 문을 닫고 앉자마자 세찬 오줌 줄기가 변기를 깰 듯이 요란스럽게 나더군요. 그 참 신기하게도 축 처져있던 내 남성이 불끈 힘을 내는 거였습니다. 물론 그녀는 아무 일 없었던 것처럼 일을 다 본 뒤 문을 닫고 나갔지만 나는 그 자리에서 한참 동안 더 앉아 있다가 나왔습니다. 뭐, 참 묘한 게 있더이다. 그날부터 그녀가 천하일색으로 보이는 거 있지요. 어떤 날은 괜히 두 번씩 헬스장을 가는 날도 있었답니다.

그렇게 몇 개월을 지내던 중에 헬스장 문을 막 열고 들어가려는데 그녀가 조용히 날 부르더군요.

"저 선생님 실례합니다. 글을 쓰신다는 얘길 들었습니다."

처음 말을 거는 그녀한테 대답 대신 그녀의 얼굴을 자세히 봤습니다. 죽은 깨가 몇 보일 뿐 해맑았습니다. 눈썹이 약간 짙다 싶게 길더군요. 코가 오똑하게 솟아있고요. 인중이 남달리 길었는데 골이 적당히 패여서 도톰한 입술과 코를 잘 이어주고 있더이다.

"네, 부끄럽지만 그렇습니다."

"혹, 선생님의 저서가 있으시면 제게 한 권 선물하실 수 있을까요?"

난감하더군요. 사실, 남이 쓴 작품에 평을 써 주거나 제자들이 보내온 원고를 퇴고해 주면서 조금이나마 푼돈을 받아 사는데 어디 변변한 저서랄 게 있어야지요. 그래서 대신 무라카미 하루키의 《기사단장 죽이기》를 추천해 줬습니다.

"제 소설은 재미랄 게 없습니다. 아직 습작에 불과하니까요."

그녀가 내 말에 무람없이 보일까 봐서인지 두 손을 모아 책 읽기나 하는 듯이 손바닥을 쫙 펴보고 있더군요. 이번엔 내가 더 무안하더이다.

"저어, 그러시다면 제가 좀 험하게 읽긴 했지만, 그동안 읽던 책을 빌려드리지요."

내 말에 그녀가 빵긋 웃더군요. 뒤로 묶인 머리카락이 이마에 몇 올 흘러내려서 흰 이마가 더 돋보이더이다.

"그렇게 해주신다면 저야 더없이 고맙지요. 사실은 제가 투잡 뛰거든요."

책 빌릴 시간이 없다는 말을 에둘러 표현하는 듯 보였습니다. 그렇게 약속한 대로 이튿날 두 권으로 구성된 1,200쪽도 더 되는 소설을 그녀에게 안겼습니다. 겉표지는 말끔하지만, 한 장을 넘길 때마다 군데군데 줄을 그었다든지 혹은 깨알처럼 메모를 한 책이었습니다. 그런데도 그녀는 책을 엄지손가락으로 좌르르 넘겨보곤 고개를 숙여 고마움을 표시했습니다.

그렇게 또 얼마간의 시간이 흘렀을까요. 건물주가 목욕탕이랑 헬스장을 리모델링 해서 자기가 새로 문을 열겠다는 겁니다. 그런 내막은 건물 벽에 세로로 현수막을 걸어놓은 걸 보고 알았습니다.

세로로

―그동안 저희 목욕탕과 헬스장을 이용해 주신 고객 여러분, 감사드립니다. 리모델링이 끝나는 대로 새롭게 개장할 때 다시 여러분을 모시겠습니다. 감사합니다. 건물주 백―

이튿날부터 목욕탕은 공사에 들어갔습니다. 헬스장에 조금 늦게 나온 나는 카운트의 문이 잠겨 있는 걸 보고 당황했습니다. 다행히 헬스장은 회원제라 대부분 기간을 채우고 공사에 들어가기로 했다고 관장이 말해 줬습니다. 그녀가 제 사물함 속에 책을 넣어두었더군요. 그런데 책과 함께 노트가 한 권 더 들어 있더이다. 마음은 얼른 펴 보고 싶었지만, 천천히 운동복으로 갈아입고 한쪽에 놓인 평상에 앉아서 노트를 펼쳤습니다. 볼펜으로 고만고만하게 가지런히 쓴 것은 소설로 보였습니다. 심호흡하고 첫 장을 열었습니다.

- 별천지-

 이미 정해놓은 제목인지 아니면 '이것이 제목이다.'라는 건지 아무튼 글씨가 반듯하고 정갈해서 마치 인쇄한 듯이 보였습니다.
 다음 쪽을 넘기다가 나는 그만 헉, 소릴 지를 뻔했습니다. 내가 본 그 허접하기 짝이 없는 산속의 집이 스케치가 되어 있는 겁니다. 그렇다면 그 산속의 여자랑 이 여자가 무슨 관련이 있다는 것인지? 서로 얼굴이 꼭 빼닮은 것도 아닌데 말입니다. 그러고 보니 어딘가 이미지 상으로 유사한 점이 있는 듯도 했습니다. 나는 얼른 사물함 속을 뒤적여 보았습니다. 물론 그렇게 해 봐야 내가 쓰는 세면도구뿐이겠지만요, 혹 그녀가 남겨 둔 게 더 있지 않을까 하는 마음이 있었기 때문이었지요. 그런데 열쇠 하나가 있더군요. 어쩌면 내가 사물함의 열쇠를 둔 게 아닐까 했지만, 분명히 그 열쇠보다는 더 작고 앙증맞았습니다. '무엇일까? 그녀가 넣어놓은 게 확실한 듯했지만 무슨 열쇠인지는 알 수가 없었지요.

'열쇠'
 모든 사람은 열쇠를 하나씩은 가지고 있을 것이다. 집 열쇠, 자동차 열쇠, 스포츠 센터의 개인 사물함 열쇠 등 매우 다양한 열쇠의 종류가 있다. 물론 광 열쇠로 사물함의 열쇠로 쓰지 못할 것은 없다. 그 많은 열쇠 중에서 내가 말하고 싶은 것은 '마음의 열쇠'이다. 인간은 가끔 이 마음의 문을 닫아걸고 살아가는 때가 종종 발생한다.

 池 兄, 뭐 뜬금없는 이런 생각이 들더이다. 이렇게 가끔 옆길로 새는 것이 제 본래 행태이기도 하지만요. 아무튼, 그 열쇠를 무슨 보물이나 되는 것처럼 내 책상의 1번 서랍에

간직해 뒀습니다. 그리고 그녀가 건넨 노트는 조금씩 읽기로 했습니다. 단번에 다 읽을 수도 있지만 그러고 싶지 않더이다. 야금야금 그녀를 만날 때까지 두고두고 읽으려고요.

池 兄, 애초엔 그녀의 소설을 야금야금 읽을 참이었지만 이쯤 되니까 그냥 묻어두고 조금씩 진도를 나가기엔 아쉬움이 더 크더군요. 목욕탕은 문을 닫고 공사한 지가 두 달이 다 된 시점이지만 개장 준비를 계속하고 있더군요. 몇 개월 전에 건 현수막이 지난 비바람에 낡아서 펄럭일 뿐, 언제 개장한다는 소식이 없더이다. 소문에 의하면 주인이 직영한다거나 임대 놓는다거나, 결정된 게 없다고 들었습니다. 하루에도 두세 번씩 그 앞을 서성이지만, 그녀에 대한 소식을 들은 것이 없습니다. 그녀의 소설 속에 등장하는 가을밤, 발정 난 고양이들의 울음소리가 들려서 산자락과 인접한 어린이 놀이터나 체육시설이 있는 쪽으로는 아이들의 흔적이 그 전보다 훨씬 줄어들었습니다. 인근 학원에 다니는 녀석들이 늘 소란스러웠지만 이젠 슬금슬금 물러갑디다.
"아이고, 끔찍해, 이거 소름 돋아서, 야 우리 다른 곳으로 가자!"
그뿐만 아니라, 덩치가 송아지만 한 맹견을 데리고 산책을 나오던 장 사장도 자취를 보기 힘들어졌습니다. 나도 같은 기분이라 서재에 처박혀서 그녀의 소설을 뒤적였습니다. 단숨에 읽을 수 있겠지만 읽다가 표시해 둔 곳을 폈습니다.

5.
인근 신도시에서 사업하시는 地 兄도 아는, 도(都) 사장 말입니다. 그 친구가 내게 은밀히 부탁합디다.
"친구 말일세. 내가 다음 지방선거에 도의원(道議員)으로 나설 참이란 말일세. 그래서 말인데 내 자서전을 좀 잘 써보라 이 말일세."
 그래서 내 딴엔 그 친구가 감당하기 어려울 만큼의 액수를 제시했더니 날 보고 하는 말이
 "야, 이 작가라는 놈이 도둑놈일세!"
 하고 화를 버럭 내는 겁니다. 그 즉시 냅다 일어나서 뒤도 돌아보지 않고 자리를 빠져나왔지요. 물론 계획된 행동이긴 했지만, 그 친구 무척 당황하던걸요. 바로 따라 나오더니
 "저, 작가 친구 말일세. 사실 이러저러한 일로 그 액수가 좀 크다 싶어서 그러는데 착수금으로 반을 내놓을 터이니 시작해 봄세. 그 반은 책으로 출판돼서 내 손에 넘겨주는 대로 맞춰서 바로 드림세."
 그렇게 나오니 저야 손해 볼 일 없지 않겠어요. 까짓 백수 제자들이 즐비한 게 문예창작학과 아닙니까? 그중에 제법 글 품새가 뛰어난 녀석 둘만 붙이면 허접한 얘기야 식은 죽 먹기니까 말입니다. 물론 다들 피죽을 먹더라도 자존심이 대단들 하니 해 봐야 알겠지만, 아무렇든지 '그러마.'하고 대답했습니다. 그런데 그날 말입니다.
 갑자기 내 팔을 끌고 그 도시에선 제법 복작거리는 곳으로 가더군요. 지금은 앞 상호가 기억이 아삼삼하지만, 무슨 살롱이라는 곳이었습니다. 그 도시의 한복판을 가로지르는 개천이 시원스레 내려다보이는 것으로 봐서 한 20층은 되어 보입디다.
 "아, 都 사장 사무실이 요기요?"
 복도에서 밖을 내다보며 물었더니 고개를 슬쩍 흔들더군요.
 "아니고, 요기는 내가 차려 놓은 아지트일세."
 池 兄께 들은 바가 있어서 짐작은 했지만, 이런 사업을 하

고 있었구나. 처음 보는 광경이라 새로웠습니다. 뭐 호기심 발동이랄까요? 실내가 한 예순 평은 족히 돼 보입디다. 잡다한 장식들이 이곳저곳에 나름 제법 배치가 잘 돼 있더이다. 그 중, 칼을 지팡이처럼 짚고 있는 구조물은 로마에서 사들였고, 벤허 영화에서 주인공 잭 휴스턴이 탔던 전차는 이탈리아 어디에서 들여왔고, 술병을 들고 간드러지게 웃고 있는 미인도는 이게부꾸로에서 들여왔다는 둥, 중국 무슨 지방부터 미국, 캐나다까지 이것저것 소개했지만 뭐, 그런 것쯤은 어디에서 들여왔던들, 글 나부랭이나 쓰는 내게 무슨 그게 대단한 일이겠습니까. 그런데도 시답잖은 것들을 침 튀기며 장황하게 설명하더군요. 그 사이에 몇 테이블에 손님이 들었고 우린 좀 더 안으로 들어갔습니다. 마치 영화 속에 나오는 서양의 가정식 레스토랑 내에 꾸며진 듯 기품이 있어 보이는 특별한 곳이었습니다.

그때야 제 차림이 신경 쓰이기 시작하더군요. 말쑥한 정장 차림에 머릿기름까지 반지르르하게 발라서 빗어 넘긴 都 사장이 아주 커다랗게 보입디다. 그에 반해서 자다가 끌려온 듯 부스스한 머리에 녹색 점퍼 차림으로 노트북을 넣은 배낭 하나 달랑 둘러맨 모습이니 원. 꼬깃꼬깃한 면바지는 언제 손질했는지조차도 기억이 나질 않았지요. 게다가 노란색 중국제 운동화를 신었으니 '도저히 이런 차림으로는 어울리지 않는다'라는 생각이 드는 겁니다. 그때부터 어쩐지 몸이 얼어붙기 시작하더군요. 게다가 여기저기 주머니에 손을 찔러 넣어도 지폐 한 장 잡히지 않았으니 참 궁색하기 짝이 없더이다. 자리에 쉬 앉지도 못하고 똥 묻은 강아지 모양을 하고 주춤거리는 내게 그 친구가 지폐 한 움큼을 바지 주머니에 찔러 넣어 줍디다. 그러는 사이에 아가씨 둘이 문을 열고 들어오는데 그만 억, 소릴 지를 뻔했습니다. 그 중, 한 명이 그녀였어요. 얼마나 놀랐던지. 산속에서 본 여자가 아니라 투잡 뛴다고 말하던 목욕탕 카운트의 그 여자였다니까요.
"안녕하세요? 저는 미스 강이에요. 저는 미스 양이에요."
 미스 강이라는 여자는. 분명히 카운트의 그녀였어요. 그런데 그녀는 내 옆에 앉지 않고 都 사장 옆에 앉더군요. 내심 섭섭했습니다. 그 순간에 주책없이 똑바로 그녀를 볼 수 있으니 다행이라는 생각도 들더군요. 都 사장이 능숙한 솜씨로 그녀의 허리를 낚아채는가 싶더니 쪽 소리 나게 키스하더군요. 시나브로 내 주먹이 불끈 쥐어집니다. 그런데 묘한 게 손이 바지 주머니에 들어가는 순간 그 분노의 기분이 싹 가시더이다. 아마 오만 원 권이면 이백만 원은 될 듯한 돈의 힘이 나를 무력하게 만들고 있으니 속물이 다 된 내 꼬락서니가 무척 초라하게 보입니다.
"자, 우선 오늘 내 귀한 손님을 소개하겠소."
 두 여자가 약속이나 한 듯이 나를 위아래로 스캔합니다. 나 참, 여자들 앞에서 이렇게 주눅이 들어보긴 난생처음이었습니다. 위로 사촌 누나까지 다섯, 아래도 여동생들이 다섯인 채로 유년을 보내면서 누구보다 여자라면 자신 있던 내가 말입니다.
 그녀가 익숙하게 쪽지에다 몇 자 적어서 내 옆에 앉은 미스 양한테 건네더군요. 미스 梁이 나가고 都 사장도 고의춤을 쥐고 화장실로 간 사이에 얼른 그녀에게 한마디 건넸습니다.
"어찌 된 일이요?"
 그랬더니 예의 긴 검지를 쭉 펴서 내 입술에 갖다 댑디다.
"쉿!"
 나는 또 푹 꺼지는 소파에 앉은 채로 눈만 끔벅거렸지요.
 그 사이에 양이 먼저 들어오고 뒤따라서 오늘 먹고 마실 것들이 들어와 미리 정해진 자리인 듯 곱게 앉더이다. 그리고 주안상을 세팅한 정장 사내가 나가자 都 사장이 거들먹거리며 들어오더군요. 都 사장이 앉는 것을 돕고 막 자리에 앉는 그녀가 내게 눈을 찡긋하는 겁니다. 순식간에 일어난 일이지만 아마 그게 이런 뜻이 아닐까 짐작했습니다.

-이 술 마시는 건, 걱정하지 말아요. 내가 당신 건강 상태를 잘 알고 있으니까요.-

그리고 네 개 잔에 얼음을 적당히 채운 다음 양주와 냉수로 간을 맞추듯이 붓고는 흔들어서 都 사장과 내 앞에 대령하더이다. 남은 잔은 양이 들자 都 사장이 건배를 제의했습니다.
"우- 뒤 파자!"
"건배!"
나는 무슨 말인가 하고 都 사장을 건너봤습니다. 그랬더니 만면의 미소를 띠고 都 사장이 풀이합디다.
"예, 오늘 내가 사랑하는 작가이자 친구랑 뒤지도록 마시고 내일 아침까지 파고 또 파자"
뭘 파자는 것인지. 고개를 갸웃했지만 '차차 알게 되겠지.' 하고 다시 한번 더 잔을 높이 들어서 건배했습니다.
"자, 자, 쭉쭉 들이키는 거라고!"
짜 짠! 잔 넷이 부딪치는 소리와 함께 都 사장이 먼저 눈을 지그시 감고 다 들이킨 뒤 머리 위에서 빈 잔을 거꾸로 흔들어 보입디다. 우리 셋도 따라서 흔들었지요. 그런데 池兄 제가 원 샷을 했는데도 독한 술이구나 하는 감이 오질 않더이다. 그렇게 서너 잔을 기울였는데 都 사장은 벌겋게 취기가 올라 양을 자기 옆으로 손짓해서 앉게 하더군요. 마침내 그녀랑 내가 자연스레 나란히 앉게 됐습니다. 앞의 都 사장은 양의 가슴을 풀어헤치고 더듬느라 정신이 없고 양도 술에 취해서 횡설수설 우리 쪽을 신경 쓸 처지가 아니더이다.

그녀가 나를 일으켜 세우더니 손을 잡아끌더이다. 커다란 액자 속 일본 미인도를 슬쩍 밀자 밀실이 나오더이다. 훌륭했어요. 그리고 푹신한 소파에 밀리듯 앉았지요.
"고마워요. 난 댁에 대해서 궁금한 게 참 많아요."
"글쎄, 선생께서 내게 궁금한 게 과연 뭣이 있을까요?"
 갑자기 강의 목소리에서 한기가 느껴집니다.
"선생께선 10여 년 전 미혜를 기억하실까요? 강. 미. 혜"
 '강미혜' 기억이 날 듯, 말 듯, 하더군요. 그래요. 워낙 튀는 아이였어요. 그런데 한 학기도 채우지 못하고 사라졌던 그 아이가 미혜가 아닐까 하는 생각이 들더이다.
"그럼, 미스 강과 미혜는?"
 그녀가 내 고의춤에 손을 넣어 꽉 잡더군요.
"선생은 오늘 밤이 제삿날인 줄 아세요!"
 그녀가 속삭이는 말에 나는 정신이 번쩍 들더이다. 숨이 넘어갈 지경인데 미혜한테 잘못을 저지른 일이 뭔지 도무지 기억이 나질 않는 겁니다.
"나는 미혜한테 잘못한 일이 없잖소?"
"그 글을 끝까지 읽어보시지 않았나 보군요."
"그래요. 끝까지 읽지 않았소. 그저 습작이겠거니 했소."
 사실이 그랬지요. 그리고 단번에 다 읽어 버릴 수도 있었겠지만. 어쩐지 그러고 싶지 않았지요.
"선생께서 동생이 처참하게 망가지는 걸 수수방관하지 않았나요?"
 '수수방관'이라. 어쩌면 그랬을 수도 있었겠지만 그런 기억이 전혀 나질 않았답니다.
"자, 이 사진을 좀 봐요. O·T 때 사진이에요."
 문예창작학과의 사진이 아니었다. 그런데 지금보다 훨씬 젊고 멋진 내가 가운데 앉아있고 예쁜 여학생 중에서 눈에 확

띄는 강미혜가 내 뒤에 서 있는 겁니다. 무용과 학생들 사이에 내가 왜 그 한가운데에 앉아있단 말인가? 하고 의아해했습니다.

"선생님 바로 뒤에 서 있는 애가 강미혜예요."

뒤통수에 묵직한 통증이 얹혔습니다. 아, 왜 일찍이 몰랐었단 말인가 하고 말입니다.

"자넨 왜 무용학과에 왔나? 이렇게 리포트를 잘 써낸 학생은
어느 학과를 막론하고 자네가 처음일세."

"사실은, 사실은 제가 쓴 게 아니라."

"그럼 누구란 말인가?"

"언니가, 제 친언니가 쓴 것이랍니다."

"그런데, 어째서 자네는 이렇게 당당한가?"

"이미 교수님께서 다 아시는 듯하니 뭐라 말씀드릴 수가 없습니다. 지금으로선."

그랬습니다. 그렇게 내 앞에서 당당하게 나섰던 발칙한 여학생이 강미혜였습니다. 그렇다면 그토록 궁금했던 그녀의 언니가 지금 나랑 함께 이 밀실의 소파에 앉아있는 미스 姜이라는 이 여자란 말인가 하는 생각이 들더군요.

"그럼 당신이 강미혜의 언니? 그 교수 뺨치는 글솜씨의 주인공이 바로 당신이란 말이요?"

그 물음에는 대답도 없이 그녀는 내 바지의 버클을 풀고 있었지요. 눈이 충혈된 건지 울고 있는 건지 구별이 되지 않았습니다. 다만 나는 그녀에게 시나브로 압도되어 있다는 게 정확한 표현일 겁니다. 나는 체념하고 있었지요. 아니 그냥 미혜의 언니라는 여자한테 내 한목숨을 맡기고 싶은 심정으로 넋을 놓고 있었다는 편이 적당할 것 같습니다. 나도 모르게 바지 뒷주머니에서 손수건을 꺼내서 내 얼굴을 덮었습니

다. 체념한 것이었지만 솔직히 어찌 되어 갈 것인지 다소 기대감도 있었답니다.

 그녀 속에 길다 싶게 담겨 있으려는 순간, 꽉 조여 오는 공격 앞에서 짐승처럼 울부짖으며 벌컥벌컥 온갖 내장을 다 쏟은 다음에야 정신을 잃었습니다. 아니 그냥 그녀 속에서 그대로 잠들고 싶었습니다. 아내와 일을 치른 지가 언제였던가. 기억조차 가물거리는데, 어째서 이 여자의 품속에서 이토록 황홀한 죽음을 맞이할 수가 있는지. 까무룩 의식을 잃어가면서도 '빙빙 도는 세상이 이토록 행복할 수도 있구나.' 하고 생각하다가 깊은 잠에 빠지고 말았습니다.

 6.
 池 兄, 밤과 낮이 구별되지 않는다면, 새벽일까요? 침대 위에 알몸인 내 옆에는 아무도 없었습니다. 흔한 영화 속이라면 간단한 메모지라도 있는데 말입니다. 젖혀진 커튼, 따스하고 밝은 햇살, 그리고 일본 미인도가 내 나신(裸身)을 내려 보고 있더이다. 그러하거나 말거나, 머리맡에 놓인 물병을 들어서 온통 다 비우다시피 마셨습니다. 마셨다기보다 내장 속으로 들이부었다는 표현이 맞을 겁니다.
 '어젯밤에 나는 죽었다. 이제 더는 살 필요가 없겠구나. 이보다 더 무얼 바라랴!' 이런 생각이 머릿속에서 뱅뱅 돌더이다. 그런데 그 순간 이런 생각이 퍼뜩 떠오르는 겁니다. '한 번만 더 그녀의 깊은 속에서 온전히 나를 담그고 젖가슴에 얼굴을 묻고 엉엉 소리 내어 울고 싶었습니다. 한 번만, 딱 한 번만이라도 그렇게 해 볼 수만 있다면' 하고 말입니다.
 그때 밖에서 인기척이 나더군요. 살며시 문이 열리고 梁이 얼굴만 들이밀고 빼꼼히 쳐다보았습니다.
 "일어나셨군요. 언니가 아침 차려 뒀더군요."

얼떨결에 앞만 가리고 돌아앉았습니다. 梁의 얼굴을 똑바로 바라볼 수가 없었거든요. 그녀가 문을 닫고 사라졌습니다. 화장실로 들어가서 거울에 비친 내 모양새를 보았습니다. 10년은 더 젊게 보이더군요. 늘 아침이면 축 처져있던 내가 대포 포신처럼 45도로 치켜 들려있었습니다. 이게 무슨 조화일까 이리저리 머리를 굴려봤지만 아무런 생각이 떠오르지를 않았습니다. 술이라고 해야 취할 정도로 마시지도 않았고, 그녀가 무얼 먹인 것도 아닌데 말입니다. 그런데 이상한 점이 있더군요. 내가 까무라치면서도 그녀의 얼굴을 제대로 보아두지 않았다는 겁니다. 나를 그 지경으로 만들었다면 그녀도 교성을 지르거나 몸을 꼬았을 텐데 말입니다.

地 兄, 제 예상이 맞는 것 아니겠습니까? 내가 미혜랑 정사를 벌이지 않았을까요? 그렇다면 얼마나 다행스러운 일인가 하는 생각을 하는 내가 정상일까요?

그날은 해가 중천에 떠오를 때야 집으로 돌아왔습니다. 아내는 나름대로 하는 일이 무척 바빠서인지 벌써 며칠째 대면한 적이 없답니다. 그냥 '챙겨놓은 밥상에서 밥과 국만 잘 데워서 드세요. -美 요렇게 메시지 한 장만 달랑 남겼더군요.
글쎄요, 이렇게 이야기를 끝내도 될까요? 어디까지가 현실이고 또 어디까지가 꿈인지 도대체 감이 잡히지 않으니 말입니다. 아무렴, 내가 정신착란증 환자는 아니겠지요.

6. 우린 사랑할 수 있을까

하나] 과유불급(過猶不及)

 지난 3년 동안 제대로 된 강의를 할 수가 없었다. 로나19는 나의 말년을 모양 나지 않게 만들어놨다. 대신 많은 양의 책을 읽을 수 있었던 계기를 만들어 놓은 것은 참 다행이라는 생각이다. 그 휴식기 동안 고등학교 당직 기사로 취직을 한 게 운이 좋았다. 밤을 새워 독서 할 수 있는 조건이 되었다. 그만한 읽을거리가 언제든지 학교 도서관에 기다리고 있었기에 금상첨화(錦上添花)라고 하는 게 적절한 표현일 터다.
 우선 떠오른 작가가 일본의 '무라카미 하루키'랑 프랑스의 '베르나르 베르베르'이었다. 아들 둘이 대학생 시절에 밤새며 읽던 그들의 소설을 그땐 거들떠보지도 못했다. 당장 교수로서 한국의 명작으로 손꼽히는 책을 읽어야 했다. 학교 수업을 준비하는 과정이 우선이었기 때문이었다. 그런 과정은 이제 다시 내 앞에는 없으리라. 퇴직 후, 어린이를 위한 동화 읽기가 시작됐다. 아동센터에서 봉사하기 위한 수단이었다. 그다음은 노인과 관련된 소설이나 인문학 관련 서적을 읽었다. 지역 노인복지회관에서 강의해야 했기 때문이었다. 그리고 내가 사는 市에 주둔한 부대에 순회 강의를 위해 세계 명작을 읽었다.
 그런데 코로나19의 여파로 이런 강의가 모두 사라졌다. 그렇다고 언제 끝날지 모르는 이 사태 앞에서 머리를 녹슬게 둘 수는 없는 노릇 아닌가? 이런 때에 학교에 취직하게 된 것은 千載一遇의 기회였다. 학교에 들어가자마자 도서관 사서 선생한테 내 졸저 『합평의 묘미』를 선물했다. 이러저러한

구차한 내 소개보다 훨씬 효과적일 것이라는 생각에서였다. 예상대로 사서 선생은 내게 호의적이었다. 우선 학교 도서관에 있는 책을 내 사무실에 쌓아놓고 읽을 수 있었고, 없는 책은 주문해서 도서관에 갖춰 둘 수 있었다.

하루키의 소설과 수필 등속 중 『양을 쫓는 모험』, 『노르웨이의 숲』, 『댄스.댄스.댄스』, 『해변의 카프카』 등은 이미 읽은 터라 '베르나르 베르베르'의 소설 30권을 앞에 쌓아두고 먼저 아이들이 읽고 자신들 책꽂이에 꽂아놓은 『개미』를 시작으로 『고양이』와 이어지는 최근작인 『행성』을 읽었다. 그리고 내처 『문명』, 『죽음』, 『기억』, 『뇌』까지 읽으며 강의를 위해 하던 독서와는 다른 SF소설이 주는 색다른 재미에 푹 빠졌다. 그 중에서 『타나토노트』를 읽으며 '평생을 살아오면서 어딘지 모르게 한 곳이 뻥 뚫린 게 아니었나?'하는 생각이 머리를 꽉 채우고 있었다. 삶과 죽음, 죽음 뒤에 오는 세계를 이전에는 깊이 있게 생각해 본 적이 없었으니 새로운 길을 본, 격이었다.

그렇게 시간이 지나자 학교 국어 교사 열두 명 중 두세 명과 학생 중에서도 나랑 경쟁적으로 책을 읽는 이들이 생겨났다. 그렇게 2년을 지나고 나자 새롭게 눈이 떠지는 요소가 있었다. 그래서 SF소설 읽기에 더욱 신명을 냈다. 『카산드라의 거울』, 『파피용』, 『아버지들의 아버지』를 읽는 것으로 그 동안 독서 이력으로 나를 돌아보자는 생각이었다. 그런데 우연히 새로 들여온 책 중에서 '자크 데리다'의 『해체』가 보였다.

"사서 선생님, 이 책을 누가 읽었습니까?"

놀랍게도 그 책을 주문해서 들여오게 한 장본인은 국어 교사가 아닌 체육 교사였다. 그리고 50대 중반인 그녀는 이미 '자크 데리다'의 초기작인 『글쓰기와 차이』, 『목소리와 현상』,

『산종』 등의 저서들도 섭렵했다는 것을 '독서이력서'로 알았다.

그 체육 교사는 학기 중에 밤늦게까지 연구에 몰두하는 인물이었다. 그 연구라는 게 무엇인지 궁금했다. 학교가 텅 빈 늦은 시간에 그녀의 자리를 찾았다. 다행인지 프린트된 텍스트가 보였다. '뇌를 통한 인간의 행동 연구'라는 소주제가 보였다. 책상 위에 『산종』이 펼쳐져 있었다.

이튿날 밤에 그녀의 방에는 늦도록 불이 켜져 있었다. 절호의 기회였다.

"선생님, 무슨 연구에 이토록 몰두하고 계시는지요?"

그녀가 나를 흘낏 쳐다보았다.

"글쎄요?"

도서관에 들락거릴 정도이면 그녀가 나를 모를 리 없을 터인데 '글쎄요?'라니 오기가 생겼다.

"선생님께서 벌써 '자크 데리다'의 『글쓰기와 차이』, 『목소리와 현상』, 『산종』 그리고 『해체』를 토대로 연구를 시작하신 걸로 압니다만……."

그녀가 고개를 약간 돌려서 안경 너머로 나를 쳐다보았다. 체육 교사라는 선입견이 슬그머니 사라지고 있었다.

"아 네, '체육 교사가 조금 도를 넘기고 있으시다' 이런 말씀이신지요?"

"아니, 그런 게 아니라 나도 관심이 있는 분야를 연구하시기에 궁금했습니다."

그녀가 잠깐 뜸을 들이더니 하던 일을 멈추고 나와 대화 할 수 있게 뒤로 돌아앉았다.

"그러셨군요. 어쩌면 평론가님께서 관심을 가지실 만도 하실 겁니다."

그녀가 이미 나를 잘 알고 있는 듯이 느껴졌다. 하기야, 도서관에 『합평의 묘미』가 눈에 띄게 꽂혀 있으니 관심을 가졌다면 표지 날개만 보았더라면 대략은 알았을 것이다.

"사실 한창 연구에 몰두할 때 『산종』에 빠져서 성경, 불경, 더 나아가서 '괴테'나 '도스토예프스키', '세르반테스' 등의 소설까지 正反合의 경계를 넘어서는 다음 단계까지로 '해체'이론을 끌어 올리는데 두 손을 들고 항복한 적이 있었답니다."

"네, 그러셨군요. 저는 그냥 시인이시자 문학평론가이신 줄만 알고 있었습니다."

그녀가 일어서서 차를 끓여내 왔다. 키가 훌쩍 컸다.

"고마워요. 바깥 공기가 차서 따뜻한 차가 땡기는군요."

그녀가 배시시 웃으며 나를 찬찬히 살피듯이 따뜻한 눈길을 보냈다.

"'천당차'입니다. 몸을 데워주는 효과가 있답니다."

"아이쿠, 벌써 몸이 따뜻해지는 듯합니다. 그런데 무슨 연구이시기에?"

"네, 정년 때까지 그냥저냥 지내려니까 인생을 손해 보는 듯해서 하다만 공부를 마저 해 보려고 합니다. 박사과정이랍니다."

이번엔 내가 자세를 고쳐 앉았다. 전등이 밝게 그녀의 정면을 비췄다. 서글서글한 눈매가 부드럽게 느껴졌다. 인중까지 곧게 뻗은 얼굴 가운데 선이 곱다.

"그런데, 얼핏 보았습니다만 논제를 어렵게 설정하신 듯하더군요."

"네, 석사과정에서 지도교수께 좋은 평가 받았던 과제의 다음 순서지요. '체육', 어찌 보면 단순하게 보이지만 깊이 들어가 보면 어떤 학문보다 어렵습니다. 특히 육체와 정신의 연관된 '차연'과의 관계를 조금만 들여다보아도 훨씬 학생들을 지도하기가 쉽다는 것에 착안했거든요."
 그녀의 얘기를 들으며 등에서 땀이 흐르고 있었다. 괜히 벌집을 잘못 건드린 기분이 들었다. 나는 시계를 들여다보는 시늉을 했다.
 "훌륭한 논문 기대하겠습니다."
 아직 식지 않은 '천당차'를 후루룩 마시고 자리에서 일어섰다. 그녀가 지금 봉지를 뜯은 '천당차'와 책상 위 접시에 쌓였던 과자를 비닐봉지에 싸서 내게 건넸다. 우리는 그렇게 친구가 되었다.
　　　-토요일 점심때 시간 내실 수 있으신지요? '데리다 드림-
 마침, 아무런 약속이 없는 때라 -옛썰-하고 카톡에 답을 보냈다.

 그녀가 인근 바닷가로 차를 몰았다. 소문으로만 몇 번 듣기만 했던 궁평항이었다. 횟집에서 점심을 하고 늦은 봄바람을 맞으며 바다 위로 난, 길을 걸었다. 나란히 걷기에는 내 키가 조금 작았다. 그녀가 먼저 말했다.
 "아무래도 올해 안에 논문 통과가 어려울 것 같아서요."
 "아니, 지금 마무리 단계로 알고 있습니다만……"
 "지도교수께서 너무 현실감이 없다고 하는군요."
 나는 그녀의 다음 말이 이어지기를 기다렸다.
 "그거 아시지요? 시니피에, 시니피앙"
 "잘 알지요."
 그녀가 멀리 수평선 너머를 보느라고 잠깐 멈추는 사이에 갈매기 몇 마리가 우리 둘의 머리 위를 날았다.
 "différence 대신 différance라고 매번 쓸 때의 현상이 순전히 뇌에서 이루어지는 일이 아니라 습관적인 행동과 연관

된다는 이론도 잘 아실거구요?"
"네, 그건 '기표(記標)'와 '기의(記意)'가 송두리째 달라지는 결과를 낳는 건데 말입니다."
"그러게요. '다름'이 '틀림'으로 고정되는 건 정말 싫거든요."
　내 젊은 시절의 고민을 그녀가 하고 있다는 생각이 퍼뜩 들었다. 기껏 'e'와 'a'가 바뀌었을 뿐인데, 각설하고 답답함을 잊으려고 우린 가까운 카페로 들어가 커피를 마시고 학교로 돌아왔다.

　그녀의 고민은 인간의 행동과 뇌의 향방이 늘 일치하지 않는다는 고민이었다. 그 불일치는 어쩔 수 없이 한계에 봉착할 수밖에 없는 것임을 인정해야 하는데 그것이 아니라는 게 문제였다.

　그때 마침 내게도 고대하던 강의가 들어왔다. 한창 유행하고 있는 '스터디 카페'에서 열댓 명의 인원이 '시 창작 강의'를 부탁했다. 무려 3년 만에 하는 강의라 마음이 달떴다. 2시간에 할 강의를 2주간 준비했다. 목말랐던 차에 만난 오아시스에서 흠뻑 마신 대추야자처럼 온 힘을 다해서 '이미지+이미지' 그리고 '이미저리'를 넘어 '형상화 과정'을 두 시간 동안 지도했다. 틈틈이 툭툭 던지는 질문에 이미 시인으로서 어느 정도의 입지를 굳힌 이들이지만 한눈을 팔 수 없게 몰아쳤다. 의외로 대단히 만족스러운 표정들이었다. 저녁 식사 시간은 물론 차담 시간에도 질문이 이어졌다. 대표라는 시인만 낯이 익었을 뿐이었지만 참석자 모두 금세 친밀감이 느껴졌다. 20일 후에 2차로 만날 것을 약속하고 헤어졌다.
　첫 강의가 궁금했는지 그녀가 강의 내용을 물었다.

"네 시(詩)에서 '기표(記標)'와 '기의(記意)'의 관계를 얘기했습니다."
"아, 시(詩)가 씌어 지는 과정에도 '기표(記標)'와 '기의(記意)'의 관계가 중요한가 봅니다."
"그럼요. 특히 디카로 시작한 영상 시가 이젠 누구나 쉽게 쓰는 휴대폰에 내장된 카메라로 촬영한 후 이루어지니까요. 길어야 네댓 문장으로 창작되는 시(詩)랍니다."
그녀가 커다란 관심을 보였다. 그녀를 위해서 좀 더 쉽게 이해할 수 있도록 '기표(記標)'와 '기의(記意)'의 관계를 심도 있게 준비했다. 강의를 마치고 나서 그녀한테 강의 시간에 경험한 대로 디카시를 알려 줄 생각에 벌써 마음이 급했다.

약속한 강의 시간에는 멀리 부산과 광주에서 소식을 듣고 달려온 시인이 있을 정도로 나의 시 창작 강의에 관심이 높았다. 대표가 '지도교수'로 초빙한다는 확인서까지 수여했다. 첫 강의 때 졸저 『합평의 묘미』를 받고 그들이 건넨 창작집에 수록된 첫 작품부터 評하는 것으로 강의를 시작했다. 눈치 보지 않고 느끼는 바대로 솔직하게 評했다. 반응이 뜨거워지자 가슴이 벅찼다. 뒤 시간은 지난 시간 내용을 확인하는 복습 시간으로 할애했다. 수업이 끝나고 저녁 식사 시간은 물론 차담 시간까지 각자의 작품평가를 부탁했다. 그렇게 하다 보니 자정이 임박해서야 귀가할 수 있었다.

이튿날 대표가 전화했다.
"교수님, 강의 참 좋았습니다. 앞으로 더욱 많이 지도해 주십시오. 모두 만족해하더군요."
빨리 저녁이 되어서 그녀를 만나고 싶은 생각에 기분이 좋았다. 그런데 점심나절에 대표가 또 전화해왔다. 강사료를 더 높여서 받을 것 같은 기분에 얼른 받았다.
 "교수님, 어쩐답니까? 어제 평가받은 이들이 야단났습니다. 이미 각종 상을 휩쓴 이들의 작품을 그렇게 혹평을 내리시면 어떡합니까?"
 "혹평이라?"
 "실망입니다. 교수님!"
 대표가 먼저 전화를 끊었다.

 둘] 歸巢本能
 어제 저녁나절에 일터에 도착했다. 내가 도착했음을 알리고 준비된 저녁 식사 바구니를 찾아서 내 자리인 당직실로 돌아와서 전등을 켜고 컴퓨터의 전원을 켜는 일로부터 일과가 시작된다. 옷을 갈아입고 나면 우선 바구니에 든 식사 종류를 파악한다. 기본은 밥과 국이다. 그 외에 찬거리가 있지만 아이들 입에 맞는 종류가 대부분이라 큰 기대는 하지 않는다. 김치가 미리 준비되어 있기에 대부분 음식물 쓰레기통으로 직행한다. 간혹 생선류가 들어있을 때는 슬그머니 미소가 떠오른다. 식사가 끝나면 각종 약봉지를 꺼내놓고 복용한다. 당뇨, 고혈압, 고지혈증, 신장약 등이다.
 그다음은 운동이다. 각 교실의 소등이 잘 되었는지, 교무실 중 비어 있는 곳과 선생님이 일하고 있는 곳을 파악한다. 이게 내 일과의 전부이다. 내가 일하는 이곳은 고등학교다. 이 학교는 소재지 시(市)에서 학급이 가장 많다고 알려져 있다. 42개 학급이다. 교직원이 150여 명에 식당 운영 여사들까지 20여 명이다. 나는 '기사'라는 직함을 가진 2명 중 야간 담당이다.
 5층까지 한 바퀴 돌아서 내려와 교문을 반쯤 닫고 체육관으로 직행한다. 체육관을 쓰는 날은 정해져 있다. 비어 있으면 문단속하고 교무실로 직행한다. 대체로 박 부장이 자리를 지키고 있는 때가 많다. 그녀는 곧 희망퇴직을 할 예정이다. 커피 한 잔이 나를 위해서 준비되어 있다. 그 한 잔이 빌 때까지 차담(茶啖)이 이어진다. 이때가 내겐 하루 중 가장 행복한 시간이다. 벌써 2년이 다 되어 간다. 그런데 이 순간이 곧 사라지게 된다고 그녀가 말했다. 그러면서 주섬주섬 짐을 싸서 서둘러서 퇴근했다.

방금 박 부장의 시아버지가 자전거 사고로 운명했기 때문이란다. 내가 할 수 있는 일이란 "고인의 명복을 빕니다."가 전부였다. 문제는 딸아이의 결혼 날짜가 보름 안에 잡혀 있다는 거였다. 난감한 그녀의 심정은 알지만 내가 할 수 있는 일은 아무것도 없었다.

보통 18시쯤이면 학교에 그득 찼던 인원의 9할쯤이 비게 된다. 학생들은 학원이나 과외 시간에 맞춰야 한다. 학교 근처는 아이들을 데리러 온 학부모가 몰고 온 자동차로 얽히고 설켜 복잡하다. 노인 일자리를 채우려고 일흔다섯 살 어르신이 고군분투한다. 이 북새통은 길어야 10분이다. 18시면 학교가 텅 비게 된다. 처음엔 주민들이 항의 전화를 많이 했다. 그러나 그들도 이 학교에 아이를 보내고 있거나 장차 입학시키려고 옮겨온 입장이라 그런 구차한 전화 소동도 곧 시들해졌다.

교무실이 모두 17실이다. 마지막 퇴근하는 선생님이 보안점검표를 내 방앞에 올려놓고 퇴근한다. 그래서 보안점검표가 없는 교무실에 눈길을 맞춰둔다. 대체로 밤늦도록 일하는 부서가 있게 마련이다. 학생부다. 학생이 1,350명 정도이니 학생 사고는 크든 작든 늘 일어나게 되어 있다. 그러니 퇴근

마지노선인 22시까지 채우고 허둥지둥 빠져나가기 마련이다.
"왜 퇴근이 이렇게 늦지요?"
 이렇게 물었다가는 어떤 봉변을 당할지 알 수 없다. 그들이 3시간 동안 연장근무를 하면서 받는 시간 외 수당이 그만큼 많아진다. 뭐 나라 사랑이 지극해서가 아니라 컴퓨터로 자신에게 필요한 강의를 듣는다면 얘기가 다르다. 개인적인 일로 연장근무를 하는 것은 용납할 일이 아니지 않는가.

 그녀의 퇴근이 내가 일할 수 있는 시간이 된다. 쓰던 소설도 마무리하고 詩評 들어온 것도 살펴본다. 이런 일, 이런 내가 가장 福이 많은 사람이라는 생각이 들 때가 많다. 우선 당장 강의 준비를 하지 않아도 된다는 안도감이다. 꿈속에서도 강의 준비가 제대로 되어 있지 않아서 당황해하던 때가 많았다. 잠에서 깨어 '내가 지금 왜 이러지?'하고 멍하니 앉아있을 때가 종종 있다. 다음은 돈에 쪼들리지 않는다. 풍족하지는 않지만 내게 돈을 요구하는 가족이 없고 특별히 쓸 곳도 없다.
 이런 안도에서 오는 행복감에 가끔 깜짝 놀라는 일이 있으니, 아내 영미가 아프면 어찌할 것인가? 미리 걱정할 필요는 없지만 '어떻게 대처할 것인가'라는 계획은 서 있어야 하는 것 아닐까? 그 외에는 걱정할 게 없다. 그러니 지금이 내 생애에서 가장 행복한 때인 건 확실하다.

 일본에 아들네에서 몇 개월 사는 오랜 친구가 통화할 때 간혹 이런 말을 하곤 한다. "자네가 재밌게 지내는 곳이라니 귀국하면 한 번 들릴 수 있도록 하겠네" 물론 친구가 학교에 오겠다는데 그를 막을 이유는 없다. 이 자리에 자긍심을 가지고 있으니 말이다. 제자는 물론 동료 시인도 방문한 적이 종종 있다. 시평을 부탁하러 오는 지인도 있다. 이런 나를 이해할 지인도 있고 비웃는 이들도 있을 것이다. "맏이는 미국의 유명 대학교에서 정교수로 있고, 차남은 대기업에서 연구원으로 있으며 막내딸은 교육공무원으로 잘 사니 뭐가 궁해서 이런 일을 하느냐?"고 생각하는 이도 있을 것이다. 그렇지만 나는 물론 아내도 자식들한테 손 벌리지 않고 살 수 있을 때까지는 살아보자는 것이라 거리낌은 없다.

 다시 돌아가서 박 부장. 솔직히 말하면 그녀는 지금 부장이 아니다. 모든 걸 내려놓고 명퇴를 결정해 놓은 상태니 별 차이는 없다. "그만두시고 학교를 나가면 무슨 일을 하시렵니까?" "그러니 말입니다." 짧게 말하며 잔웃음을 지어 보였다. "그 양반은 얼른 학교생활을 접고 여기저기를 훨훨 날아다니고 싶을 겁니다." 오랜 시간 동안 함께 이 학교 저 학교로 전전했다는 그녀의 동료가 슬쩍 알려 준 말이다.

셋] 우린 사랑할 수 있을까

 우리는 방과 후에 자주 만났다. 그때마다 내 관심은 어쩌면 하찮을 수도 있는 이런 몇 가지가 매력이 있었기 때문이다. 그녀는 치렁치렁한 머리카락을 곧잘 쓸어 넘겼다. 그때마다 훤한 이마 밑으로 쭉 고르게 돋은 콧날, 그리고 인중을 거쳐 뚜렷하게 이어지는 입술 선이 커다란 눈과 짝을 이뤄 묘하게 웃고 있었다. 그랬다. '아장스망!' 젊은 한때에 '질 돌뢰즈'에 빠져서 지낼 때가 있었다. 하숙집 아주머니, 그녀는 살빛이 고와서 햇살이 비출 땐 꽉 깨물어 주고 싶은 충동을 느꼈었다. 그건 고향 집의 앞집 영자 누나가 목욕하는 모습을 훔쳐본 후 가장 예쁜 대상이 바뀌는 순간이었다. 아, 지금 그 여인이 또 바뀌는 순간이다. 이렇게 서로 몰랐던 관계가 자연스레 이어져서 내 심중을 뒤흔들어놓는 관계, 그게 바로 '아장스망'이 아닐까?

돌이켜보면 학교 숙직 기사로 취직이 된 건 결단코 우연이 아니었다. 일자리를 찾아 주민센터를 들렀을 때 시청에서 일하다가 내려와 있는 낯익은 주무관과 대면했다. 희한하게 일어난 우연이었다. 그녀는 통일부에서 잠깐 일할 때 지금 사는 시청(市廳)에서 민간운영위원 활동한 적이 있었다. 그 2년 동안에 만난 시청직원이었다. '될 수만 있다면 학교로 가시는 게 좋을 듯싶네요'라고 그녀가 말해 줬다. 그녀는 5년 전에 심장 수술을 했다는 것도 기억하고 있었다. 병명은 관상동맥이 막힌 '협심증'이었다. 급사직전에 ''관상동맥 우회 수술'을 받고 극적으로 살았다. 앙가슴을 한 뼘쯤 가르고 한 수술이라 후유증이 만만하지 않았지만 잘 이겨내고 이제 5년을 넘겼다. 그러니 힘든 일은 아예 할 수가 없는 상태란 것도 그녀는 잘 알고 있는 듯이 보였다.

먼저 추천받은 교육이 '경비원 교육'이었다. 매사에 긍정적이고 적극적으로 살아야 한다는 게 내 삶의 지표이다. 당연히 교육 기간 사흘 동안 들어오는 강사들한테 눈에 띄었을 것이다. 그래서인지 교육이 끝나기도 전에 면접 보자는 곳이 나타났다. 교육이 끝난 다음 날 GM코리아 AS센터에서 안내 겸 경비원으로 채용됐다. 3월 중순이었다.

대학교를 퇴임한 후, 실로 10여 년 만에 드디어 일할 수 있게 된 것이다. 아내는 물론 가족 모두가 좋아했다. 근무하는 동안 내 신념대로 열심히 일했다. 아침 6시 30분에 교대하면 밤 10시에 취침할 수 있는 구조였다. 그래도 오후 6시면 직원들이 서둘러 퇴근했다. 그 이후에 특별한 일이 없기에 오롯이 틈을 내어 평소에 써 둔 원고를 정리할 수 있었다. 그렇게 해서 그해 11월에 평론집을 냈다.

　우리는 본의 아니게 엉뚱한 일에 빠질 수도 있다. 그게 우리네 삶의 형태이기도 하다. 애써서 펴낸 출판물이 화근이 될 수도 있다는 걸 그때 알았다. 텅 빈 센터 한구석에서 싸우는 아이들을 말린 게 끈이 되어 그들의 멘토 노릇을 맡게 되면서 일이 꼬이기 시작했다. 일의 시작은 종종 들리던 중.고생 몇 명한테 내 책을 사인까지 해서 준 것이다. 그들 중 내가 근무하는 밤이면 추위에 오돌오돌 떨면서도 찾아오는 자매가 있었다. 동생이 중3으로 나와 먼저 알았다. 얼마 후 동생을 따라온 고2인 언니가 문제였다. 성적이 전교 석차 1% 안에 들어가는 아이가 급작스레 문학을 하겠다고 나선 것이다. 처음에는 아빠가 찾아와서 사 온 커피를 나눠 마셔가며 얘기를 나눴다. 다행히 아빠가 내 맏이랑 동갑이어서 아들 대하듯이 할 수 있었다. 덕분에 그럭저럭 의사가 잘 통하는 듯했다. '아직 1년 남았으니 그 안에 마음을 돌려보자'라고 얘기하고 돌아갔다. 그리고 다음 근무일에 엄마가 찾아왔다. 곱게 차려입고 조그만 과일 바구니를 챙겨 온 모양새를 보아 기품있는 엄마로 여겼다. 그녀가 내 제자였었는지, 아니면 어느 특강 때 강의실에 있었는지 나는 기억에 없다. 다만 그녀가 나에 대해서 잘 알고 있다는 듯이 말했다. '우리 아이는 정법대를 보내야 합니다. 시부모께서 강력히 원하시거든요.' 나는 그 순간부터 무엇인지 잘못되어 가고 있음을 느꼈다. '얘야, 문학이란 게 쉬운 게 아니다. 나를 봐라. 평생을 매달렸지만 제대로 된 詩 한 편 없단다. 그러니 정법대로 가라'라는 말이 아이의 초롱초롱한 눈빛을 보고서 양심상 나오질 않았다.

　며칠 뒤 아이가 그동안 써온 시집 한 권 분량쯤 되는 습작한 시(詩)를 파일째 들고 왔다. '그래, 두고 가거라.' 그리고 밤새워 詩를 鑑賞했다. 그런데 이건 웬만한 기성 시인의 수준에 뒤지지 않았다. 아이의 재능에 감탄했다. 그렇다고 해서 '이 시를 자네가 썼단 말이지?'하고 묻지는 않았다. 내가 아는 뉘 시에서도 찾아보기 어려운 신선함이 있었다. 조부모가 정치인이나 법조인을 만들려고 해도 되지 않겠다는 느낌이 들었다. '아무래도 아이의 마음을 돌리기엔 늦은 것 같군요.' 진심에서 우러나는 말을 전했다. 내 말에 부모는 가타부타 말이 없이 돌아갔다.

그것으로 끝이 아니었다. 사단은 다음날 일어났다. 다음 근무일에 중년 사내가 자동차 창문을 내리고 나를 불렀다. "모두 열심히 일하는 것 보이지 않소. 그런데 엉뚱한 일이나 하고 말이오." 점심 식사를 끝내고 얼쩡거리던 나는 멀뚱멀뚱하다가 "실례하오만 댁은 뉘신 데 나이깨나 먹은 나를 불러 탓을 하는 거요?" "나는 이 센터의 책임자요." "그렇다면 나도 말 좀 합시다. 센터장이란 양반이 그렇게 창문을 내리고 손가락으로 사람을 불러서 앞뒤 툭 자르고 책임추궁이란 말이오." 대화는 그것으로 끝났다. 보름의 여유를 두고 다른 일자리를 알아보게 됐다. 한가하게 마당에서 얼쩡대다가 사위 먹일 닭으로 잡혀서 펄펄 끓는 물로 직행 당하는 꼴이었다. 끝내 자매를 보지 못한 채로 그해 12월 31일에 봇짐을 싸서 그곳을 떠났다. 이것이 지금의 이 학교로 오게 된 사연이다. 12월 31일 밤, 인계받고 숙직을 시작했다.

계약 기간은 2개월이었다. 학교는 비닐 막을 씌우고 석면 제거작업을 하고 있었다. 작업하지 않는 급식 식당 건물에서 조리하는 여사들의 휴게실을 임시 숙소로 사용했다. 이런 악조건이기에 사람 구하기가 어려워 업체에 공고를 냈고 그 공고에 따라 내가 선택된 거였다. 그렇게 겨울 방학이 끝날 즈음에 석면 작업이 끝났다. 드디어 정식으로 마련된 숙직실에 따릴 털었다. 학생 수가 1,300여 명, 교직원이 110여 명인, 이 지역에서 가장 거대한 규모의 고등학교이다. 학급이 42개에 교무실이 넷, 게다가 관리실과 특수 목적실 등 17개 실을 관리해야 했다. 그렇지만 2개월의 수습 기간 증에 익힌 일이니 어려울 건 없었다.

  2월 중순을 지나면서 학교는 개학 준비로 바삐 돌아갔다. 3월에 업체가 배제된 채로 학교와 1:1로 정식 계약을 할 수 있었다. 최저임금에도 한참 못 미치는 연봉이지만 쉬운 게 아니었다. 문제는 65세 이전의 나이에 걸렸다. 연봉이 낮아서인지 코로나 팬데믹 와중에도 1차와 2차 모집에 응모자가 없었다. 결국, 나이 제한을 풀었다. 나를 비롯한 몇 명이 지원했다. 면접이 있었지만 이미 2개월 동안 눈에 익은 터라 1등으로 뽑혔다. 연봉 1천 5백에 서명했다. 2개월 동안 생활해본 결과 내 처지에 이보다 더 나은 곳이 없다는 판단에서였다. 우선 내가 할 수 있는 일을 마음대로 펼칠 수 있다는 이점이 있어서였다. 수업이 끝나기 무섭게 아이들이 썰물처럼 교정을 빠져나갔다. 그리고 오후 6시 전후로 교직원들도 앞다퉈 퇴근하기에 바빴다. 물론 미적미적 연장근무하는 몇몇 교사가 있긴 했지만, 그들을 상관할 건 없었다. 어차피 모든 교직원은 학교장 지침으로 오후 9시 이전에 퇴근하는 것으로 되어 있기 때문이었다.

  오후 6시면 대충 마무리하고 컴퓨터 앞에 앉았다. 아니면 읽을거리를 쌓아 두고 읽었다. 집에서만 생활할 때보다 더 꽉 짜인 일정을 소화할 수 있는 셈이다. 어차피 당뇨와 고혈압을 이기려면 식후에는 5천 보는 걸어야 했다. 학교에서는 식후에 순찰해야 한다. 계단을 오르락내리락하거나 운동장을 돌아다니는 일이니 내게는 안성맞춤이다. 교직원들이나 교장, 교감 선생이 보기에 '이보다 일 잘하는 이가 없다'라고 할 것이다.

 그렇게 3월을 보내고 4월이 왔다. 여태까지 가장 먼저 불이 꺼지던 체육관에 속한 교무실이 늦게까지 불이 켜져 있었다. 1주일이 지난 시점에서 늦게까지 자리를 지키는 누군가의 내막이 궁금해서 불 켜진 사무실을 찾았다. 3월까지는 보지 못했던 교사가 원고를 쌓아놓고 작업 중이었다. "일거리가 많은가 봅니다." "네, 박사 논문 쓰는 중이라서요. 이번 학기 내에 통과하는 것을 목표로 삼았답니다." 그녀가 나를 흘낏 쳐다보고 말했다. "아 네! 대단하십니다." 그날은 그렇게 끝났다. 이튿날 체육관사무실과 나란히 붙어있는 도서관의 사서에게 내 저서를 선물했다. 사서는 눈을 동그랗게 뜨고 나를 쳐다보았다. "이런 일을⋯." 말끝을 흐렸다. "허허, 나한텐 아주 딱 어울리는 직업이라오." 고등학교 도서관치고는 규모가 큰 편이었다. 내가 원하는 책이 주로 문학책이긴 하지만 가끔 비트겐슈타인, 사르트르, 아렌트, 가라타니 고진, 퐁리, 데리다 등의 철학 서적을 찾아도 다 갖춰져 있었다. 아, 이보다 더 일하기 좋은 조건이 없을 것이라는 생각에 무릎을 쳤다.

 그녀와 잠깐씩 다담(茶談)을 나눌 수 있는 시간이 잦아졌다. 논문의 내용도 내 관심거리였지만 그보다 그녀가 말할 때의 진지함에 끌렸다. 자신의 주장을 조리 있게 설파하는 데 힘이 넘쳤고 자신이 충만했다. 주로 인간의 뇌가 운동할 때 반응하는 상관관계를 연구하는 것인데 처음 접하는 내용이었지만 진지하게 대할 수 있었다. "대단히 중요한 연구 같아서 나도 관심이 많아요." 나는 적절한 때에 흥을 돋우며 관심을 보였다. 그녀가 그런 나를 어떻게 보았는지는 모르지만, 자신의 연구에 관심 가져주는 노인이 꽤 괜찮게 보인 게 사실인 듯싶었다. 자신이 먹을 것을 주섬주섬 내놓았다. 주로 간

식거리였지만 100여 명이 넘는 교직원 중에 무엇을 건네는 건 그녀가 유일했다. 어느덧 체육관 들리는 일이 나의 일과로 자리 잡았다. 그녀가 연수를 가면서 자리를 비울 때는 괜히 학교가 텅 비었다는 느낌에 우울해지기도 했다. 언제든지 좀 더 긴 다담(茶談)할 수 있기를 바랐다.

여름방학 동안 그녀는 단 한 번도 학교에 나타나지 않았다. 그녀가 그립고 또 대화를 나눌 누군가가 필요했다. 그때 행정실에 임시직 한 명이 들어왔다. 키가 크고 날씬한 데다가 예쁘기까지 한 40대 중반의 여성이었다. 그녀는 일이 서툴러서 여름 방학 내내 야근을 밥 먹듯이 했다. 그렇긴 하지만 사근사근한 성격이라 교사들의 빈자리를 그럭저럭 메꿔주었다. 그녀가 가진 매력은 거기까지였다. 그녀와 茶談을 나눌 틈이 있었지만 진지한 대화의 대상에는 한참 못 미쳤다. 그리고 방학이 끝나면 어차피 학교를 떠난다는 생각에 관심이 시들해졌다. 얼른 방학이 끝나기만을 기다렸다. 하루하루가 무의미하게 느껴질 때쯤 드디어 방학이 끝났다. 그녀는 더욱더 싱싱해져서 나타났다. 논문이 아직 끝나지 않았다고 말했다. 1학기보다 내가 그녀를 더 소중히 여기며 적극적인 것에 나 스스로가 놀라고 있었다.

그러던 중, 마침내 그녀와 긴 茶談을 가질 기회가 왔다, 토요일 낮 텅 빈 학교 안에서 아무런 준비 없이 그렇게 마주 앉을 수 있는 절호의 기회가 온 것이다.

"저, 내일 점심시간에 식사 함께하실 수 있겠는지요?"

"나야 싫을 리가 없지요. 토요일인데 무슨 일로? 아무튼 기다리겠습니다."

아이들이 농구대회에 출전한다는 것이다. 그들의 후원자를 자처했다고 했다. 학교에서는 '정식으로 열리는 대회가 아니라 지원할 수 없다.'란다. 자신이 자비로 유니폼부터 참가 비용 준비까지 해 준 모양이다. 농구공도 새것인 걸 보면 그녀의 마음 씀씀이를 알 수가 있었다. 그녀의 자동차로 5분 거리에 있는 맛집으로 갔다. 중화요리 집이었다. 나는 성인병 몇을 이고 사는 중이니 밥을 시켰다. 잡탕밥은 해산물이 반 넘게 담긴 특별 요리였다. 아이들이 올 시간이 3시간 넘게 남아 있었다. 식사 후에 드디어 茶談으로 들어갔다. 먼저 내 책에 사인하고 건넸다. 근 8개월이 넘도록 변죽만 울리며 나를 드러내지 않았던 실체가 그녀 앞에 펼쳐진 셈이다. 그러나 그녀의 관심사는 문학이 아니라 체육과 정치였다. 그에 맞춰서 그녀가 듣기 원하는 얘기부터 풀어놓았다. 그녀가 전교조의 일원임을 알고 있었기에 진보적 색채가 짙은 인사들을 향해 칭찬부터 늘어놓으며 눈치를 살폈다. 그녀가 안심하기에 적합하도록 내가 학창 시절에는 운동권이었음도 은근히 드러내 보였다. 대모로 붙잡혀 들어간 이야기며 선배 누나의 처참한 모습에 실토하고 말았던 부끄러운 이야기도 슬쩍 흘렸다. 그리고 뒤이어 함께 운동하던 이들의 타락을 꺼집어냈다. 그런데 그들 가까이에서 본 생생한 내 얘기에 초집중하는 동안 한 번도 머리카락을 쓸어 넘기지 않았다. 머리 쓸어 넘기기에 매료된 거였는데 아쉽지만 긴 시간 동안 한 번도 보여주지 않았다. 그만큼 내 말에 빠져들었던 건 아닌지. 그렇다면 아쉬울 것이 전혀 없지 않은가.

　드디어 '가라타니 고진'의 주장 중 '他者가 自我와 일치될 때 사랑이 완성된다.'라는 논리에서 예를 들 순간이 왔다. 나는 지금 그녀에게 고백하고 있다는 착각에 빠졌다. 우리는 '150여 명의 他者가 존재하는 공동체에 속하지만, 그들 중 당신만이 유일하게 茶談으로 나와 마주 앉을 수가 있지 않은가. 그것이 하나의 自我로 승화되는 순간이라고 정의할 수 있겠다.' 그녀의 눈빛이 빛나고 있었다. 내 말에 빠져든 여인은 예외 없이 이 세상에서 가장 아름다운 여인이었다. 서른 몇 살 때 강의실에서 90분간 내 몸짓 하나도 빠짐없이 눈빛을 보내던 여학생부터 지금의 이 교사까지 나는 그 눈빛으로 살아 있는 나를 확인하는 것이다. 그녀의 이론이 '니체'를 맴돌았다. 그 순간을 놓치지 않고 '질 들뢰즈'로 깊이를 더했다. '아장스망' 그녀와 나는 그냥 스쳐 지나갈 사이였지만 이렇게 끈끈한 관계로 이어지고 있지 않은가.

  2시간의 茶談이 끝나갈 무렵 그녀의 입으로 '박사님'이라고 불렀다. '나는 박사가 아니오'라고 정정할 짬을 내지 못하고 3시간을 넘기고 있었다. 지금부터 그녀의 혼이 내 쪽으로 기울고 있음을 확인했다. 언제일지 모르지만, 그녀는 반드시 다시 시간을 마련할 것이다. 왜냐하면 지금 박사 논문이 막바지에 이른 것처럼 보였기 때문이었다. 1학기에 논문 통과가 되지 않았다는 것이 그녀의 말속에 섞여 있었다. 자, 이제부터는 그녀의 일거수일투족에 신경을 곤두세울 필요는 없다. 마치 '샬롯 키틀리'라는 영국의 여류작가를 찾다가 작가 도로시아 브랜디(Dorothea Thompson Brande)의 작품 속 여인이란 걸 알았듯이 말이다. 그녀와의 사이에서 어떤 일이 일어날지 나나 그녀는 물론 전능하다는 神마저도 알 수 없는 일일 터이니까. 아무렴, 그렇더라도 우리가 사랑할 수 있을까.

[짧은 소설]

1. 봄날이 간다 ·· 157
2. 격랑(激浪) 속으로 ··· 167
3. 운명이란 놈 길들이기 ······································· 183
4. 幻想의 時節 ··· 191
5. 어떤 여행 ··· 201
6. 예의(銳意) 주시(注視)하다 ································ 209
7. 설마 ·· 215
8. 차(茶) 한잔하실까요 ··· 221
9. 金兄 ·· 229

1. 봄날이 간다

라일락이 한창 피어오르다 기운을 잃고 축 늘어진 담벼락을 따라 걸었다. 삼라만상 중에 하늘의 이치를 거슬리고도 잘 살 수 있는 게 어디에 있을까. 중국에서 날아오는 황사에 한반도가 온통 먼지투성인데 땅으로 가라앉게 할 봄비는 변죽만 울릴 뿐이니 말이다.

하와는 아무 말이 없이 내 뒤를 따라오고 있었다. 지금 이 길을 쭉 따라가도 되는지 아닌지 가늠을 할 수 없기는 나도 마찬가지였다. 이 행위가 옳은 일이 아니라는 것은 머리가 먼저 알아서 걸음을 더디게 했다. 잘못은 머리가 먼저 알고 있다는 게 신기했다. 오늘은 현충일이다. '학교가 문 닫아걸고 먼저 가신 선혈들을 추모하는 날이다. 그러니 우리는 기말고사 공부나 하자꾸나.' 그 말에 하와가 냉큼 '네'하고 따라나선 게 결과적으로 첫 단추를 잘못 끼운 꼴이 됐다.

근교에 자리 잡은 친구의 오피스텔에는 하나뿐인 방이 깨끗이 정리되어 우리를 기다리고 있었다. 침대의 시트가 그랬고, 새로 단장한 지 얼마 되지 않았으니 소파며 TV 등 모든 게 그랬다. 이렇게 잘 단장해 놓고 친구는 핀란드랑 네덜란드, 그리고 노르웨이로 문화탐방을 한다며 훌쩍 떠났다. "넉넉히 3주는 걸릴 거야. 들어오는 우유나 잘 처분해 줘라." 비밀번호를 문자로 보내고 나를 엄청나게 믿기라도 하는 것처럼 훌훌 껍데기만 남겨 두고 알맹이만 떠났다. 이건 마치 나를 위해 선심이라도 쓰는 것처럼 말이다. 물론, 삼빡하고, 깨끗하며, 단정한 것을 선호하는 '하와'이니, 아마도 오피스텔에 대한 불만은 없을 것이다.

 하와는 소풍 길에 아무 곳이나 털썩 주저앉아 점심을 까먹는 아이들과는 차원이 다르게 보였다. 넓적한 돌을 찾아 손수건을 곱게 깔고 앉아서 도시락을 무릎 위에 얌전히 올려놓고 김밥 한 조각을 입에 물고 오물거렸다. 금세 뭇 남자아이들이 주변에 모여들었다. 게 중에는 사이다를 뚜껑도 따지 않은 채로 하와 앞에 들이미는 녀석이 있었다. 놈의 얼굴에 온통 여드름이 꽃처럼 수를 놓았다. 건강하고 싱그럽다. 하와는 가만히 받아서 고개를 까닥하여 고마움을 나타냈다. 녀석은 슬금슬금 뒤로 물러나 '앗싸!'를 외쳤다. 다른 녀석 하나가 빵 뭉치를 들고 하와 치마 위에 살며시 놓았다. 고개를 까닥여 고마움을 표시한 하와는 그들한테 선녀로 보였을 것이다. 또 다른 녀석이 제법 묵직한 보따리를 하와 앞에 내려놓았다. 하와가 녀석을 힐끔 보는가 하더니 보따리를 들어 녀석의 손에 도로 넘겨주며 눈 맞춤을 해줬다. 그리고 보따리를 건넨 손을 들어 나를 가리켰다. 녀석이 내게 슬금슬금 다가와 보따리를 두고 갔다. 그랬는데도 매우 만족해하는 눈치였다.

 녀석이 내게 가져온 것은 양주였다. 하와는 풀어보지도 않고 어떻게 보따리 속의 내용물을 알았을까? 동료들과 한 잔씩 마시며 나는 그 생각만 머리에 가득 찼다. "보통 아이가 아녀." 같은 2학년 담임인 김 선생이 내가 들으라는 듯이 한마디를 거들었다. 하와가 나를 짝사랑하고 있다는 것은 알만한 동료들은 다 알고 있었다. 나로서는 딱히 기분 나쁠 일이 아니긴 했다. 그래도 약간의 부담스러운 것은 사실이었다. 동료 선생들 속에 1학년 담임인 함 선생이 내게 관심 가지고 있다는 건 2학년 교무실 내에서 다 알려졌기 때문이었다.

"선생님, 오늘은 우리 어머니가 올라오시는 날이에요."
 함 선생이 하는 말뜻을 모르는 바가 아니었다. 언제부터인지 자신의 어머니한테 나를 한번 보이고 싶다고 하더니 이젠 노골적이라 꺼림칙한 면이 작용했다.
"한 번 가 봐요. 함 선생 본가가 대구 근교에서는 내노라는 집안이랍디다."
"그래서 나보고 어쩌라는 건지? 그렇게 좋은 자리라면 김 선생께서 나서 보시든가"
"그랬으면 쓰것는디, 함 선생이 나를 그리 탐탁하게 보질 않아요. 글씨"
 그 역시 고마운 일이다. 하와의 마음을 모르고 있을 때는 함 선생의 호의가 무척 고마웠다. 함 선생은 달포 전에 내가 사는 하숙의 옆집을 사서 이사했다. 아침마다 하숙집 앞에서 고급 세단으로 모시는 호사(豪奢)까지 시켜줬으니 매일 버스에 시달리던 내 처지로서는 대만족할 일이 아닌가. 그런데 함 선생과 극장에서 영화를 봐도, 야구장에서 함께 응원해도 그저 동료일 뿐, 더 이상의 진전이 없자 함 선생이 이렇게 말했다.
"왜, 그러세요? 제가 맘에 들지 않으시나 봐요."
 나는 대꾸하는 대신 어깨를 잠깐 으쓱했다. 함 선생의 외모가 싫다든가 그녀의 부모가 부자라서 거부감이 있다든지. 물론 그 어느 쪽도 아니었다. 그렇지만 함 선생과 좁은 공간에서 오래 있다는 게 어쩐지 개운치 않았다. 그 이유를 나도 딱히 뭐라 똑 부러지게 설명하기엔 내 혀 놀림으로는 역부족이었다.
"하와가 마음에 걸리시는 것이구먼."

김 선생이 지적해 줄 때까지는 내 마음이 그런 줄을 몰랐었다. 그런데 김 선생의 그 말이 어쩌면 사실일지도 모른다는 생각이 들기 시작하자 조바심이 났다. 누군가 하와를 싸 들고 도망갈 것 같은 불안감이 일었다.

"너는 서른을 넘기지 말고 장가들어라."

다섯 살 위인 형이 결혼한 후로 내리 딸만 둘을 낳자 어머니가 나를 다그쳤다.

"옆집 준이 좀 봐라. 떡두꺼비 같은 아들을 둘이나 한골 댁한테 안겨줬잖느냐."

그러하니 나더러 장가 빨리 들어서 손자 하나 안겨달라는 말씀이셨다.

"참, 어무이도, 내가 장가든다고 꼭 아들 손주 얻으란 법은 없잖습니까?"

말은 그렇게 하면서도 함 선생보다 엉덩이가 더 큰 하와가 떠올랐다. 엉덩이가 풍만해야 아기를 쉽게 출산한다는 이야기는 할머니랑 어머니의 얘기 속에서 많이 들어서 알고 있었다.

"지는 한참 있어야 장가들 겁니다."

물론 하와를 떠올리며 한 말이었다.

"너거 아부지도 이젠 성치 않으시니 얼른 장가들어서 손자 하나 떡허니 안겨 드리거라!"

어머니가 역정을 벌컥 내셨다.

"네, 올라가서 생각해 보겠습니다."

꼬리를 내려서 우선 급한 불이나 꺼놓자는 심보로 한 말이었다. 어머니는 아전인수 격으로 해석하셨는지 금세 적이 기분이 좋아지셨다.

"올라가서 생각하긴 뭘 생각해. 앞마을 조합장네 둘째 딸내미가 너 좋다고 한다더라."

'결국, 그것이었구나.' 하는 생각이 들면서 조합장 둘째 딸을 떠올렸다.
"지는 그 댁 딸내미란 처녀의 이름도 모르는걸요."
 무심한 척했지만, 대학 다닐 때 고향에 내려올 때마다 누이동생을 앞세워 내 방까지 진출했던 참한 처녀였다. 근동에서는 소문난 혼처라고 입방아를 찧어댔다. 그렇긴 해도 서울 물을 먹은 내 눈에는 촌티가 덕지덕지 붙어 있어서 싫었다.
"그 얘긴 그만하시고요. 장가는 제가 드는 것이니까 기다려 보이소."
 퉁명스레 끝냈지만, 하와를 데려오려면 적어도 한 사오 년은 족히 걸릴 것이겠다는 생각을 했다.

 방으로 들어서자 하와가 갑자기 찰싹 어깨에 매달렸다. 얼떨결에 허리를 감싸 안았다. 어린애가 아니었다. 함 선생의 허리를 어쩌다 감싸 안아도 봤지만, 오히려 그녀보다 더 풍만하다는 느낌을 받았다.
"어허, 잠깐만…."
 사범대학에 입학하면서 사도(師道)가 무엇인지 귀에 딱지가 앉도록 들었다. 그리고 아버지의 뒤를 이어 나도 평생 올바른 선생으로 남겠다는 각오를 한 터였다. 그런데 겨우 부임한 지 4년도 채우지 못하고 무너질 수 없는 것 아닌가.
"그렇담 저는 돌아갈게요."
 갑자기 뽀로통해진 하와가 눈을 내리깔았다. 그렇다고 이 마당에 여성의 순결이 어쩌느니, 늘어놓을 수는 없는 것 아닌가. '공부나 시키면서 과일도 깎게 하고 음악도 함께 들으며 나한테 딱 맞도록 순치(順治)시켜서 장래 아내감으로 삼자.' 이렇게 순진한 생각을 한 내가 바보가 된 느낌이었다. 친구들이 대학 2학년 때 대다수가 군에 입대하면서 휴가 때

만나면 이런저런 음담패설을 쏟아냈다. 그때도 슬그머니 자리에서 일어나 피하곤 했었다. 그들은 그렇게 재미있게 맞장구를 치며 즐거워하는데 왜 나는 그들과 어울릴 수가 없었는지?
"야, 너 고자(鼓子) 아이가?"
솔직히 그때는 그 말뜻을 제대로 알아듣지 못했었다.
"뭔 섭섭한 말씀을 그래 하노? 내가 왜 고자고?"
잘은 몰라도 내 딴엔 나이에 걸맞게 그들과 그럭저럭 어울려야 하겠지만 그렇지 못하는 것쯤으로 들려서 해본 말이었다.

"그러면 저를 왜 여기까지 오게 꼬드겼습니까?"
하와의 말에 내가 더 깜짝 놀랐다. '꼬드기다'니? 하와가 나보다 서너 살은 더 되는 누나처럼 느끼기는 처음이었다. 내가 멀뚱멀뚱하는데, 하와가 가방을 둘러매고 순식간에 방을 나갔다. 그렇지만 내 눈엔 이미 하와보다 책상 위 책꽂이에서 열네댓 권의 소설책이 보였을 뿐이었다. 무람없이 제목을 몇 번 읽었다. 대충은 다 읽은 소설들이었다. 그리고 침대 위에 털썩 주저앉아 얼굴을 감쌌다. 온갖 생각들이 머리를 꽉 채웠다. 다시는 하와를 가까이 두지 않으리라. 눈시울이 시렸다.
그날 이후 1학기 말 평가 고사가 끝날 때까지 하와를 보지 못했다. 그리고 곧 여름방학이 왔다. 잠시 고향을 다녀왔을 뿐, 대부분 학교에 평소처럼 출근했다. 텅 빈 교무실에서 교실로 자리를 옮겨가며 단편소설 한 편을 완성했다. 별로 만족스럽지는 않았다. 그렇지만 12월이 되면 연중행사처럼 신춘문예에 응모했다. 그러니 국어교육학과 동기들 대다수도 나처럼 작품 쓰기에 골몰했을 것이다. 그런데 긴 여름방학이 끝나고도 하와는 나타나지 않았다.
"하와 소식 듣지 못했나 봐요?"
 함 선생이 무심한 듯 물었다. 나는 듣지 못한 것으로 대답했다.
"전학 갔다더군요. 좀 맹랑하다는 소문이 있긴 했지만 그런 줄은 몰랐었는데"
 그 말에 함 선생을 힐끗 쳐다보았다.
"글쎄, 그 엄마라는 사람이 대단하다는 소문이 있더라고요."
 이건 또 무슨 말인가 하고 함 선생을 마주 보며 물었다.
"그게 나랑 무슨 상관이라도 있다는 겁니까?"
 내 반응이 의외라는 듯, 함 선생의 눈이 동그래져서 나를 쳐다봤다.
"처음엔 모두 다 설마 했지요. 그런데."
"'그런데'라니요?"
"그 엄마라는 사람이 선생님을 고발하겠다고 떠들고 다닌다는군요."
 정신이 번쩍 들었다. '고발告發'이 단어가 얼마나 끔찍한 단어인지 그때는 미처 깨닫지 못했다.
"고발이라니요? 내가 무슨 일로 그 어머니한테 고발당한답니까?"
"글쎄요. 제가 괜한 얘기를 꺼냈나 봅니다."
 함 선생이 뾰로통해져서 입술을 삐죽거렸다. 나만 모르는 일이 진행되고 있었다니. 그것도 추악한 일로 말이다.
"함 선생님, 구체적으로 얘기해 봐요."
 내가 몸이 달아서 말했지만 함 선생은 자기 관심사는 아니라는 듯이 한 마디를 건네고는 휑하니 교무실을 나갔다. 그리고 힐끗 돌아보며 듣고 있냐는 듯 말했다.

"난 먼저 퇴근할게요. 이따가 전화할 테니 그때 봐요."
교무실 창밖을 내다봤다. 바람은 잠잠했지만 가는 비가 흩뿌리고 있었다. 아이들이 미처 우산을 준비하지 않았는지 종종걸음으로 교문을 나서고 있었다. 왜 하와 어머니가 나를 고소한다는 말을 흘리고 다니는 걸까? 딱 한 번 친구의 집까지 함께 간 적이 있었지만 나는 하와랑 어떠한 불미스러운 일도 하지 않았는데 말이다.

한 시간도 되지 않아서 함 선생이 전화했다. 시내 카페에서 만나자고 했다. 몇 번 함께 간 곳이라 쉽게 찾을 수 있었다. 이윽고 빗줄기가 조금씩 굵어져서 머리 위로 뛰어내렸다. 함 선생과 마주 앉았을 때는 머리카락이 젖어서 셔츠 위로 빗물이 뚝뚝 떨어져 내렸다.

"글쎄, 듣자니 하와가 아이를 가졌다는군요."

"그게 사실입니까?"

"더 놀라운 것은 그 애가 선생님 애라는 거 있죠."

뒷골이 뻐근하더니 눈앞이 캄캄해졌다. 마음에만 둬도 임신하는 건가?

"그런 일은 없었습니다. 결단코 맹세하건대!"

내 목소리가 너무 컸는지 주변의 시선이 우리 두 사람한테로 쏠렸다.

"좀 조용히 하세요. 선생님, 소장(訴狀)에 몇 월 며칠 몇 시에 어디에서 어떻게 했다는 게 다 나와 있답디다."

내가 대답을 조금 늦추자 함 선생이 입술을 또 삐죽거렸다. '소문이 사실이었구나' 하는 듯이 보였다. 이제 더는 미룰 수 없다는 생각이 들었다.

"좋습니다. 그렇다면 일단 하와가 아이를 낳을 때까지 내가 죽일 놈이 되겠습니다. 그렇지만, 그때가 돼서 DNA 검사로 제 아이가 아니란 것이 증명되면 함 선생님께서 책임지실 수 있으십니까?"

 내가 생각해도 파격적인 제안이었다. 내 말에 함 선생이 움찔했다. 그리고 이내 고개를 숙였다. 금세 손바닥으로 얼굴을 가렸다. 나는 졸지에 망연자실 손만 비비고 앉아있을 수밖에 없는 처지가 됐다. 얼마 후에 함 선생이 고개를 들었다. 눈시울이 젖어 있기는 했지만, 얼굴에 생기가 돌았다. 모질게 덤벼들어서 자신의 의도대로 끌고 가는 중에 엉뚱한 제의를 받은 것이다. 그녀로서는 당혹스러울 수밖에 없었을 것이다. '더구나 책임을 지우려 하다니.' 무엇이라고 답할 수가 없는 상황에서 함 선생이 할 수 있는 것은 아무것도 없었을 것이다. 그냥 울 수밖에 없다니 스스로 생각해도 한심스러웠을 터였다. 아무렇든지 울면서 생각을 정리했는지 고개를 들어 나를 똑바로 바라보고 말했다.
"좋아요. 그럼 내가 믿어 줄게요. 다만, 반드시 아이가 태어나면 DNA 검사를 하는 겁니다."
 참, 여자란 알다가도 모르는 구석이 너무 많았다. 금세 무슨 일이라도 낼 듯이 다그치더니, 생기가 도는 건 또 뭔가 말이다.
 그 일이 있은 뒤부터 우리는 그 이전보다 훨씬 다정한 사이가 됐다. 함 선생은 더는 하와에 대해서 한마디도 한 적이 없었다. 하와가 학교를 그만두고 아이를 출산했는지는 물론, 엄마가 나를 고소했다면 법원에서 내게 출석 통보라도 해야 하겠지만 그 일도 잠잠했다. 그렇다고 해서 내가 하와와 관련된 일에 무관심할 수는 없는 일이었다. 간간이 들리는 풍문에 귀를 열어두고 있었다. 들리는 바로는 하와가 아이를 출산하기는커녕 전학 간 학교에서도 그곳 남학생들한테 킹카라고 했다. 주변에 남학생이 많은 만큼 외모며 조신한 몸가짐이 그전보다 훨씬 세련됐다고도 들렸다. 그렇게 하와는 내

기억에서 점점 멀어져 갈 때쯤에 함 선생이 결혼 작전에 돌입했다. 집을 좀 더 크고 넓게 자리 잡은 곳에 샀다고 했다. 그리고 차도 외제로 장만했다고 했다. 나는 그녀가 말을 전할 때마다 건성으로 맞장구를 치며 좋은 척했다. 그리고 그해 겨울 방학에 맞춰서 뻐근할 정도로 결혼식을 올릴 예정이라고 넌지시 내 등을 떠밀었다.

"야야, 그 함 선생댁에서 보낸 소고기가 너무 많아서 이웃까지 포식했다 아이가"
 어머니도 내심 부잣집 며느리를 보게 된 것을 좋아하셨다. 조합장 딸 얘기가 쏙 들어간 것을 보면 그 마음을 알 수가 있다. 그때 소문이 들렸다. 하와가 유학 간다는 것을 김 선생이 전해 줬다.
 "어따메, 하와가 영국으로 유학 간다고 하더랑께"
 그 이야기가 끝날 때쯤 내 귀가 화끈거렸다. 가슴이 서서히 빨리 뛰기 시작했다.
 "김 선생, 그게 사실이야, 아니면 그냥 소문이야?"
 김 선생이 나를 돌아보며 정색하고 말을 이었다.
 "그 누구네 부잣집 아들하고 약혼하고 함께 떠난다고 하던데"
 다리에 힘이 풀렸다. 그렇지만 어쩔 것인가. 온몸에서 힘이 빠져나가는 듯 눈앞이 노랬다. '함 선생이 보낸 소고기가 너무 많아서 이웃까지 포식했다'라고 자랑하는 어머니의 말이 귓전을 때리고 있었다.

2. 격랑(激浪) 속으로

「당신 자신을 믿어라

그러면
그 무엇도 당신을
막지 못할 것이다」
－에밀리 과이

살다 보면, 누구에게나 한 두어 번쯤은 「Turning Point」가 있게 마련이다. 인생 전체를 바꿀 기회를 놓쳐서는 안 된다. 그래서 이 길에 들어섰지만, 짧은 한순간 한 찰나를 태산같이 모아 크게 빵 터지는, 「Tipping Point」에 닿아야 한다. 돌아갈 수도 없는 순간의 선택을 옳게 만드는 힘은, 결국 지금, 오늘 하루의 힘이다.

어설픈 출발

어떻게 살다 보면 하루가 무료하게 흘러가서 몸이 근질거리는 때가 종종 있다. 봉수는 '술 한잔하자'라고 하면, '그렇게 하마'라고 반겨 주는 친구라도 떠 올리기가 쉽지 않을 때가 있다. 이런 때는 '산다는 것이 참 싱겁다'라는 생각이 들곤 한다.

아파트 마당에 아스콘 공사를 하느라 공사 차량이 수시로 드나들었다. 초인종이 울리고 문 두드리는 소리가 났다. 마당 한가운데에 세워 둔 미니카를 옮겨달라고 했다. 차를 옮기고 돌아서려는데 관리소장이 말을 걸어왔다.

"선생님, 부탁 말씀 좀 드리겠습니다."

봉수는 종종 택배물을 찾으러 관리실에 들를 때라야 그를 보곤 했지만, 그와 길게 말을 섞어 본 적이 없는 터라 무슨 부탁을 하나 궁금했다.

"다름이 아니라 선생님께서 동 대표에 출마해 보시면 합니다만,"

물론 봉수로서도 동대표 하지 못할 이유는 없었다. 이미 이전에 살던 아파트에서 선관위원장을 몇 년 한 경험이 있기도 했기에 딱히 거부할 이유도 없었다. 그런데 주민들과 이러저러한 일로 휩쓸린다는 것이 여간 피곤한 게 아니어서 다시는 이런 무료 봉사는 하지 않겠노라고 다짐했었다.
 "글쎄요, 그 일 아무나 하는 게 아니지 않소?"
 "그렇긴 합니다만 워낙 나서는 주민이 없는 터라"
 그는 말끝을 흐리며 무람없이 손을 비볐다. 이럴 경우 약해지는 게 봉수의 무른 심성이다.
 "아무튼 한 번 고려해 보시지요?"
 봉수는 '생각 좀 더해 보겠노라'하고 집안으로 쫓기듯 들어왔다.

 젊은이들이 모두 일터로 나가고 나면 한낮부터 아파트가 온통 절간처럼 조용해진다. 간혹 어르신들만 몇 뭉쳐서 경로당으로 혹은 텃밭으로 나다니는 것이 고작이다. 그러니 누가 한가하게 동대표를 하겠느냐는 것이다. '그렇다고 칠십 노인들로 동대표를 구성할 수 있는 게 아니지 않겠느냐'라고도 했다. 봉수의 인생 대부분이 그러했듯이 또 등 떠밀리듯 동대표가 되게 생겼다. 그리고 어쩌면 내친김에 회장까지 맡게 될지도 모른다는 생각에 '쩝' 하고 입맛을 다셨다.
 봉수가 이런 고민을 하고 있는데 생전 들어 본 적도 없는 굵직한 목소리의 소유자가 전화기 너머에서 봉태를 내려다보고 있듯이 말했다.
 "선생님의 인품에 이끌려서 전화 올렸습니다. 한 번 뵙고 응원받고 싶습니다."
 이런 난감할 때가 있나 싶었다. 대낮이었지만 텅 빈 집에서 뒤 꼭지는 까치집이고 팬티 차림에 런닝꾸 하나만 걸쳤을 뿐인데, 이 인간이 자신의 꼬락서니를 딱 들여다보고 있지나 않은지 찜찜했다. 전화를 끊고 화상 버튼을 점검하면서 켜져 있지 않아서 적이 안심했다.
 다행히 '내 초라한 행색을 보지는 못했겠지.'라고 안도했다.

 얼마쯤의 시간이 흘러 그 사실이 잊힐 때쯤에 예의 그 사내가 봉수에게 또 전화했다. 그래서 그가 일러 준 인근 도시로 나가서 그를 만났다. 약속한 장소는 중소도시의 건물로는 그 규모가 어마어마했다. 그는 1층 로비에서 기다리고 있었다. 봉수가 그를 처음 보았지만, 그는 봉수를 잘 알고 있는 듯 보였다. 곧바로 예의 바르고 세련된 동작으로 18층 자신의 사무실로 안내했다.
 사무실로 들어가기 전에 여비서가 배꼽 인사로 맞이했다. 사무실에서 비로소 그와 마주 앉아 정면으로 서로를 볼 수가 있었다. 이목구비가 뚜렷하고 훤칠한 사십 중반의 사내였다. 몸짓 하나하나에 세련미가 물씬 풍겼다. 봉수는 같은 남자로서도 반할만한 외모라는 생각을 하고 있었다.
 컵에서 모락모락 김이 올라오고 있었다. 그렇지만 봉수는 커피 두 잔을 탁자 위에 올려놓던 비서의 예쁜 손만 머릿속을 채우고 있었다. 잠시 후 그가 천천히 잔을 들며 말했다.
 "선생님께서는 저를 잘 모르시겠지만 저는 선생님을 잘 알고 있습니다. 고향이며 학벌, 그리고 화려한 인맥까지 말입니다."
 봉수는 더듬거리는 말투로 물었다.
 "아니, 나이도 나보다 한참 어린 것 같은데 댁이 나를 어찌 그리 잘 알고 있다는 말이오?"
봉수의 말에 그는 빙긋이 웃었다. 소싯적에 봉수가 여배우 김 아무개를 다방에서 보는 순간 바로 다가가서

"우리 좀 아는 사이 아닌가요?"
 다짜고짜 물었던 기억이 떠올랐다.
 "글쎄요. 댁은 나를 잘 알 수도 있겠지만 나는 당최 생각이 나질 않는걸요. 혹시 가수 조용남 씨 동생이신가요?"
 그때 친구들이 킥킥대며 빨리 오라고 난리가 난 것을 보았다. 뒤 꼭지 쓸며 친구들한테 돌아갔더니 모두 박장대소(拍掌大笑)했다.
 "인마 너는 티브이에서 여배우 김 아무개를 봐서 잘 알고 있었겠지. 그런데 너를 김 아무개가 언제 봤다고 그러냐? 짜씩 칠칠맞긴."
 꼭 그때 상황이 재현된 것 같아서 봉수는 얼굴이 화끈거렸다.
 "네, 선생님께서 저희를 좀 도와주실 때가 된 것 같아서 뵙자고 했습니다."
 그리고 명함을 공손히 내놓았다. 00당 소속 000 의원. 그러고 보니 어쩐지 어디서 본 듯했는데, 종합 채널에서 가끔 보던 여당 국회의원이었다. 그 순간 봉수의 몸속에 잠재되어 있었던 장난기가 스멀스멀 기어 올라왔다.
 "그랬었구랴. 그런데 나를 당에서 어떻게 평가하시기에?"
 봉태는 말투를 바꿔가며 한껏 거드름을 피웠다.
 "네 지금 중진의원이신 김00 의원님과 동향이시며 박00 의원님과 중학교 동문이시고 000처 000 사무관님과는 인척이시라는 것 등입니다."
 물론 그렇기는 하지만 봉수는 그들이 정치놀음에서 재미를 볼 때 언제나 멀찍이 비켜 서 있었기 때문에 그 축들이 자신을 어떻게 생각하고 있는지 전혀 관심 밖이었다.
 "물론 댁이 얘기하는 것이 어느 정도 사실이기는 하오만, 그것으로 내가 무슨 능력이 있어서 댁을 돕는다고 장담할 수가 있단 말이오?"

 나중에 안 사실로 말하자면, 이 위인은 돈 보따리를 들고 아슴아슴한 선배인 김00 의원을 찾아가서 비례대표 앞번호를 받고 금뺏지를 단 위인이었다. 사실 김 의원은 봉수와 같은 대학을 다녔지만, 나이는 대여섯 위였다. 그러니 봉수가 그와 단둘이서 술 한 잔 제대로 한 적도 없는 그저 알아도 그만, 몰라도 그뿐인 사이였다.

 아, 봉수의 머릿속에 번개 치듯 퍼뜩 떠오르는 게 있었다. 소싯적에 그의 연애편지를 대필해 준 적이 있었다는 기억이다. 그는 경영학과이고 봉수가 국문학과라 그렇게 된 것 같았다. 중간고사를 막 끝낸 시점이라 별 의미도 없이 미사여구를 잔뜩 풀어서 그럴싸하게 써서 줬다. 그 편지가 성공했는지는 알 바 없었지만, 졸업할 때까지 경영학과 선배들의 연애편지를 대필해 주다 보니 촌놈인 봉태한테 쏠쏠한 수입원이 됐다. 그런데 이상하게 김 의원은 더 이상 봉태와 인연이 없었다. 졸업한 후로도 동문으로부터 간간이 소식만 들렸을 뿐, 정작 살갑게 만난 적이 없었다. 그러니 그 인사가 왜 봉수를 지목해서 그를 도와줄 것이라고 했는지 도통 감을 잡을 수가 없었다.

 박 의원은 한 동리에서 초등학교랑 중학교를 함께 다닌 동창이다. 하지만 그저 그런 존재일 뿐, 음침한 눈의 소유자라 봉태는 그를 절친한 친구로 대해 본 적이 전혀 없는 사이였다. 왜냐하면 놈은 봉수가 가장 아끼는 사촌 누이를 점찍어 두고 다리를 놓아주기를 원했었다. 그 일 때문에 누이동생이 결혼할 때까지 그 녀석이 접근하지 못하게 막고 있었던 기억이 났다.

 누이는 읍내에서 내노라는 땅 부자네 막내 도령과 결혼해서 부잣집 안주인으로 잘살고 있다. 누이야말로 지금 룸펜인 봉수한테 든든한 물주가 되어주고 있었다. 그런데 왜 하필이면 껄끄러운 사이인 봉수를 지목해서 젊은 의원을 자신한테 접근하게 했는지 모를 일이다.

 인척(姻戚)인 O 사무관은 오촌 당숙의 아들이라 앞날이 탄탄한 것으로 정평이 나 있어서 얼핏 알고는 있었다. 그렇지만 자주 만난 것도 아니고 대소사 때나 가끔 만나서 인사나 받을 정도인데 그 아우가 왜 이 친구를 내게 보냈을까? 봉수는 머리를 재빠르게 굴려도 도통 명쾌하게 집히는 게 없다.

 봉수가 그를 앞에 두고 여러 궁리를 하는데 그가 봉수 앞으로 좀 더 다가오며 봉수의 이마와 그의 이마가 마치 ET와 엘리어트와 서로 손을 맞댄 것처럼 가까이 왔을 때였다.

 "선생님께서 아마도 명년(明年)에 운수(運數)가 대통(大通)할 것 같습니다."

 그 말에 화들짝 놀라 뒤로 나 앉았다. 얼마 전 머리 뒤 꽁지를 묶고 다니며 사주팔자 뽑기에 능하다는 제자 光卓이라는 위인이 꼭 같은 말을 했기 때문이다. 그때는 그러려니 했었다. 그런데 또 이런 말을 듣자니 놀라울 수밖에 없었다. 그의 굵직한 목소리는 봉수의 귀를 타고 들어와 목을 내려서서 어느덧 가슴에서 멈춘 채로 북을 쳐댔다. 그렇지만 봉수는 태연자약(泰然自若)을 연출하며 말했다.

 "아니 21세기 대명(大明)한 날에 무슨 당치도 않은 말씀이오?"

 그렇게 말했지만, 기분이 그리 나쁘진 않았다. 그런데 봉수의 장난기가 도져서 하는 행태라는 것을 아는지 모르는지 그는 사뭇 진지했다.

 "제가 소속된 당에서 선생님을 주목하고 있습니다."

 이 또한 무슨 말인가 싶어서 봉수는 눈을 똑바로 뜨고 그를 노려보았다. 그렇지만 그는 미동도 없이 그 진지함을 유지한 채로 할 말을 이어갔다.
"우선 선생님께서는 대중에게 그다지 알려지지 않은 순수함이 있습니다."
 이런, 순수하다니. 봉수는 '이 인간이 내 앞에서 무슨 사기를 치려나?' 하고 몸을 잔뜩 사렸다.
"그리고 선생님께서는 이미 여러 가지 기획서를 작성하는 요령을 강의하셨고 또 선생님의 기획서 작성 능력이 훌륭하다는 평도 나와 있습니다."
 이 말도 전혀 거짓은 아니었다. 그렇지만 그것은 고작 북콘스터 몇 차례에 불과했다.
"그래서 청을 드리는 겁니다. 이제 선거 전략도 구태의연한 방식에서 벗어나야 한다는 겁니다. 후보자 자신이 대중 앞으로 나아가야 했던 과거 방식을 청산하고 대중 스스로가 후보자 곁으로 다가오는 전략을 구사해야 한다고 생각합니다."
 이런, 봉수는 은연중에 지금 그의 말이 모두 옳다고 받아들이고 있었다. 그의 말속에는 봉수가 강의 중에 한 말과도 일맥상통하는 바가 있기도 했기 때문이다. 그렇다면 '이 인사가 나의 스스럼없이 하는 강의까지 듣고 왔단 말인가?' 하는 생각이 들었다. 봉수는 거드름을 피우며 그의 말을 더 들어보기로 했다. 그가 봉수의 마음을 꿰뚫었다고 생각했는지 커피잔을 들어 조금 식은 커피를 마저 입에 털어 넣었다. 그 순간 그의 손놀림마저도 우아하게 느껴졌다. 미색 양복 소매가 팔랑이며 앞을 지나쳤는데 그 모습 자체도 멋스럽게 느껴졌다. 봉수는 '이미 이 인간한테 빠져들고 있지는 않나?' 하고 머리를 흔들며 앞을 지그시 쳐다보았다. 그리고 천천히 한 마디를 더 보탰다.
"댁의 말이 일부 내 생각과 같기는 하오만 그래서 내가 여당에서 필요하다는 말은 조금 과한 것 같소. 나는 거저 한물간 부스러기 학자에 불과하오. 당장 한 강좌라도 맡아야 생활할 수 있는 입장이란 말이오. 자, 나는 그만 일어나겠소."
 그리고 봉수도 바닥에 겨우 깔린 커피를 마저 입에 털어 넣고는 일어섰다. 그가 당황하는 눈치였지만 봉수를 다시 붙잡아 앉힐 기세는 아니었다. 비서가 재빠르게 다가와 문을 열어주며 따라 나왔다.
 비서가 앞장서서 이끄는 대로 승강기를 타고 내려와 로비를 지나 밖으로 나오자 봉수가 타고 온 790CC짜리 미니카가 기다리고 있었다. 순간 비서의 예쁜 얼굴까지 눈길이 가지 못하고 그녀의 종아리만 보고 '고맙소' 한 마디를 급히 건네고는 차를 몰아 총총히 집으로 돌아왔다.

 봉수는 그 이튿날 잠자리에서 일어나지 않은 채로 하루를 방구들을 지고 뒹굴었다.
 "왜, 뭐가 제대로 떠오르지를 않아요?"
 아내가 걱정스레 물었다. 그렇지만 봉태는 그 물음에 대답할 염(念)이 나지 않아서 조용히 고개만 가로저었다. 이튿날 아침 10시가 되기도 전에 전화 한 통이 걸려 왔다. 씩씩한 여성의 목소리였다. 그녀는 봉태가 하는 백일장이나 작은 북 콘서트에 잠깐씩 얼굴을 보이던 이 도시에서 시의원을 지낸 인물이었다.
 "선생님, 저 아시겠습니까? 오늘 잠깐 뵙고 점심 식사 대접하고 싶습니다만,"
 조심스러운 말투이지만 거절할 수 없는 힘이 있음을 느꼈다. 말이란 면(面)대 면(面)일 경우에는 비언어적인 요소가 눈과 귀로 함께 들어오지만, 전화일 경우는 상대가 하는 말에서 부족한 몇 가지 요소를 가지고 파악해야 한다.

봉수는 부랴부랴 나들이 준비하고 나가 그녀를 만났다. 그녀는 복작거리는 구시가지 음식점에서 기다리고 있었다. 그녀를 알아보는 손님들이 연신 인사를 건네고 있었다. 게 중에는 간혹 봉수가 아는 사람들도 몇 보였다. 그들이 그녀와 봉수 사이를 곡해할까 걱정이 되었다. 아무렴 나이로도 열 살쯤 아래인데다 정치에서도 몇 년의 공백이 있는 터라 덤덤하게 식사했다. 그런데 식사를 끝낼 때쯤에 그녀가 짧게 한 마디를 했다.
"저어 선생님, 저 좀 도와주세요."
 봉수가 들었던 수저를 내려놓고 그녀를 빤히 건너보았다. 그녀를 그렇게 가까운 자리에서 쳐다보기는 처음이었다. 50대 중반이라고 보기에는 너무 젊다는 평소의 생각과는 달리 잔주름이 얼굴 여기저기에 자글거렸다. 그러나 꼭 다문 입술 위로 살포시 퍼지는 미소가 참 예쁜 여자라고 말하고 있는 듯했다. 여러 눈이 둘을 주시하는 듯 보였다. 그래서 봉수는 자리를 얼른 떠야겠다는 생각이 들었다.
"자, 그만 일어섭시다."
 봉수가 먼저 일어서며 음식값을 냈다. 그녀는 봉수의 사정을 잘 모르겠지만 그는 누구한테 점심값을 치른다는 것이 무리일 만큼 주머니 사정이 궁하다. 일정한 직업도 없이 이리저리 휩쓸리며 살아온 덕분에 봉수가 받는 유일한 돈줄인 연금이래야 겨우 미니카를 굴릴 정도이니 누구한테 대접한다는 것은 당치도 않았지만 당장은 여자한테 신세를 지고 싶지는 않았다.
 그녀는 아무 말 없이 그를 따라 나왔다. 봉수는 초라한 15년 지기 미니카의 문을 열고 그녀를 앉히고는 외곽으로 빠졌다. 퇴촌을 지나 팔당호의 물결을 보며 달리다가 한여름이면 피서객으로 발 들일 틈 없이 박작거리는 계곡으로 들어서서

볕 좋은 바위가 있는 곳에서 차를 세웠다. 그러고 보니 이곳까지 오는 동안 둘은 단 한마디도 하지 않았다. 가을인가 싶더니 벌써 겨울 초입이라 성급한 활엽수들이 헐벗은 채 오들오들 떠는 듯이 보였다.

"자, 여기에 앉으시구려."

봉수는 그녀가 앉을 수 있게 손수건을 펼쳤다. 그녀는 다소곳이 그가 마련해 준 자리에 앉으며 주머니에서 작은 봉지를 꺼냈다. 껌이었다. 두 사람은 아무 말 없이 하나씩 쥐고는 껍질을 벗겨내고 입에 넣은 다음 오물거렸다. 봉수는 객쩍은 시선을 들어 가끔 부는 바람에도 후두둑 날리는 철 놓친 갈잎을 보았다.

"그래, 내가 의원님의 무엇을 도울 수 있다고 생각하시오?"

계곡의 물소리가 갑자기 들리지 않았다. 낙엽이 하나둘 떨어지는 것도 둘의 숨소리도 멈춘 듯했다. 그렇게 침묵의 시간을 두고 나서 그녀가 입을 열었다.

"저, 오래전에 제가 당을 버렸다고 혼내신 적 있으셨지요?"

봉수는 그런 사실이 기억에 있는 것 같기도 하고 없는 것 같기도 했지만, 분명히 그녀를 앞에 두고 말 한 기억은 없었다. 그래서 멀뚱히 보고 있으려니 그녀가 말을 이었다.

"기억이 나시려는지 모르겠지만 모 지역신문에 내신 선생님의 칼럼이었습니다."

그리고는 핸드백을 열어 접힌 신문 조각을 봉수 앞에 내밀었다. <때가 되면 자리를 옮기는 철새 정치꾼에 대한 철퇴>. 그 칼럼은 분명히 자신이 내려친 글귀였다.

"까마귀 날자 배 떨어진다는 말씀 아시지요? 선생님의 의도가 어떻든 간에 저는 이 철퇴를 맞고 한동안 비틀거렸었답니다."

순간 '이런 불상사가 있었구나.' 싶었다. 그 칼럼은 야당 인사인 남편을 둔 여자 친구의 부탁으로 서둘러서 쓴 것이었다.
"제가 당을 버린 게 아니라 당이 저를 버린 것이었답니다. 그랬었는데도 전후 사정도 헤아리지 않으시고 이렇게 저를 시정잡배 취급하시고"
 그녀는 끝내 말을 잇지 못하고 눈물을 보였다. 이렇게 난감할 수가, 자신이 그렇게 칼럼을 내고도 아무 일 없었던 것처럼 무신경으로 몇 년을 살 수 있었다는 사실이 차라리 꿈이기를 바랐다.
"의원님, 나는 그 칼럼이 누구에게 철퇴가 된다는 생각을 미처 하지 못했다오. 그저 내가 가지고 있던 소신을 간단히 피력한 것뿐인데 의원님이 크게 상처를 입었구려. 미안하오. 많이 늦었지만 용서하시오. 나도 의원님의 억울함을 나중에 전해 듣고 그 심정이 어떨까 미안한 마음을 어느 정도는 가지고는 있었다오."
 봉수가 진정 어린 마음으로 사과했다. 그녀는 그가 하는 말을 듣고는 금세 배시시 웃었다. 잠깐 보인 눈물이 그녀의 고운 눈에서 채 마르지 않고 햇빛을 받아 빤짝였다.
"자, 내 사과의 뜻으로 의원님의 말씀을 들어보기로 합시다. 그래 내가 무엇으로 괜찮은 사과를 할 수 있겠소?"
 그는 손을 내밀어 그녀의 손을 덥석 잡았다. 마치 무엇에 홀린 것처럼.

 그녀는 글솜씨가 예사롭지 않았다. 이미 자전적인 에세이집 몇 권이 있었고 단편이지만 소설집도 한 권 가지고 있었다. 그러면서도 서른 안팎부터 남편과 시작한 건설업체가 꽤 괜찮은 평을 받으며 중견기업으로 성장하고 있었다.
"이 책으로 제가 콘서트를 열 수 있게 도와주십시오."

봉수는 그녀의 제의를 거절할 하 등의 이유가 없었다. 그런데 약간의 꺼림칙한 기분이 드는 것은 이 여자가 출당당한 쪽으로 갈 것인지, 아니면 반대편 정당으로 갈 것인지가 명확하지 않았다. 그런 봉태의 심정을 꿰뚫기라도 하듯 그녀가 말했다.
"출당당한 쪽으로는 가지 않겠습니다. 그 반대쪽에 서겠습니다."
"그렇다면 문제 될 게 없지 않겠소?"
"그렇지 않습니다. 선생님의 칼럼처럼 제가 철새 정치꾼으로 세간에 비칠 수 있다는 것입니다. 그래서 선생님의 도움이 절대로 필요한 것이지요."
그녀가 말을 잇는 동안 봉수는 나름 평소보다 몇 배나 빨리 머리를 회전시켰다. '어떻게 내가 씌운 굴레를 벗겨 주느냐와 반대쪽 의원의 부인인 친구를 어떻게 보느냐 사이에서 갈등이 일었다.
"교수님, 고민하실 일 없게 해 드리겠습니다."
그녀는 그의 마음을 이미 헤아리고 있는 듯이 말했다.
"결자해지(結者解之)라는 말이 있잖소. 내가 매듭을 만들었으니 풀어 드려야지"
그가 결연히 말했다. 그 말에 옹그린 속이 풀린 듯 여자의 얼굴에 생기가 돌았다.

총선이 6개월도 더 남은 때였다. 14만 인구는 돼야 한 명의 국회의원을 뽑을 수 있다는 여론에 밀려서 농어촌에서는 난리가 났을 때였다. 서넛 군(君)을 합쳐도 14만에 미치지 못하는 곳이 두루두루 나왔다. 반면에 경향 지역은 30만이 넘는 도시가 즐비했다. 봉태가 사는 도시가 그중의 하나였다. 선량(選良)들이 군침을 다실 만한 호재(好材)다. 그런데 여자는 현직 시장이 총선에 나서는 것을 전제로 그 자리를 겨냥하고 있었다. 봉수는 또 하루를 천정에 무수한 도표를 그려가며 방바닥을 굴렀다.
 '할 때까지 해 보자!' 결심만 하면 이제 물러설 수가 없을 듯했다. 그러는 동안에 날이 밝았다.

선량(選良)들

 봉수가 <세르반테스>를 좋아하는 것일까? 그는 세르반테스가 쓴 소설인 <돈키호테>를 읽으며 반문했다. 당연지사 그가 봉태에게 알맞은 대답을 할 리가 없다. 그가 서울의 위성도시에서 시장 경선에 출마하게 된 것은 정말 우연한 일로부터 시작된 것이었다.
 "내년 운수가 대통(大通)입니다!"
 육갑 뽑기에 명성이 자자한 그의 말은 가까운 곳에서 그 운명의 밧줄이 치렁치렁 내려진 게 보이는 듯했다. 봉수가 그 밧줄에 팔을 뻗어 확 잡아채기만 하면 될 듯이 가슴을 설레게 했다.
 "이보게, 내년이라면 총선인데 내가 국회의원에 도전해 보란 말인가?"
 봉수의 말에 그는 빙긋이 웃음 띠우고 반문했다.
 "반드시 국회의원을 말씀드린 것은 아닙니다. 과연 어떤 의미일까요?"
 순간, 그의 머리에, 그 물음이 채 끝나기도 전에 전광석화(電光石火)처럼 떠오르는 것이 있었다.
 바로 며칠 전의 일이었다. 평소에 고만고만한 사이로 밥이나 가끔 함께 할 정도인 한 인사를 만났다. 그는 시의원 출신으로 중소기업을 이끄는 사장이었다.
 "제가 큰일 한번 해 보려고 합니다. 시장에 도전해 보겠습니다."
 그런데 그의 말대로 출마만 한다면 되겠지만, 그 필요충분조건이 되어 있지 않다는 느낌이 들었다.
 "그렇다면 문제 될 게 뭐 있겠소?"
 봉수는 거드름을 피우며 말 품새부터 바꿨다. 마치 상대가 듣기에는 문제 풀이 페이퍼를 자신이 손에 쥐고 있는 듯한 표정을 짓는 것도 빼놓지 않았다.
 "공천권을 쥔 위원장이라는 작자가 저를 받아주지를 않는군요."
 그리고 위원장의 약점이라고 몇 개를 나열했다. 봉수는 마치 그 정도라면 자신이 있다는 표정을 지으며 그의 풍향계를 조금씩 움직여 보았다.
 "듣자 하니 현직 시장이 국회를 넘보고 있다는데 그렇다면 이제 곧 시장직을 내놓을 공산이 크다는 말로 들리더구먼."
 말꼬리도 조금씩 내려가고 있었다. 그 말은 사실에 가까웠다.
 "맞습니다. 그렇게 된다면 시장 보궐선거가 총선 바로 코앞에 있게 되든지 동시에 있지 않겠습니까?"
 허풍선은 또 다른 허풍선을 낳는 법이라는 말이 있다. 바로 허세(虛勢)를 부리면 그 끝은 끝없는 낭떠러지만이 기다린다는 것을 봉수는 누구보다도 잘 안다. 그 허풍선 박사로 불명예를 달고 다니던 봉수가 아니었던가.
 봉수는 국문학을 전공하고 대학에서 삼십 년간 교직을 수행하고 퇴직한 사람이다. 그러나 퇴직 후에는 별다른 일이 없게 됐다. 처음 몇 년은 취미생활로 심심찮게 지냈다. 꼬박꼬박 나오는 연금으로도 충실히 모아서 일 년에 두 번쯤은 해외 골프를 나가도 모자람이 없었다. 그런데 그 취미활동이라는 게 그의 발목을 잡았다. 자주 동행하는 K 사장의 투자

권유에' YES!'라고 대답하는 순간, 그의 취미활동은 고통 활동으로 바뀌고 말았다.

 인생에도 크레바스는 곳곳에 숨어 있는 법이다. 때로는 그 크레바스에 빠지기도 하고 뼈가 부러진 채 눈 덮인 설원 위를 기어서 가야만 할 수도 있다. 결국 살아남는 것은 각자의 몫이다. 봉수의 친구인 종국은 세파에 시달리고 시달리다 얻은 번지레한 사장이다. 봉수가 퇴직했다는 소문을 듣고 그를 바지사장으로 앉혀놓았다. 세상 물정에 어두운 봉수한테 잔뜩 권력의 달콤한 맛을 들여놓은 뒤 부도를 내고 자취를 감췄다. 종국은 시쳇말로 '접장 돈은 먼저 본 놈이 임자다'라는 공식을 실행한 죄 밖에 없다. 단물만 쪽 빨아 먹고 사라진 것이다.

 그 여파는 봉수를 만만찮게 옭아매기 시작했다. 평생 돈 궁하지 않고 시(詩) 나부랭이나 긁적이며 잔뼈가 굵은 그에게 '부도(不渡)'라는 것이 얼마나 혹독한 형벌인지에 대해 톡톡히 가르쳐주고 있었다. 든든한 금줄이었던 연금(年金)은 손에 쥐어보지도 못하고 듣기에도 생소한 곳으로 사라졌다.

 봉수의 생활은 빠르게 곤두박질치고 있었다. 영국에서 유학 중이던 아들이 중도 하차하고 돌아와 돈벌이에 나섰다. 그렇지만 어정쩡한 학력으로는 대한민국 사회가 그 아들에게 만만히 돈벌이를 허용하지 않았다. 아들은 자신의 생활비를 보태는 것으로 만족해야 했다. 사모님 대우가 몸에 밴 그의 아내도 힘겹게 살찐 허리를 부여잡고 하루하루를 버텨나가기는 마찬가지였다. 헐벗은 전직 교수의 살림살이일망정 쓰임새는 별반 줄어들지 않았다. 그 선두에 네트워크 업체들이 먹잇감으로 그를 노리고 있었다. 잘만하면 일확천금(一攫千金)할 수 있다는 유혹은 그를 쉽게 빠지게 했다. 동료였던 교수들이 1차 피해를 보았다. 몇몇 제자들도 예외가 될 수는 없었다. 그중 가장 큰 피해를 보게 되는 축은 형제들이었다. 1년도 되기 전에 그는 지인들로부터 기피인물로 전락해가고 있었다.

 대한민국의 어디를 가도 그는 만만한 먹잇감에 불과했다. '교수님, 교수님'하면서 등짐을 지우기 일쑤였다. 그런 봉태에게 엄동설한(嚴冬雪寒)에 봄바람이 불 듯 기회가 오는가 보다고 내심 쾌재를 부르고 싶었다.

 12월로 들어서자 여기저기서 후보를 내는 소리가 들리기 시작했다. 무료 봉사하는 자리에서 만나 모 위원회에 가입하고 위원장으로 들어앉은 친구도 다시 기지개 펴기를 시작했다. 그는 이미 시의회 의장까지 지낸 인물이다. 마침 갑장이기도 해서 허물없이 지내는 친구이기도 하다. 이제 해를 넘기면 걷잡을 수 없이 선거라는 폭풍이 휘몰아칠 것이다. 베개를 머리에 높게 받치고 천정에 대고 소설을 써나가기 시작했다. 그러나 대단원에 이를라치면 결과는 늘 풍비박산으로 끝났다. 차라리 소설이라면 그런 결말도 괜찮다는 생각에 이르자 이불을 끌어서 가슴을 덮고 깊은 잠으로 빠져들었다. 지난 일들이 모두 허장성세(虛張聲勢), 일장춘몽(一場春夢)이듯이.

3. 운명이란 놈 길들이기

 운명을 탓만 하고 있던 내게 하늘이 준 계시처럼 그녀가 말했다.
 "운명이란 결국 당신과 내가 함께 짜나가야 하는 십자수와 같은 거랍니다. 각을 세워 짜든지 장방형으로 짜든지 그건 순전히 당신과 나, 아니 우리가 짜나가는 거지요."
 그렇다면 결국 우리 두 사람 앞에 아무런 장애가 있을 수 없다는 말이 아닌가. 그녀를 처음 만났던 공중화장실에서 왜 하필이면 그녀가 남자 화장실에 들어와서 용변을 보았느냐는 거다.

 우리는 문화 강좌에서 만났다. 한쪽은 수강하는 쉰다섯 명의 남녀 수강생 중 한 사람이고 한쪽은 그들을 가르치는 교수다. 우리 두 사람에게 객관적으로 볼 때 공통점이라고는 나이밖에 없었다. 그날 여자 화장실엔 마흔아홉 명이 한꺼번에 몰렸고 남자 화장실에 일곱 명이 올 가능성이 있었지만 남자 화장실은 엉뚱하게도 나 이외의 남자는 없었다. 그러니 급했던 그녀가 궁여지책으로 나보다 한발 앞서 남자 화장실로 뛰어든 것이고 그 뒤를 이어 화장실을 들린 나와 맞부딪치게 된 것이다.
 "전 아무것도 보지 못했습니다만."
 그녀는 대변기에 앉아있었다. 나는 소변기가 비어 있음에도 곧잘 대변기의 뚜껑을 열고 소변을 보는 습관이 있다. 그녀가 용변을 보고 있는 곳의 문을 아무런 생각 없이 열었던 거였다.

"수호 씨, 쉬야를 그렇게 하시면 쉬야가 변기 커버에 묻잖아요. 그러니 이담부턴 커버를 열고 쉬야를 하세요. 아셨죠?"

 나보다 두 살 연상인 아내는 초등학교 교사다. 나는 가끔 그녀의 귀여운 사내아이가 되곤 했다. 그런 버릇만 없었더라면 내가 왜 대변기에 소변을 볼 생각을 했겠는가. 말은 그렇게 했지만 나는 그녀의 하얀 엉덩이의 살비듬을 봤다. 더구나 얼떨결에 일어서며 팬티를 올리고 있었기 때문에 그녀의 비밀스런 부분의 극히 일부도 보고 말았다. 나는 엉거주춤 문을 연 채로 그녀 앞에 서 있었고 그녀는 팬티를 올리려다 말고 나를 확인하고 뱅긋 웃으며 다시 내리고는 하던 행위를 계속했다.

"교수님, 나가시든지 들어오시든지 하셔야죠. 남이 보면 어쩌시려고요?"

 엉거주춤하던 나는 아무 생각도 없이 그녀의 말대로 안으로 들어가며 문을 닫았다. 그녀의 머리가 내 배꼽 부분에 있었다. 순간 내가 소변을 볼 양으로 내렸던 바지의 지퍼가 떠올랐다. 아뿔싸! 나는 갑자기 숨이 막혀왔다.

"빨리 용변 끝내셔야죠?"

 나는 무슨 말이든지 해야겠기에 이렇게 말은 했지만, 곧 후회하고 있었다. 그녀는 용변을 마치고 낙서하고 있었다. 그녀의 오른손에는 포스트용 매직펜이 쥐어있었다. 우리가 전 시간에 그리듯 모조지에 시를 쓰던 거였는데, 그건 꼭 남자의 거시기를 닮았다는 느낌이 들었다. 내 눈높이의 벽엔 서툴게 그린 벌거벗은 여자가 다리를 맘껏 벌리고 있는 그림이 그려져 있었다. 그곳에 원시적인 용어로 거시기라고 적혀있었다. 그곳은 이미 담뱃불로 수십 번을 지졌는지 껌게 타 있었다. '참 안 됐다.'라는 생각이었는데 뜨거운 것이 내 거시기를 감싸 안았다. 찰나의 일이었다. 나는 그녀의 머리통을 움켜쥔 채로 용쓰며 버티고 서 있을 수밖에 없었다. 눈앞에 그려 놓은 천하 저질의 여체가 점점 더 아름답게 보였다. 나는 숨이 넘어가는 고통 속에서 외마디 비명을 지르고 있었다.
 "그만, 그만 해요!"
 주저앉고 싶은 마음을 억제하며 그녀의 입속에 한 번도 내 눈으로는 본 적이 없는 객기를 벌컥벌컥 쏟고 있었다. 내가 죽은 듯이 그녀의 머리 위에 엎드려 있자. 아무 일 없었다는 듯 그녀가 나를 바로 세우고는 유유히 화장실을 빠져나간 뒤에도 나는 그 자리에 죽은 듯이 서 있었다. 그녀는 무엇에 흘린 듯 멍하니 벽의 그림을 보고 서 있는 나를 밀치지도 않고 요령 있게 내 지퍼를 올려주고는 슬쩍 빠져서 나갔다. 나는 꿈일 것이라 믿고 싶었다.

 이것이 지금 운명을 논하게 된 처음 시발점이었다. 그녀는 매주 진행되는 내 강의 시간에는 가운데 자리에 앉아서 열심히 필기도 하고 옆 사람과 이야기를 주고받았다. 그러다가 가끔 나를 뚫어져라 쳐다볼 때가 있었다. 그럴 때 나는 청산유수처럼 잘도 나불댄다는 선배의 말이 무색해져 버리곤 한다. 나는 아랫도리가 묵직해지는 묘한 기분에 빠져서 잠깐의 휴식을 선언하고 화장실로 내 달렸다.
 그 일이 꿈이기를 바랐었다. 그렇지만 그 일은 분명히 현실이었다.
 "저는 교수님과 어떤 일이든지 없었기를 바란답니다. 그런데 그게 현실이 된 거 있죠."
 그녀도 메일에 분명히 그 일이 사실이라고 확인해 놓았다. 그녀는 대기업에 중견 간부로 있는 남편과 두 아이가 있다고 했다. 남편이 다섯 살 위로 극히 정상적인 부부였다.
 "남편은 경제적인 능력이 있는 사람이거든요. 그래서 대단히 빠르게 진급도 했고요. 다만 그이의 성공과 우리의 행복지수는 반비례하더군요. 전 너무 외로워요."
 그녀의 수강 자세는 반듯했고 어디에 정신 파는 일도 없다. 이목구비도 어디 하나 나무랄 곳 없이 반듯해서 얼핏 '성녀가 아닌가?' 하는 느낌이 들었다. 이 강좌가 가끔은 여대생을 대상으로 하는 강의라는 생각이 들 때가 있었다. 그런데 그것은 순전히 그녀에게서 풍기는 기품에서가 아닐까 하는 생각이 들었다.
 "전요, 이 현실이 숨 막혀요. 그럼…."
 어느 날 버스를 타려고 정거장에 서 있는 나를 보고 자신의 하얀 우윳빛 나는 외제 승용차를 길가에 버려두고는 길 가운데로 거침없이 깡충거리듯 뛰어와서 내 귓전에 바람 같은 소릴 내곤 곧바로 오던 길로 되돌아가서 자동차 안으로 사라졌다. 그것도 순식간이었다. 나는 내가 타야 할 버스의 번호도 잊은 채 한참을 의자에 앉았다가 비로소 지금 막 멈춰 선 버스가 내가 탈 차라는 사실에 번쩍 정신을 차리고 일어섰다. 버스에 올라 빈자리에 앉았을 때도 그녀의 바람 소리는 계속 내 주위를 감싸고 있었다. 알싸한 향기가 배어 있는 달콤한 바람이었다.

 아내는 나보다 두 살 위이다. 결혼한 지 18개월이 넘었다. 그러나 아이 소식이 없는 것은 자신이 아니라 나라고 똑똑히 알려 주었다. 그것은 아내 말이 옳다. 대학 1학년 OT 때 술김에 선배 누나의 유혹을 즐기던 그때, 한 학기를 그렇게 지내고 난 후에 그녀가 참 이상한 말을 했었다.
 "인마, 너 진짜 예비군이냐?"

아니, '예비군이냐?'라니. 난 어이가 없어서 웃고 말았다. 그렇지만 그 말뜻을 진짜 예비군이 된 뒤에야 알았다. 나는 참 예쁘게 생긴 남학생이었던 게 분명했다. 선배 여학생들이 그랬다. 그래서인지 그녀들의 유혹이 끊임이 이어졌다.
"야 인마, 넌 뒤끝이 깨끗해서 좋다더라."
혹은,
"넌 부담을 주지 않는단 말이야."
그땐 그 말의 뜻도 몰랐었다. 하여간 2학년 말에 입대를 앞두고까지 주로 선배 누나들의 유혹은 끝이 없었다. 지나고 나서 생각해 보니 난 서글프게도 아이를 만들 씨가 부족했었다. 제대하고 복학해서 졸업할 때까지 쉴 틈이 없이 취업 준비에 매달리다시피 할 때는 후배 여학생들이 나를 유혹했었다. 그렇지만 나는 한 번도 후배의 유혹에 넘어가지 않았다. 선배 여학생들이 왜 나와 잠자리를 원했었는지를 이미 알고 있었고 나는 그 사실에 치를 떨고 있었기 때문이었다.
"이런 젠장 할 년들이 내가 씨 없는 수박쯤으로 보였다. 이거였다 이거지…."
그런데 취직이 어려워서 대학원에 진학해서도 또 박사학위를 받고 나서 이 대학 저 대학을 기웃거리면서도 신기할 정도로 지난 아픈 기억은 다시 떠오르지 않았었다. 그래서 아무런 어려움 없이 지금의 아내와 결혼했는데, 아내로부터 아이를 가질 수 없음이 나에게 있다는 말을 들은 것이다. 나는 아내의 이끌림으로 아내 오빠가 원장으로 있는 병원에서 검사받았다.
"자넨 정충의 숫자가 조금 모자랄 뿐이야. 걱정할 것 없네. 내가 처방해 주는 약효로 곧 아이를 가지게 될 테니까. 그런데 이 사람 언제 그렇게 많이 남발했어. 보기보단…. 허허허"
하여간에 아이를 가질 수 있다는 소식을 듣고 아내는 뛸 듯이 기뻐했지만 나는 덤덤했다. 아니 비감스러웠다. 갑자기 나를 병신으로 보고 만만히 덤비던 선배 년들 몇을 어떻게 하든지 다시 만나고 싶은 객기가 스멀스멀 창자 밑에서 기어올라 와 맘을 건드리고 있었다. 그러나 그것도 아내가 아이를 가졌다는 소식과 함께 곧 잊어버렸다.

21세기 주부들은 소위 고급문화를 원한다. 남자들이 웰빙을 외치는 아내를 위하여. 아니면 또 다른 제2, 제3의 연인을 위해서 더 많은 부(富)가 필요하다고 말하면서 그 덕분에 아내보다 더 늙게 보이게 됐다. 이제 남자들은 편히 잠들 공간조차도 웰빙을 위해 잃게 될 것이다. 일거리를 찾아다녀야 하고 들어온 일거리는 집안까지 끌어들여 돈으로 바꿔야 한다. 앨빈 토플의 '인간의 일로부터 해방'은 그가 '제3의 물결'을 내놓고 격찬받는 순간에 이미 무너지고 있었다.

이런 때에 나는 문화 교실에서 시론(詩論)을 강의하고 있다. 시(詩)도 고급문화에 속한다. 그러나 원고지에 정서해서 올리던 시대는 차츰 사라지고 있다. 이젠 영상 문학이 판을 치고 있으니 말이다. 어느 대기업에서는 이미 종이 없는 시대를 열었다고 광고가 나가고 있다. 녹색연합은 이때를 기회로 나무 살리기에 기를 쓴다. 종이는 나무를 원료로 하니 종이를 없애자는 것이다. 나는 이런 바람에 실려 소위 영상 시를 강의하는 것이다. 시가 고급문화에 속한다는 것은 바로 영상 시를 두고 하는 말이다.

내가 만든 영상 시를 옹호하는 카페 모임의 멤버는 만 명에 육박한다. 그중에서 열성 멤버들이 내 시론 강의의 주요 학생들이다. 그들은 최소한 컴퓨터를 제대로 다룰 줄 알았고, 음악을 퍼다 쓸 수 있는 능력을 갖추고 있어야 한다. 그런

후에 스스로 시를 창작할 수 있으면 함께 어울려서 문학여행도 하고 합평도 할 수 있다. 이렇게 해야 비로소 자신도 고급문화를 접하고 있다는 안도감과 동시에 남들과는 다른 부류임에 뿌듯함을 느끼는 것이다. 여기에는 남편이 벌어다 주는 액수가 그 문화 수준의 등급을 결정한다.

 예지는 바로 이 모든 것이 잘 갖추어진 여자였다. 그런데, 외롭다니…. 나로서는 이해할 수 없는 그 무엇이 분명히 있을 것이다. 반면에 내 아이를 가진 아내는 불만이 많아야 할 것임에도 예지와는 다른 차원에서 나를 바라보는 것인지 불만이 없다. 그렇다면 이 두 여자를 움직이는 힘이란 어떤 것일까. 만일 그 힘이 운명이라면 과연 운명이란 놈은 어떻게 생겨 먹은 것일까. 아이를 가질 수 있는 씨가 없는 불행 속에서도 그것을 즐기는 여자 선배가 종종 있었고 그녀들의 사랑을 담뿍 받았음에도 이를 갈던 내가 아닌가?
 그렇다면 이놈을 길들이기만 한다면 인간은 늘 행복할 수 있지 않을까. 내 생각이 여기에 미치자 갑자기 예지가 그리워졌다. 거대한 도시의 빌딩에 단 1초도 쉬지 않고 자신의 일에 충실한 디지털시계는 20층 높이에 위태하게 박혀서도 새벽 1시임을 가리키고 있었다.
 지금 예지의 남편은 동남아에 출장 중이다.
 "지금 당신이 내 옆에 있었으면 …."
 운명이란 이런 거였구나!
 "우린 함께 달나라를 여행할 생각을 하고 있었군요."
 예지를 닮은 차는 기름을 많이 먹는 값을 했다. 정동진에 닿았을 땐 아직 해가 뜰 기색을 보이지 않았다. 그렇지만 우리와 같은 색깔을 지닌 사람이 의외로 많았다. 봄이라 해도 동해의 새벽바람은 차가웠다. 예지는 두툼한 외투를 양어깨에 걸쳤지만 나는 낮에 입었던 봄옷이다. "여기요." 외투 주머니에서 얇은 머플러를 꺼내서 머리로부터 양 갈래로 내려 턱에서 매듭을 지었다. 따스한 맘과 얼려 훈훈하다.

4. 幻想의 時節

 오늘 난 스물아홉쯤의 소녀를 만났답니다. 다소곳한 용모에 다문다문 속삭이는 감미로운 목소리를 가진 소녀랍니다. 하얀 이를 드러내고 소리 없이 웃을 때 가지런한 이가 살짝 보일 뿐, 입술 꼬리가 살짝 들린 채로 웃을 때는 눈이 부셔서 똑바로 볼 수조차 없답니다. 그리고 그 몸매는 어떻고요. 결코 키가 크다고는 할 수 없는 1m 60cm 정도에 두 손으로 안으면 딱 맞을 허리, 유난히 눈길을 끄는 그런 소녀랍니다.
 지금은 아침 아홉 시랍니다.
 "저, 며칠 전에 약속드린 거 기억하시는지요?" 나는 정말 조심스럽게 전활 했습니다. 그녀의 숨소리가 가깝게 들렸습니다. 아, 그 몇 초의 기다림에 내 혈압의 상승으로 기가 막히고 말았습니다. 주책없이 침 넘어가는 소릴 내고도 난 창피한 줄을 몰랐습니다. 그 짧은 시간이긴 하지만….
 "네, 저도 알고 막 나가려고 준비 중이었답니다. 그런데 지금 선생님께선 어디에 계신지요?"
 순간 나는 숨을 잠깐 멈출 수밖에 없었답니다.
 "네, 댁의 아파트 오른편 주차장…. 입니다."
 내 목소리가 이렇게 더듬거리고 떨려보긴 처음입니다.
 "그럼, 제가 곧 내려가지요. 조금만 기다리시겠습니까?"
 "아, 네, 그럼요."
 나는 마흔한 살의 나이로 요즘 잘 나간다는 카운슬러이고, 그녀는 내가 맡은 내담자랍니다. 지난 금요일 오후였지요. 난 내가 상담실로 쓰는 사무실 방에서 나른한 오후를 즐길 양으로 의자 하나에 다리를 얹고 회전의자에 깊숙이 몸을 던지고 막 잠이 들 때였습니다. 사무실을 지키던 미스 유는 일찍 퇴근한 후였습니다. 그녀는 대학원 2년 차로 졸업 논문에 시달리는 중이었거든요. 그런데, 얼마나 시간이 지났을까요. 인기척에 놀란 나는 꿈속인 줄 알았습니다. 내 이마에 손가락 하나를 얹고 가볍게 두드리는 느낌이 있었습니다.
"주무세요. 선생님?"
 난 잠결에 게슴츠레 눈을 떠다가 그만 실신할 뻔했습니다. 세상에! 내게 천사가 올 리는 없고…. 분명히 천사였습니다. 일찍이 내게 천사는 동양 여인으로 각인된 적이 없었거든요. 그는 분명히 외국영화에나 등장하는 천사였습니다. 나는 고개를 두어 번 흔들어 잠을 깨운 뒤 그녀를 자세히 봤습니다. 그리고 겨우 한마디를 던졌습니다.
"누구시던가?"
 "'아, 네. 기억하실는지요. 어제 오전에 전화로 말씀 전했던 현희라는, 성이 '소'여요."
 그쯤 해서야 나는 이것이 사이버상의 현실은 아닌 줄을 알았지요.
"네 소/현/희/ 씨! 반갑습니다. 자, 이 의자에 앉으시지요."
"그런데 선생님, 제가 앉을 의자에…."
 당혹스러운 그녀의 눈빛이 나를 딱하게 들여다보고 있었습니다. 그 눈동자에 나의 부시시한 모습이 언뜻 담긴 걸 봤습니다. 그녀가 앉을 의자에 내 발이 올려 있다는 걸 내 의식은 눈치채지도 못하고 있는데, 나는 의자에 앉기를 권했던 거죠.
"아, 네! 이거 실례했군요."
그러는 날 보고 그녀는 파스텔 그림처럼 잔잔히 미소만 짓고 있었습니다.

잠시 후에 그녀가 내 차를 발견하고 한 걸음 두 걸음 가까이 오고 있었습니다. 마치 자이브를 추듯 리드미컬하게 다가오는 그녀를 보며 나는 숨도 쉬지 못하고 그녀가 차로 다가오기만을 기다렸지요. 문을 열 때입니다. 조수석이 아닌 뒷자리에 그것도 운전석 바로 뒷자리에 그녀가 앉았습니다. 그 자리는 내가 가장 싫어하는 동시에 또 좋아하는 자리이기도 합니다.

 한 10여 년 전쯤 된 때에 있었던 일입니다. 당시에 대학 2학년이었던 내가 고등학교 1학년짜리 몇을 모아 과외교사할 때였습니다. 시골 살림에 학비를 조달한다는 것이 힘겨웠던 아버지가 날 그만 내려와서 농사나 지으라고 하셨지요. 난 23세로 군 제대를 했고, 복학한 상태였지요. 아버지의 그 말에 고민하던 차에 서울서 좀 잘 산다는 친구 녀석이 자기 외사촌을 소개했습니다. 그 친구는 내겐 하늘이 내린 구세주였지요. 고시원에서 겨우겨우 살아가야 할 내게 한 달에 60만 원이란 적잖은 돈을 벌게 했으니까요. 그리고 그녀의 친구들을 소개받아 6명을 가르쳤습니다. 요즘 2억을 꾸어서 로또를 산 친구 녀석의 미칠 듯한 심정처럼 최선을 다했지요. 나도 나름 학교 공부는 공부대로 열심히 했습니다. 어눌한 타자 솜씨로 채팅할 때의 심정. 이해하죠. 그만큼 바쁘더군요. 그래서 승용차를 중고로 한 대 샀습니다. 그 여섯 명 중에 난 유형이가 가장 좋았습니다. 물론 유형이도 내게 관심을 꽤 많이 가졌던 것 같았지요. 난 유형이 학교를 파할 때면 시간을 맞춰 그녀의 학교로 달려갔지요. 그리고 집까지 데려다준 뒤에야 다른 일을 보았습니다. 딴은 내 또래의 여자 친구가 없었던 건 아니었습니다. 수연이라고 예쁘고 발랄한 친구가 있었지요. 지금은 어떻게 살고 있을 것이라고 막

연하게 생각만 하고 사는 친구지만요. 어쨌든 그 수연과의 만남보다 유형을 가르칠 때가 내겐 편하고 좋았습니다. 그녀가 차에 타면 꼭 지금의 현희와 같은 자리에 탔습니다. 그 자리는 운전석에선 잘 보이지 않는 자리라 전 불만이었죠. 나는 예쁜 녀석의 얼굴을 슬쩍슬쩍 볼 수 없는 것이 불만이었습니다. 그래서 그 뒤부터는 조수석 뒤로 앉으라고 말하고는 했었거든요. 물론 그때마다 가벼운 실랑이를 벌이곤 했답니다. 그런데도 기회만 있으면 운전석 뒤에 가서 앉더군요.

한번은 녀석이 시험을 잘 봤다며 뒤에서 두 팔로 내 목을 안더군요. 그땐 고 녀석 머리가 내 어깨 너머로 오는 바람에 녀석의 얼굴을 백미러로 볼 수가 있었답니다. 얼마나 예쁘던지 '아!'하고 탄성을 지를 뻔했답니다. 그런데 녀석이 먼저
"선생님, 저 예쁘죠?"
라고 하더군요. 그래서 나도
"어디가?"
하고 물었지요. 그렇게 말하면서도 나는 이미 '참 어처구니 없는 질문을 했구나.' 싶었지요.
"에이, 정말 모르세요?"
갑자기 녀석이 내 입술에 뽀뽀했습니다. 난 자칫 핸들을 놓칠 뻔했지요.
"응!"
얼떨결에 대답했는데,
"호호호! 무슨 대답이 그러세요?"
"응!"
"안 되겠어요. 선생님. 저기에 차 좀 세우세요."
난 녀석이 시키는 대로 차를 길가에 세웠답니다. 그곳은 시외곽이라 지나다니는 차량이 많지 않았는데도 짬 없이 넓어서 '지나치게 넓구나.'하는 생각이 들었답니다. 그런데 그땐

몰랐었지만, 지금은 그 길 양옆으로 빽빽하게 들어선 빌딩 숲이며, 이미 6차선도 모자라 더 넓히고 있으니, 도시 행정이 어리숙하게 이루어지는 건 아니란 생각이 들더군요. 아무튼 차를 세우자 녀석이 조수석으로 넘어와선 내 오른손을 가져다가 자신의 볼에 대는 겁니다. 난 순간 나 스스로 힘없이 무너지고 있음을 느꼈습니다.

 현희를 태우고 그녀가 가자는 퇴촌으로 차를 몰았습니다.
"퇴촌엔 언제 사신 적이 있으셨나요?"
 내가 가까스로 한 마디 던졌지요. 난 내 신분이 뭔지도 모른 채 그녀에게 제압당하고 있었습니다. 그랬더니,
"네, 한 오륙 년 지냈답니다."
라고 대답하더군요.
"그럼 '재 너머 카페'를 아시겠군요?"
라는 내 질문에 그녀는 즉답은 하지 않았습니다. 그러나
"비가 올 땐 너무 슬픈 곳이죠. 원형으로 짜진 통유리를 통해서 보이는 뿌연 우연과 어울려진 들판의 풍경이 그런 느낌을 주거든요. 무엇보다 늦봄에 따서 꿀에 재어 놓은 솔잎으로 다린 차를 늦가을에 내리는 빗속에서 호호 불며 마실 때는 눈물이 절로 뚝뚝 떨어지지요."
 나는 그녀의 이야기가 잔잔히 이어지면 질수록 먼 듯 가까운 곳으로부터 나를 향해 거침없이 다가서는 검은 그림자를 보는 것 같은 전율마저 느꼈답니다. 난 유형이랑 곧잘 양평대교를 건너 서종에 있는 카페를 찾았었지요. 큰길에서 산을 향해 꾸불꾸불 이어지는 개울을 따라 한 마장쯤 들어가야 카페가 보였습니다.
"이런 깊은 곳에 이렇게 멋진 곳이 있다니!"
 유형은 거의 넋을 잃고 있었습니다. 그리고는 내어놓는 음

식마다 감탄사를 연발했습니다. 사실 그곳은 수연이가 한 때 아르바이트를 한 곳이었습니다.

 수연은 여름 방학 내내 그곳에서 일했고 그곳에서 우린 서로가 처음으로 섹스다운 섹스에 열중했던 곳이랍니다. 그 이후엔 습관처럼 그 일을 계속했지요. 그때만 해도 수연이랑 난 천생연분으로 백년해로할 줄 알았답니다. 그래서 아기라도 생겼으면 좋겠다는 공상을 하기도 했었답니다. 그런 이유로 내 나름대로는 수연의 생리일까지를 충분히 계산에 넣고 열심히 관계했었지요. 그러나 인연이 아니었던지 내 소망은 끝내 이루지 못했지요. 돌이켜보면 그 스물두 셋 된 나이에 참 별난 우매함에 스스로 놀라울 따름입죠. 그리고 여름 방학이 끝날 때쯤 산속의 때 이른 추위에 가스 폭발로 불이 났지요. 수연인 다시 만날 수 없을 정도의 화상으로 내게서 멀어졌지요. 물론 내 쪽에서 먼저 제안한 건 아니지만요. 지금도 난 수연의 소식만으로 가늠해볼 뿐 실상을 직접 본 것도 아니었고요. 아무튼 지금은 그의 고향인 제천시의 변두리에서 그림이나 그리며 산다는데, 난 자신이 없어서 그녀를 여태 만나보질 못했답니다.

 이런 사연을 모르는 유형인 내게 간간이 스치는 수연의 그림자를 상당히 멋스럽게 보는 듯했습니다.
 "선생님 대체 지금 무슨 생각을 골똘히 하고 있답니까?"
 "생각은 무슨…."
 "아니신 것 같은데…."
 "왜 유형인 그렇게 생각하지?"
 "무슨 깊은 사연이 있는 듯해서요."
 "녀석 싱겁긴…."

그렇게 말하면서 난 유형과도 수연과 한 것처럼 섹스할 수가 있었으면 좋을 것 같다고 막연하게 생각하고 있었답니다.

  현희 씨를 데리고 카페로 갔습니다. 내가 맡기고 온 진도견 쇠돌이 녀석이 날 알아보고 꼬리를 살래살래 흔들더군요. 난 미리 마련해온 질 좋은 개 껌을 녀석의 입에 물렸답니다. 시내로 이사 가면서 아내와 함께, 이 녀석을 맡기고 돌아올 때 얼마나 울었었던지….
  그동안에 주인이 한 두어 차례 바뀌었지만, 워낙 영리한 녀석이라 생명을 유지하고 있었습니다. 카페 안주인도 날 알아보더군요.
  "쇠돌이 주인아저씨군요?"
  "아, 네! 절 어떻게 아시고…."
  "쇠돌이 녀석이 지금 가르쳐 주네요. 호호호"
  이런 우릴 보고 현희는 무척 환하게 웃었습니다. 주인 사내가 솔잎차를 내오는 동안 난 그녀를 실내에 장식으로 매어 놓은 그네에 앉게 했습니다. 그리곤 천천히 밀었습니다. 처음엔 조심스레 어깨를 살며시 잡고 밀었지요. 그런데 그녀의 어깨에 닿는 내 손으로 전해지는 아랫도리의 느낌이 마치 수연과 섹스를 하던 때와 같음을 느끼고 나도 모르게 그녀의 어깨를 꽉 쥐고 말았습니다. 그녀는 그런 내 손을 살며시 잡고 있었지요. 아마 주인 사내가 솔잎차를 내오지 않았더라면 난 그녀에게 키스라도 퍼붓지 않고는 못 견뎠을 겁니다. 솔잎차를 호호 불며 나를 건너보는 그녀의 눈빛이 어찌나 애처롭게 느껴지는지. 난 나도 모르게 그녀의 손등에 손을 얹고 고개를 숙이고 말았답니다. 그런 절묘한 순간에 왜 나는 나른한 졸림을 맛보아야 하는지 ….
  "잠시 주무세요. 선생님."

난 꿈결에 그녀의 목소리 들었습니다. 마치 10년 전의 수연과 서종의 통나무 방에서 커다란 죄책감을 안고 섹스를 한 후에 깊은 잠으로 빠져들 때의 그 느낌이 바로 이런 게 아니었는지. 난 꿈속에서 수연을 만났습니다. 그녀는 화상을 입지도 않았고, 그 일하고 난 후에 비너스 닮은 윗몸을 그대로 들어낸 채 내게 쓰러지듯 안겨 옵니다. 그녀에게서만 풍기는 그 무슨 말로도 형언할 수 없는 풋풋한 살 내음이 숨을 들이쉴 때마다 코끝으로 스며듭니다. 그런데 어찌 보면 유형과도 닮았습니다. 또 어찌 보면 현희와 같은 모습의 그녀와 퇴촌 집 앞마당과 같이 넓은 곳에서 나와 함께 손잡고 왈츠를 췄습니다. '다뉴브강의 물결'의 멜로디가 머릿속에서 떠나질 않는군요. 내가 심어 놓은 백양목이 적당히 불어오는 바람에 흰 속살을 얼른얼른 보여주고 있습니다. 마당을 가로지르는 전깃줄에 극성스레 쇠돌이의 밥을 빼앗아 먹던 까치가 앉을 듯 말 듯 날아다닙니다. 때에 어울리지 않게 해바라기가 우릴 내려다보고 있습니다. 난 이 모두가 날 위해 존재하는 듯한 착각에 빠집니다. 그런데, 꿈속일망정 이 모두가 너무 아쉬워서 울고 싶었습니다. 그래서 소리 죽여 가며 울었지요.

"선생님, 우시는군요."

눈물이 그녀의 손등을 적시고 있었나 봅니다. 나는 눈물이 흐르는 채로 고개를 들어 그녀를 바라보았습니다. 그녀도 울고 있더군요.

"아니, 제가 잠깐 사이에 꿈을 꾸다가 너무나 아쉬움이 많아서 그만…."

그렇게 말하는 나의 머리를 그녀는 사랑스럽게 두 손으로 감싸고는 입술에 길게 입맞춤해 줬습니다.

나는 찻집을 나와서 서종으로 차를 몰았습니다. 퇴촌은 그녀가 원한 곳이지만 서종은 내가 원한 곳이거든요. 양평 대교를 건너 서종의 읍내를 지나 다시 바다처럼 넘실대는 북한강의 물을 보며 차가 달립니다. 바람이 부는지 물결이 하얀 이를 드러내고 조갯살처럼 골을 이룹니다. 그리고 햇빛에 반사되어 눈이 부십니다.
"현희 씨, 손이 무척 차갑게 느껴지는군요."
"네, 선생님께서 무슨 골똘한 생각을 하실 때, 전 창문을 열고 손을 그 밖으로 내놓고 있었거든요."
"아, 네, 그런 줄도 모르고 난….”
 운전대를 잡은 손을 더욱 꼭 잡습니다. 차가운 그녀의 체온이 따스하게 느껴질 때까지 속도를 줄였습니다. 뒤따라오던 자동차들이 '이때다' 싶게 앞서 달려 나갑니다.

5. 어떤 여행

그 아침은 여느 때와는 달랐다. 아내가 잠에서 깰세라 까치발로 문을 나섰다. 어차피 함께할 수 있는 여행이 아니니 어쩌랴. 이번 여행은 원래 아내가 먼저 제의한 것이었다. 결혼한 지 마흔 해가 넘었다. 이제 이성으로 만나 함께 할 수 있는 생물학적인 신의 섭리는 모두 완료한 사이다. 굳이 함께 길을 떠날 필요성을 느끼지 않은 지도 오래다. 그런데 "이번 여행은 함께 해요." 듣던 중 반가운 마음으로 솔깃했다.

지난밤 잠들기 전에 "이번에는 내 어린 시절을 돌이켜볼 때를 가지고 싶소. 그래도 동행하려오?" "아니오." 더는 말을 잇지 않고 각자 방에서 잠자리에 들었다. 사랑이란 젊은이들이 가진 특권이다. 생식을 위해 살을 섞고 그 결과로 아이를 잉태하고 양육하는 수고로움이 힘겹지 않을 때 비로소 "사랑해요. 응 나도"라는 콧소리가 나오는 것이다. 그 시기를 지나 오직 긴 여정을 함께한 情으로 부부란 동명을 쓰는 때에 이르러서도 사랑을 앞세우는 건 바보나 하는 일이다.

중부고속도로로 진입해서 영동 방향으로 접어들 때 구름 속에 가려졌던 해가 빛을 내기 시작했다. 여주휴게소에서 색안경으로 바꿔 썼다. 이젠 내쳐 달리면 되는 것이다. 심장을 꺼내서 기존에 막힌 도로는 방치한 채로 새로운 고속도로 하나를 더 개설했다. "당신은 무리하면 안 돼요. 운전은 내가 할게요." 그런 아내의 걱정을 이번 기회에 잠재워야 한다.

내쳐 한 시간을 달려 휴게소에 들러 물 한잔 들이키고 전화기를 확인했다. 이런, 11시에 구미시에서 조카가 결혼식을 올린단다. 분명히 기억해 뒀을 일을 까맣게 잊고 있었었나 보다. 아무려나, 그래 그곳에도 내 어린 시절이 남아있겠지. 사촌 형제자매들이 모여들 테니까. 그러고 보니 사촌 형제 열다섯 명 중 내 위로 세 분은 모두 이 세상을 하직했다. 그뿐만이 아니다. 아래로도 한 명이 비명에 갔다. 모두 심장에 이상이 있었다. 그러니 내가 집안의 최고 어른인 셈이다. 어깨가 무겁다. 다행히 심장의 이상을 발견하고 고쳐놓았으니 심장으로 이 세상과 하직할 일은 당분간 없을 것이다.

코트를 벗어서 옆 좌석에 던져 놓고 와이셔츠에 넥타이를 맸다. 초등학교 동창들의 모임에 오랜만에 참석할 요량이다. 금오산 관광호텔 옆 건물 2층에 웨딩홀이 있었다. 여느 예식장이라면 프론트 앞에 웅성거리며 인사도 하고 커피잔을 들고 담소를 나눌 시간일 텐데 우선 아는 얼굴이 보이지 않았다. 사촌 누이동생의 이름을 확인하고 자리에 앉았지만, 그때까지도 내가 아는 이는 보이지 않았다. 사회자가 입장하시라는 멘트가 있고서야 누이동생이 혼주석에 앉았다. 뒤이어 사촌 형제자매들이 내가 앉은 주변으로 몰려들었다.

예식이 끝나고 식사하는 자리에서 스무 명 중 대여섯 사촌이 참석했다는 것을 알았다. 누이동생이 부지런히 대소사에 얼굴 내밀기를 하지 못했다는 증거라고 결론 지었다. 품앗이라는 얘기였다. 돌이켜보니 그렇다면 나는 잘 찾아서 다녔는지 스스로 물었다. 수술 이전에는 그럭저럭 잘 다녔지만 그 이후로는 병을 핑계로 게을렀던 게 사실이다.

나는 왜 지금 지난 삼 년 동안 찾지 않았던 동창회, 그것도 초등학교 동창회에 참석해야 하는가? 그 소녀를 찾아야 한다. 무려 60년이 지난 오늘, 할머니가 아닌 소녀로 박재 된 그녀를 찾아야 한다.

마음속에 도사린 내 그림자를 찾아서

 내 삶에서 한 단발머리 소녀의 존재는 매우 소중하다. 나이 열여섯이던 때 고향 집을 떠나기 며칠 전부터 그녀는 내 마음속에 들어와 이런저런 간섭을 하고 있었다.

 초가을 새벽녘에 그녀가 살았던 마을로 낡은 스파이크를 신고 내달렸다. 안개가 자욱하게 낀 구수골 모퉁이를 돌 때쯤 한 무리의 아낙들이 머리에 열무를 이고 두런두런 얘기를 나누며 걷고 있었다. 그 속에는 어무이도 함께 했을 게 분명했다. 아무렇든지 그 옆을 쏜 살보다 더 바르게 달렸다. 몇 개 남아있던 스파이크의 침이 돌부리와 부딪히며 부싯돌 치듯 불꽃이 튀었다. 그녀가 이 마을의 어떤 집에서 살았었는지는 물론, 지금은 어디에서 살고 있는지? 그러나 그런 것은 문제가 되질 않았다.

 마을 어귀를 나서면 봇도랑이 있고 그 도랑 위에 둥근 토관 다리를 지나 책보자기를 끼고 가는 그녀의 실루엣이 보일 뿐이었다. 귓전에 바람 소리를 들으며 순식간에 다리를 지났다. 우마차를 끌고 들판으로 나가는 동네 형이 보였다. 인사를 꾸벅하고 또 달렸다. "시합 준비하는 건가?" 등 뒤에서 굵직한 형의 목소리가 들렸지만 무시했다. '그래, 난 이 마을을 떠날 거다.' 마치 그녀한테 대들 듯 한마디 던졌다.

 그날로 대구 근교로 중학교를 옮겼다. 드디어 그녀한테서 벗어났다.

 한국 전쟁이 지지부진하던 해에 태어난 우리가 초등학교에 입학할 때는 4.19 학생혁명이 일어나기 직전이었다. 그해 4월에 중학교 다니던 형도 묘표가 가제를 닮았다는 이유로 데모에 합류한다고 했다. 서울에서 일고 있는 거사가 경상도의 소읍까지 영향을 끼친 결과였을 것이다. 이렇게 소란스러운 때에 초등학생이 된 것이다. 우리가 공부하는 교실엔 80여 명이 자부동(방석)을 깔고 앉아서 공부했다. 1학기는 읽기, 쓰기, 노래 부르기, 셈법 배우기, 그림 그리기, 달리기 등으로 4시간을 채웠다. 그런데 2학기 들면서 시험을 볼 때가 종종 있었다. 아마 일제고사가 아니었을까 추측해 본다. 그 시험 결과에 따라 누구는 똑똑하다고 등급이 매겨지고 반면에 누구는 멍청하다 혹은 못났다는 꼬리표가 달렸다.

 같은 반의 구성원은 원동, 독동, 화조동 그리고 교동 등 동별로 이루어졌다. 담임 선생님은 이미 잘 가르치시기로 명성이 자자하신 여선생님이셨다. 나이 나보다 일곱 살 위인 큰누나부터 다섯 살 위인 형, 그리고 두 살 위인 누나까지 가르치신 최팔선 선생님이셨다. 교동 아이들만 오는 방향이 달랐다. 원동, 독동, 친구들은 화조동 앞에서 모두 합류했다. 읍내 아이 중엔 노상동 아이들이 몇 합류했다. 수적으로 가장 많은 인원인 교동 아이들이 대부분 반 분위기를 장악하고 있었다. 그중에서 한 살이 더 많은 내가 우리 마을 아이들을 나름대로 지키고 있었다. 여자아이 중엔 송정분이가 나보다도 한 살 더 많기도 해서 선생님 댁 아이들을 돌봐주는 덕분으로 우리마을 아이들 뒷바라지를 톡톡히 해내고 있었다. 그 덕분에 우리 마을은 읍내 아이들의 텃세를 조금 피할 수가 있었다.

 또래 친구들보다 호적이 늦어져서 한 해 늦게 입학한 나는, 입학 전에 노할매(증조모)를 따라 원주에서 근 1년을 지냈다. 원주에는 둘째, 넷째 삼촌이 자리를 잡고 살고 있었다. 그중에 둘째 삼촌 댁에서 나보다 두 살 아래인 남동생과 여섯 살 위인 형과 잘 어울렸다. 그런 연유로 나름 또랑또랑했을 것이다. 게다가 조부로부터 소학을 배워서 줄줄 외웠다. 그래서 나는 자부심이 대단했었다. 그렇게 한 학기를 보내고 여름방학을 지내면서 개학이 됐을 때 여태 보이지 않던 예쁜 단발머리 계집아이가 보였다. 키가 나보다 더 컸다. 무엇보다도 뽀얀 얼굴에 여유가 있어 보였다. 그런데 그 아이가 우리 옆 마을인 구수골에 산다는 게 아닌가. 더구나 내 옆자리에 앉아서 공부했으니 학교 다니는 게 너무 재미가 있었다.

 문제는 뭐 외적으로 내가 더 잘난 게 없었으니 공부라도 좀 잘해서 잘 난 척해 보이고 싶었다. 그렇게 하려면 그 아이보다 시험을 잘 보는 것 외엔 방법이 없었다. 초등학교 1학년인 주제에 중학생 형보다 더 열심히 공부했다. 드디어 시험날 배를 마룻바닥에 깔고 옆 아이가 볼 수 없게 책보자기로 가려놓고 열심히 문제를 푸는데 그녀가 내가 알쏭달쏭한 문제로 끙끙대는 2번을 쿡 찍었다. 그리고는 자신의 문제지에 손가락으로 동그라미를 그렸다. 사실 그 문제는 나도 자신이 없었지만, 나도 얼른 3번에 손가락을 쿡 찍었다. 우리는 어느 사이에 컨닝 공범자가 된 것이었다. 가슴이 우두망찰했다. 컨닝 해서가 아니라 그 소녀가 나랑 남모를 비밀을 함께

했다는 기쁨에서였다. 그날은 훨훨 날 듯이 하교해서 평소에 깨작거리던 저녁밥도 반 공기 더 먹고 강변까지 이유 없이 콧바람을 날리며 달리기도 했다.

 그런데 이튿날 채점된 문제지를 받은 나는 다리가 후들거렸다. 그 아이가 찍어 준 문제는 빨간 동그라미가 선명했지만, 내가 찍어준 문제는 매정하게도 빗금이 칼로 후려친 듯이 선명했다. 설핏 소녀를 보았다. 마치 누나보다 더 후덕한 미소를 내게 보냈다. 나는 그 아이를 더는 쳐다볼 수가 없었다. 공부를 잘하고 똑똑하다면 내가 최고라고 생각했었는데 그런 자부심이 여지없이 깨진 것이다. 그리고 겨울이 오고 긴 방학이 시작됐지만, 그 아이한테 '미안하다'라고 말 한마디도 하지 못한 채 2학년이 되면서 그 아이를 가까이서 볼 수 없게 됐다. 그 이후로 나는 의도적으로 그 아이를 피해 다녔다.

 내가 마을을 떠난 게 중학교 3학년 초였다. 그때부터 외지에서 살았다. 서울에서 공부한 나는 스물 중반부터 접장이 됐다. 그리고 시험 감독을 할 때마다 그 아이가 성숙한 여인이 되어 내 머리에 들어앉았다. 그리고 나이가 마흔에 접어들면서 소설 쓰기에 관심을 가졌다. '유년의 뜨락'이라는 제목을 두고 첫 작품을 쓰면서 그녀가 다시 등장해서 나를 괴롭히기 시작했다. 어느덧 나를 시나브로 조종하기 시작한 것이다. '그녀를 찾아서 지금이라도 사과해야 해' 밤새 쓴 원고지를 내려놓으며 절규했다. 그렇지만 이름은 물론 이젠 성도 모르는 그녀를 어디서 찾는다는 말인가?

 나이 든다는 것은 사람을 영악하게 하는 마술이 있다. 좀 지나치면 염치가 없게도 하고 혹은 후안무치하기도 하다. 나도 많이 세월에 절었다. 그러니 좀 뻔뻔스러울 때가 된 것이다.

 60년이 넘었건만 그 모두가 그 나름의 자국을 지니고 있었다' 해거름에 동창회가 열리는 음식점에 도착했다. 구두를 벗는데 대전의 영자가 아는 체했다. 영애를 찾는다며 나한테 전화를 한 것으로 그녀를 알았지만, 실재를 만나기는 처음이다. 총무가 우리 둘을 반갑게 맞이했다. 한 마흔 명은 될 듯이 모여 있었다. 그중에 초등학교 선생으로 나를 도와 시 강의까지 하게 해 준 흡이와 얼싸안았다. 이래서 여행하려고 나선 건가 싶은 순간이다.

5. 예의(銳意) 주시(注視)하다

　세상을 일흔 해 넘게 살아오면서 '예의 주시'란 한자 성어가 언제인가부터 습관처럼 몸에 배어 있다. 좋은 뜻으로 보면 삶의 지표로도 삼을만한 말이다. 물론 다른 뜻으로 보면 삶의 과정에서 여간 신경 쓰지 않고서는 할 수 있는 행동이 아니다 하는 생각이 든다.
　자정을 넘긴 시간에 전화벨이 울렸다. 긴한 사정이 아니고서는 좀처럼 있는 일이 아니어서 긴장하고 받았다. 어젯밤 10시가 지나서 쫓겨나듯이 퇴근한 미술 교사였다. 아침에 출근과 동시에 제출할 서류를 작성하는데 컴퓨터 연결 코드를 사무실에 두고 왔다는 것이다. 사정이 딱해서 오라고 했다. 01시에 남편이 운전하는 차로 와서 챙겨 가며 손때 묻은 귤 세 알을 주고 갔다. 깨어서 다시 잠드는 시간까지 두어 시간을 날린 셈이다. 그러나 어쩌랴. 물론 거절할 수도 있었지만 오죽하면 그 밤에 올 수밖에 없었을까. 딱한 맘이 들었다.

　그녀는 100여 명 교사 중에서 상위에 드는 미모로 남학생들 사이에 인기가 많았다. 그 인연으로 그녀의 이런저런 사연에 박자를 맞추며 한 해를 보냈다.
　새 학기에 그녀한테 어울리지 않게 담임이 맡겨졌다. 신학기가 시작되기 전부터 담임 맡은 반에 유독 공을 들였다. 서른 몇 명의 신상을 외워서 한 학생마다 특성을 조사하고 성격에 맞게 선물을 준비했다. 마흔 개 학급 중 가장 잘 꾸며진 교실로 새 학기가 시작됐다.
　"선생님, 처음 한 달 동안이 일 년을 좌우합니다. 더도 덜도 마시고 중간쯤만 하시지요."

오랜 경험에서 한 마디 건넸다. 그렇지만 그녀는 그렇게 두 달을 처음처럼 반을 이끌었다. 석 달이 되는 6월이었다. 중간 학력평가 시험이 막 끝난 시쯤이라 긴장이 풀어지는 시기이다. 체육행사가 줄줄이 이어지고 있는 때이기도 했다. 그때 그녀가 내게 SOS를 보냈다. 이미 걷잡을 수 없게 진행된 사건이었다. 삼월 초부터 몰려다니던 아이들이 문제를 일으켰다. 내가 몇 번 주의 준 아이들이었다.
　사건은 이미 학생부에 회부 되었고 처벌 수위를 조절하는 중이었다. deepfake! 인터넷에 굴러다니는 사진에 담임선생님의 얼굴을 합성해서 동급생들한테 유포한 것이다.
　"얼마나 쉽게 보였길래." 혹은 "담임하기엔 능력에 힘이 부쳤지" 등의 말이 돌았다. 가까운 사이인 교감 선생도 어쩔 수가 없는 듯이 보였다.
　"사실은 제가 기간제 교사랍니다. 다들 제 처지를 잘 모르고 계시는 듯했어요."
　천만에, 그녀가 기간제 교사라는 것은 교사들 사이에 공공연히 아는 사실이었는데 본인만 모르고 있는 게 아닌가.

　우리가 세상을 살아가면서 먼저 나 자신부터 스스로 다스릴 줄 알아야 한다. 그녀는 '자신의 위치를 망각한 것은 아닐까' 하는 생각에 답답했다.
　"이번 학기를 끝으로 학교에서 선생님 못 뵙게 될 것 같습니다."
　교감 선생으로서도 뾰족한 수가 없는 듯했다. 피해 학생의 학부모가 학폭위에 진정을 낸 상황이었다.
　"선생의 처신이 어떠했는지를 알아본 후에 학생을 처벌하든지 말든지 해야지요."
　이렇게 덤비는 학부 형을 기간제 교사가 어떻게 이길 수 있을까.

"네, 이쯤 해서 그 자리에서 물러나세요. 그리고 다른 학교에 지원해 보시고요. 나랑 말이 통하는 분들이 자꾸 떠나시니 힘이 빠지는군요."

그러나 그녀는 이 학교에 미련이 많은 듯했다. 기간제 교사를 뽑는다는 공고가 나자마자 응시했다. 뻔한 결정일 텐데도 질기게 붙잡는 이유가 있긴 했다. 몇몇 이해 당사자를 빼고는 대부분 동료 교사들이 자신에게 호의적이라는 생각에서다. 결국 주제넘게 내가 나설 수밖에 없다는 판단이 섰다.

"선생님, 내가 이만큼 살다 보니 들고 날 시간이 중요합디다."

그러나 어쩌랴. 그녀는 기간제 교사였다.

"시험을 몇 번이나 쳤는지 몰라요. 그때마다 미끄러지더라고요. 저 이래 봐도 수능점수가 엄청 좋았거든요. 입학할 때 학과 톱이었어요."

이럴 때가 비로소 그녀다웠다. 애처롭기는 하지만 도리가 없잖은가.

"일요일 밤에 다시 들릴 거에요"

'들리겠다니?' 어제로 소속이 마감된 인물이 들린다는 것은 불법이다. 그런데 엉거주춤 그녀를 받아들였다. 교무실, 이젠 곧 남이 앉을 이전의 자신이 앉아서 일하던 자리에서 금요일 밤이 이슥하도록 정리하다 만 일을 시작하겠다는 거다. 드디어 약속한 날, 자동차에서 가방 몇부터 내렸다. 그리고 남은 자국을 지우듯이 쓸만한 것은 가방에 담고 버릴 것은 쓰레기봉지에 담았다. 벌써 22시가 지나고 23시가 됐지만 교무실의 일이 대충 끝나자 이번엔 미술실로 가서 또 자신의 자취를 지우기 시작했다. 자정이 되어서야 버릴 것을 질질 끌고 쓰레기장으로 향했다. 나도 지쳐서 교문을 열고 그녀가 차창을 내리고 손을 흔들며 사라지고 나서도 한참을 더 서 있다가 하루를 마무리했다.

　월요일 이른 아침에 그녀가 왔다. 학교 컴퓨터며 몇 가지 서류. 그리고 열쇠 꾸러미였다. 이것으로 그녀는 학교를 아주 떠난 것이다. 시원섭섭했다. 그녀도 감정 실린 손을 내밀어 내게 작별 인사를 했다.
　"가시는 학교가 내가 사는 집 근처니 차 한잔 사요"
　내 말에 고개를 까딱이고 돌아섰다. 물론 마음만 먹으면 어려울 일도 아니다. 그렇지만 다시 만나서 어쩔 것인가? 만나고 헤어지는 게 다 운명인 것을. 이렇게 해서 나랑 깊이 있게 담화하던 선생님 둘이 내 곁을 떠났다.

　"선생님, 그 아이를 경찰에 고발하시지 굳이 학생부에 넘기셨어요?"
답이 뻔한 질문을 한 것인데 의외의 답이 돌아왔다.
　"그렇게 생각하셨군요. 사실 제 큰 아이가 올해 중학교에 들어갔습니다. 이번 일이 알려지면 아마도 충격이 너무 크지 않을까 걱정이 됐답니다. 그리고 무엇보다 학기 초기에 그 아이가 저를 많이 도와줬거든요. 그런데 경찰로 넘겨졌을 때 저 자신도 마음이 편치는 않았을 겁니다."
'내 생각이 좁았었구나'하는 마음에 오히려 부끄러웠다.
　"네, 그러셨군요. 그런 선생님의 뜻을 녀석이 얼마쯤이나 알아줄까요?"
그렇게 말하며 그녀의 표정을 살폈다. 짐작했던 것보다 훨씬 차분했다. 우리 제도가 어쩌다가 이런 일을 미리 방비하지 못했을까? AI기술의 발달은 로켓의 속도인데 그 후속 조치는 우마차보다 못하다니 무엇을 더 바랄까.

딥페이크로 우리 사회가 연일 시끄럽다. 이번 일로 이미 3개월째 접어들었고 당한 선생님은 사흘 후면 학교를 떠난다. 아이는 학생부에서 가벼운 처벌을 받고 방학이 끝나자 아무일 없었던 것처럼 친구들과 함께 어울려 다음 달 초부터 시작되는 체육대회 행사에 열을 올리고 있다. 누구를 원망할 것인가. 어제도 밤늦도록 곧 쫓겨날 미술실에서 자신의 자취를 지우기에 열중이다. 그 모습을 차마 정면으로 마주치기가 어중간해서 스스로 퇴근할 때를 기다려서 대문을 활짝 열어뒀다가 그녀의 차가 빠져나간 후에 닫았다.

한 달 넘게 이어지던 폭염과 시시때때로 쏟아지던 소나기도 멈춘 8월 말의 아침 기운이 싱그럽다. 아이들이 희망을 안고 교문을 들어서고 있다. 사회 일각에서 딥페이크로 발칵 뒤집어졌다. 모든 매체가 갑작스러운 일처럼 사건을 다루고 있다. 고교생 1명이 수사선상에 올랐다고 호들갑이다. 몇 개월 전에 일어난 일로 애꿎은 기간제 여교사 한 사람이 억울해도 하소연할 수 없는 현실에 무기력하게 일터를 떠나야 한다. 그러함에도 누구 한 사람 나서지 않는 현실이 안타까울 따름이다.
"교감 선생님께서는 제 편인 줄 알았어요."
한 마디에 여러 가지가 함유되어 있었다. 교감은 명년(明年)에 교장으로 승진해서 다른 학교에 부임하기로 되어있다. 자칫 불명예를 안게 될 위험 요소에 가까이할 수 없었을 것이다.
"선생님보다 한 세기를 더 살아본 경험으로는 누구를 원망할 수도 없겠다는 생각이 듭니다. 그 아이 어머니도 타 학교 교사라면서요. 그 아이 어머니가 선생님을 동료로 생각할까요? 모든 근본 문제는 선생님이 기간제 교사라는 겁니다."

내 말이 이어지는 동안 고개를 숙이고 있던 그녀가 고개를 들고 나를 쳐다봤다. 무기력하던 그녀가 생기 있는 눈빛으로 말했다.

"선생님, 저 사실은 H대 미대 출신이랍니다. 제가 몇 학교에 지원했더니 금세 콜이 왔답니다. 그래서 선생님 댁 근처인 C 중학교로 가게 됐답니다."

무척 고마웠다.

"그래요. 참 예쁜 학교지요. 뒤로 백마산이 그림처럼 둘러쳐 있고요. 앞을 흐르는 곤지암천 위로 경강선 열차가 오가고요."

그렇게 위로랍시고 했지만, 걱정이 앞섰다. 출퇴근 시간으로 하루에 3시간을 허비해야 하는 곳이다.

벌써 1개월이 지났지만 더는 가타부타 연락이 없는 것에 적이 마음이 놓였다. 부디 계약된 기간을 잘 채우고 채용 고시에 꼭 합격해서 정규교사로 일할 수 있게 되길 기도한다.

6. 설마

꿈속에서 눈에 익은 얼굴이 빨리 밖으로 나가 보라고 했다. 몹시 다급한 모습이어서 벌떡 일어나 대충 잠옷 위에 점퍼만 걸치고 나갔다. 2월 중순의 기온이라고 말하기 민망스러운 까닭을 이젠 알겠다. 허술하게 걸친 차림으로도 한기를 느끼지 않을 날씨라니. 아니나 다를까 시동이 꺼진 자동차 안에서 아내가 잠들어 있었다. 무엇이 아내가 내게 이런 모습의 여자가 되어 보여주는 것일까.

다급한 마음에 유리창을 두드렸다. 아내가 겨우 문을 열었다. 아내는 조수석에 앉은 채 외투로 몸을 데우고 잠이 들었나 보다. 그렇다면 꿈속의 인물은 장모가 아닐까? 장모는 우리와 함께 스무 해를 살다가 삼 년 전에 저세상 인물로 자리를 바꿨다. 남보다 어린 나이에 혼인한 딸을 위해 여생을 보내신 양반이다.

차 안은 생각보다는 따스했다. 아내는 술로 쩐 채로 나를 게슴츠레한 눈으로 쳐다보았다.

"넌 나쁜 놈이야!"

일찍이 아내가 내게 이런 어투로 말한 적이 없었다.

"응, 왜?"

내 물음 속에는 여러 복합적인 의미가 담겨 있었다. 물론 그 이유를 알기도 하고 혹 모르기도 한 애매모호한 물음이란 걸 나도 잘 알고 있다.

"그 막내딸 만한 계집애가 그리 좋티?"

나는 순간 움찔하며 반 뼘가량 아내로부터 물러났다. 그 일이 있은 뒤로 여태 한 5년이 지났지만 한 번도 입에 올리지 않았던 말이었다. 그래서 내심 아내한테 늘 고마워했었는데, 어째서 지금 그 일을 들먹여 내 마음을 얽어매려고 하는 걸까? 그렇다면 그동안 아내의 내면에 그 일이 대못처럼 박혀 있었단 말인가. 그러함에도 불구하고 겉으로는 아무 일이 아니란 듯이 살아오다가 왜 지금에 와서 이런 말을 한단 말인가. 그럼 근자에 들어 나를 외면하고 홀로 술을 마시며 괴로워한 까닭이 그 일 때문이란 말인가. 그런데 여태 잊은 듯이 살다가 왜 꼭 지금이란 말인가? 나는 여러 가지 경우의 수를 머리에 떠올리며 아내의 심중을 파고들었다.
"누구랑 마셨기에?"
"혼자지. 혼자였어."
"누가 운전해 주었는데?"
"응, 그 남자!"
'그 남자라니?' 그 남자가 누구란 말인가? 아내에게는 턱없이 미흡하기는 하지만 나 외의 남자라고는 없었다. 내가 알고 있는 아내라면 그렇다. 어쩌면 혹 있다고 해도 나는 그렇게 믿고 싶지않은 지도 모른다. 아내는 여태 나만을 위해 살아왔고 앞으로도 그렇게 살 것이라고 믿고 있었기에 머리가 멍하도록 충격을 받은 것이 사실이다. 그렇다고 아내에게 나 아닌 남자가 없으라는 법 또한 없지 않은가? 아내는 아직 젊었고, 미모라면 스스로 이제 대학 2학년인 딸에게 결코, 뒤지지 않기를 바라는 게 아내의 진심이다. 나 아닌 남자 하나쯤 있어도 큰 죄가 되지는 않겠지. 만약 그걸 죄라고 한다면 나는 결국 나쁜 놈이거나 아니면 시대에 뒤떨어진 녀석일 것이다. 불행하게도 나는 바보도 아니고 시대에 뒤떨어지지도 않은 놈이니 아내의 말에 당혹해할 필요는 없다.
　5년이라면 결코 만만한 세월이 아니다. 요즘같이 화살이 아니라 미사일보다 빨리 흐르는 시간의 흐름을 감안 한다면,

그 일을 잊지 않고, 아니 어쩌면 잊을 수가 없어서 꼭 붙들고 있다가 지금에야 꺼내 든 것일지도 모른다.
"제발 어디서 바람이라도 피워봐라. 마누라 치마 밑만 기웃대지 말고!"
 그랬었다. 그렇지만 내가 아내의 치마 밑만 얼쩡거린 건 아니었다. 나도 적당히 즐길 줄 알았고 또 가끔은 옆 눈을 팔기도 했었다. 단지 남의 소유가 아닌 내 아내이기에 좀 더 깊이 관여했고 또 눈에 불을 켜고 살핀 적도 있었다. 그런 내 행태가 싫었던 거였다. 아내는 밤에만 일했다. 큰아이가 미국으로 유학을 떠나게 됐을 때 아내가 말했다.
"당신 혼자서는 아무래도 힘들 것 같아요. 이제부터 나도 벌어야겠어요."
 물론 반대를 할 수 있는 처지는 되지 못했다. 이미 내가 하던 일들은 한물간 사업이었고 새로운 일을 구상은 하고 있지만 그 일도 호락호락한 것이 아니었기에 불가불 이렇다 할 대책이 없는 터였다. 그렇다고 쌍수를 들고 환영했다거나 등을 떠밀어 생활 전선으로 내몬 것은 아니었다.
"일본 술을 팔아야겠어요."
 참 황당한 제의였다. 그렇지만 그 제의에 대해 나는 토를 달지 않았다. 젊은 아내가 하자는 일에 딴지를 걸어 시대에 뒤떨어진 인물로 낙인찍히고 싶지는 않았기 때문이었다. 고향에는 숙부모가 생존해 계셨고 어차피 알려질 일이라면 알려야 할 일이었기에 우리 부부는 숙부모께 사실대로 말씀드렸다.
"요즘 세상에 흠이랄 건 없지"
 물론 드러내놓고 반대하시지는 않았지만, 결코 찬성한다는 뜻도 아니었는데 아내는 찬성 쪽으로 받아들였다. 함께 일본으로 건너가서 그들이 하는 일본 선술집을 두루 돌아봤다.

그리고 아내는 자신이 있어 했다. 그런데 이미 국내에 그런 종류의 술집이 서서히 상륙하는 터에 소자본으로 앞에서 치고 나가기에는 장사 수완은 고사하고 동사무소에서 주민등록증마저도 발급받아본 적이 없는 아내에게는 벅찬 일로 보였다.

그런데도 아내는 당차게 그 일을 추진했다. 결국 요리사 자격증을 딴 후 거칠 것 없이 개업했다. 개업 첫날부터 장사는 흥이 올랐다. 밤 여섯 시부터 이튿날 04시까지 영업했고 오후 한 시까지 잠을 잤다. 한 두어 달 지나다 보면 나가떨어지리라고 생각한 것이 내 착오였다. 아내는 영업이익을 내기 위해 투철했다. 새벽에 파김치가 되었다가도 눈만 뜨면 생생해져서 마치 전쟁을 앞둔 장수처럼 영업을 준비했다.

그런 때에 마침 좋은 소재가 나타난 것이다. 겨우 열일곱인 아이가 쫄랑거리며 혹은 얼쩡거리며 내게 관심을 보였다. 아내를 처음 만났던 나이. 나는 아내의 편잔으로 잔뜩 벼르고 있었던 터였기도 했다.
"제발 어디서 바람이라도 피워봐라. 마누라 치마 밑만 기웃대지 말고!"
"그래 내가 한 번 본때를 보여주마." 그런 오기가 어디서 생겨났는지 거리낌 없이 그 아이가 손 내미는 대로 나는 끌려가고 있었다. 그건 어쩌면 내가 원했던 것인지도 모른다.

아내가 새벽에 일을 마치고 들어온 05:00였다. 초인종 누르는 소리에 대학에 다니던 둘째 아들이 문을 열었다. 그 아이를 앞세우고 그의 부모가 현관으로 들어서고 있었다. '여기가 OOO 교수댁이신지요?' 나는 그 목소리가 익숙하게 들렸다. 올 것이 기어이 왔다는 생각이 들었다. 그 아이랑 소

문나게 다닌 게 6개월이 넘었던 때였다. 우리가 주고받은 문자가 핸드폰에
빼곡히 담겼을 것이다. 의도했던 대로 그 부모가 그 모두를 프린트해서 아내 앞에 내밀었다. 그런데 이게 웬일인가.
"그런데요? 그것을 나한테 보여주시는 이유가 무엇인가요?"
 갑작스러운 질문에 그 부모가 움찔했다. '이것 봐라. 싶어서 긴장하고 부모 뒤에 움츠리고 있는 아이를 봤다. 아이는 내 눈을 보지 못하고 고개를 숙였다.
"말씀해 보시지요?"
 주저주저하던 아이의 엄마가 아내를 바로 바라보지 못하고 속으로 우물거렸다.
"이런 일이 더는 있어서는 안 된다는 충고입니다. 그리고 책임지셔야지요."
 아내가 잠시 뜸을 들이더니 말을 이었다. 단호한 어감이 나를 주눅 들게 했다.
"그렇다면 우리 바깥양반과 학생이 이 주고받은 글대로 불륜을 저질렀다는 말씀입니까?"
 그때 아이가 힘없는 목소리로 중얼거렸다.
"그건 소설 쓰듯이 역할극을 한 겁니다. 맹세코"
 이때를 놓치지 않고 아내가 결론을 짓듯이 말했다.
"지금 학생 말 들으셨지요. 그래도 못 믿으시겠다면 이렇게 하세요."
 잠에서 깬 장모가 슬그머니 아내의 뒤에 서 있었다. 그리고 잔뜩 주눅 들어 있는 나를 쳐다보았다. 나는 그 눈길을 피해서 고개를 숙였다.
"자, 그럼 이렇게 하세요. 학생을 우리 집에 두고 가세요. 제가 책임지겠습니다. 우리 아이 아빠는 학부모님께서 알고

계시는 그런 위인이 못됩니다. 내가 보장하지요. 그렇지만 그렇게 의심이 된다면 우리 애 아빠가 책임져야지요."
 호기스럽게 현관문을 들어서던 아이 부모가 주춤거렸다.
 "그런 게 아니라"
 뒤를 흐렸다.
 "이것 보세요. 보시는 것처럼 이렇게 어르신도 이 배벽에 나와 계시잖아요. 확실하지 않은 사실로 실례하셨다면 사과하셔요."
 아이 부모는 아이를 데리고 돌아서며
 "실례 많았습니다."
 라는 사과 말을 남기고 사라졌다. 그 사건 이후 누구도 이 이야기를 꺼내지 않았다. 그렇지만 나는 그 아이와 '설익은 사랑놀음'이라 불장난을 한 게 맞다. 어쩌면 아내한테 '나도 할 수 있다'라고 보여주기식 데모를 한 것 또한 맞다. 자그마치 6개월간이나 달콤한 꿈에 빠져서 살았으니까. 글쎄, 설마 아내가 까맣게 모르고 있었을까? 그 대답은 지금도 확실하게 할 수는 없다. 설마 꿈속보다 달콤한 늦바람으로 천사를 만났으니 밑진 게 아니란 생각은 아니겠지.

8. 차茶 한잔하실까요

    신간 문학지의 차례를 펴놓고 눈에 익은 시인이며 작가를 찾아 밑줄을 긋는다. 물론 오래된 습관이다. 그리고 내가 쓴 짧은 소설 한 편에 꽂히듯 빠져든다. 혹 오탈자는 없을까? 발표 후에 갖는 노파심에서다.
    그날도 전철 안의 노약자석이었다. 출발지에서는 늘 혼자서 셋이 앉을 자리를 독차지했다. 넋 놓고 읽는 중인데 다음 정거장에서 중늙은이 한 사람이 옆에 앉았다. 한 자리를 차지하고 있던 가방을 무릎 위에 올려놓고 예의를 차렸다. 얼마나 지났을까, 옆에 앉았던 그가 날 '툭' 쳤다. '아하 내릴 때가 됐나 보다.' 그리고 주섬주섬 읽던 책을 덮고 가방을 챙기려니 또 옷자락을 잡아서 앉힌다. 무의식적으로 그를 돌아봤다.
    "다음 정거장인걸요."
    '백발이긴 했지만, 이마가 팽팽했다. 그렇다면 나보다는 몇 살은 덜하지 않을까?'
    "어쩨 내가 내릴 곳을 알았을까요?"
    그는 묘하게 여유 있는 미소를 보냈다. 누굴까. 친구, 제자, 아니면? 순간 멍한 표정을 짓는데 그가 궁금증을 풀어줬다.
    "그동안 몇 번 보았구먼요. 늘 독서삼매에 빠져서 계시니 인사할 틈이 없었을 뿐입니다."
    그래서 내릴 정거장을 알았고 또 '늘 책을 끼고 사는가 보다' 했다는 거였다.
    "하, 반갑습니다. 그리고 아주 고맙기도 하고요."

"반가운 건 맞습니다만 고마운 건 아니구먼요."
"이렇게 만났으니 서열을 정합시다. 난 용띠요. 그쪽은?"
예상대로라면 머리가 허옇게 바랬지만 두셋은 어릴 듯해서 퍼뜩 장난기가 동했다.
"하, 그렇게 되셨으면 제가 아우로군요. 저는 말띠입니다."
오호! 예상한 대로라, 내심 쾌재를 불렀다. 굳게 손을 잡고 전철에서 내려 정거장을 빠져나왔다.
누가 먼저랄 것 없이 각자 주머니에서 명함을 꺼냈다. 그는 영어 대문자로 된 건물의 대표라고 했다. 주변에서는 가장 그럴듯한 건물을 왼쪽 팔로 가리켰다. 저고리 팔꿈치가 낡았다.
"은행, 약국, 그리고 정형외과가 있는 건물이로군요. 자주 들르는 곳이라오."
아파트에 둘러싸여 있는 서너 채 건물 중 맨 처음 건물이라 근처의 편의시설이 대부분 모여 있었다. 당연히 자주 이용하는 은행, 약국 등이 있어서 잘 알고 있었다.
"예, 건물 내 3층에 조그마하게 사무실 하나 차자하고 있습니다. 언제라도 시간 있으시면 들리시지요."
"난 도서관이 있는 학교에서 숙직하고 있소이다."
굳이 알릴 필요가 없음에도 도서관에 악센트를 줬다. 그리고 '학교 도서관'이란 말을 할 사이도 없이 그날은 그렇게 헤어졌다.
그런데 며칠이 지난 지금, 꼭 같은 자리에서 그를 만났다.
"오늘은 제 사무실에 들러서 차라도 한잔하시지요?"
은근한 끌림이 있어서 '그러마'하고 대답했다. 딴엔 나도 바쁘긴 했다. 박경리 대하소설 《土地》 5부작 중 4부작을 끝내고 5부작의 마지막을 치닫는 중이라 차 마시고 어쩌고 할 여유가 없었다. 집에 도착하면 마지막 수업 준비하기에 바쁠

터다. 초롱초롱한 눈빛으로 내 얘기에 빠져 있다가 눈물을 흘린다거나 손뼉을 쳐주는 누나뻘의 펜들이 눈에 어른거렸다. 자칭타칭으로 소설가 지망생들이지만 그녀들이 신춘문예에 도전할 뜻이 있는 것도 아니니 내가 가질 부담은 거의 없다. 그래도 일거리를 주니 더 완벽해야 한다는 마음으로 수업 준비에 임한다.

　그는 건물 앞쪽과는 달리 뒤쪽 아파트 길로 돌아갔다.
　"군자는 대로 행이라 했는데?"
　"대로는 귀가 시끄러워서요."
　둘의 말이 사선을 그었다. 곧 웅장한 건물 뒤에 도착했다. 뒷마당엔 자동차가 빽빽하게 들어차 있었다. 그때 흰색 외제차가 들어오다 엉거주춤 섰다. 그가 조수석 유리창을 톡톡 두드렸다. 창문이 스르르 내려왔다. 여성 운전자가 그를 올려봤다.
　"어디에 오셨는지요?"
　"3층 정형외과에요."
　"그럼 저 맞은편 벽에 주차된 차 뒤에 세우세요. 주차된 차가 정형외과 원장님 차거든요."
　차가 들어가자 우리도 나란히 건물 안으로 들어갔다. 문을 열고 창고에 켜진 불을 껐다. 그리고 승강기 옆 계단을 통해서 3층까지 걸어 올랐다. 이어서 정형외과를 지나 으슥한 곳의 열린 문 안으로 들어갔다. 어제가 중복이었다. 열흘 전에 길 가다가 돌부리에 걸려 엎어져서 난 팔꿈치의 생채기를 가리려고 긴 팔 저고리를 입고 땀을 뻘뻘 흘렸다. 곧 시원하게 에어컨을 켜고 게다가 선풍기까지 팽팽 돌려놓은 사무실이 나오겠지. 그런데 전등마저 켜지 않은 곳에 내 또래의 머리 벗겨진 사내가 인사했다.

"이쪽은 작가이시고 저쪽은 이사님이십니다. 내가 막내고 작가님이 맏형이시네요."

서열은 그냥 정리된 셈이다.

"차, 혹은 커피입니다만?"

그가 나를 돌아보며 물었다.

"나는 커피요."

그가 능숙한 솜씨로 커피믹스 한 잔을 만들어서 맨손으로 들고 와 내 앞에 내려놓았다. 그리고 대하 장편 소설로 문명을 날린 정 아무개 작가를 아느냐고 물었다. 물론 그의 최근작까지 읽었지만, 말을 아끼고 그를 쳐다보았다.

"되지 못한 소설 나부랭이를 쓰면서 어찌나 정치적인지 아주 입맛이 떨어지거든요."

뭐라고 답하기가 멋쩍었지만 '그렇긴 하지'하고 맞장구를 쳤다. 그때 키가 크고 뚱뚱한 중늙은이가 들어왔다. 그사이에 위치를 묻고 대답하는 전화 통화로 미뤄볼 때 그도 처음 방문하는 눈치였다. 그래도 둘 사이는 나보다는 훨씬 전부터 알고 있는 듯했다. 두 사람이 죽이 맞아서 예의 작가를 들먹이며 신랄하게 비판했다. 나는 좌우를 선호하는 편은 아니나 그들과 박자를 맞추려니 어쩐지 내가 있을 자리가 아닌 듯했다. 가슴까지 흘러내리는 땀을 손수건으로 닦았다. 드디어 열린 문을 닫고 에어컨이 도는 소리가 들렸다. 화제는 건물과 땅으로 옮겨갔다. 그리고 주식으로 이어지는 때쯤에 나는 일어섰다.

"다음엔 건물 옆의 추어탕집에서 함께 점심 하시지요?"

"그거 좋소이다. 나도 그 집에서 몇 번 식사한 적이 있다오."

답을 남기며 승강기를 타고 건물을 빠져나오기 전에 은행에 들렀다. 이달엔 품삯이 얼마 들어왔는지 확인한 후 버스를 타고 집으로 돌아와 마루에 벌러덩 누웠다. 아내가 출근하며 에어컨을 켜 뒀기에 집안이 서늘했다.
 주변 부자 어르신 몇 분이 떠올랐다. 그리고 그들을 늘 '짜다'라고 쑥덕거리는 축들과 손뼉을 함께 쳤었다. 부끄럽지는 않았지만 늘 어떻게 사는 게 옳은지 그른지 저울질하기에도 이젠 지쳤다. 다만, '아껴, 말아?'
 "나이 들수록 주머니는 열고 입은 닫으랬다는 말도 있잖아요."
 소설 창작 수업이 있을 때마다 주머니를 열어 점심값을 치르는 순옥 씨가 말했다.
 "그 말씀이 옳긴 한데 주머니가 두둑해야 풀 수도 있는 거지"
 점례 씨의 대답이다.
 "점례 씨는 아들딸이 빵빵하지 않아요?"
 순희 씨의 말에 점례 씨는
 "아들이 빵빵하면 뭣 하노?"
 입을 삐쭉대다 만다.
 "다음엔 점례 씨가 한턱 내 봐요. 이달 수강료랑 스터디카페 사용료는 내가 쏠 테니."
 회장 격인 영미 씨가 통 크게 나섰다. 그 소동 속에서도 정작 재벌 아들을 둔 필녀 씨는 묵묵부답이었다.

 달포쯤 지나서 장(張) 아무개 사장한테 전화했다. 마침 점심나절이어서 먼저 만났을 때 약속한 점심을 함께 먹기로 했다. 예의 그 사무실로 가서 앉아 커피 한 잔을 나눌 사이도 없이 내 아들 둘의 정치 성향을 물었다. 총선이 코 앞이라 민감한 듯했다. 우리 지역에서는 그랑 내가 지지하는 우파 정당이 불리하게 돌아간다는 여론 조사가 발표됐다. 아마도 민감한 듯싶어서 "뭐, 요즘 젊은이들이야, 그 어찌 알겠소." 했더니 "자식들 하나 제대로 잡아 두지 못했다면 뭣 하러 교수님인체하십니까?" "허참, 그 말씀이 좀 심하시오. 그만하고 추어탕 집으로 갑시다." 내가 먼저 일어서서 밖으로 나왔다. 추어탕집 주인이 허리를 굽혀 인사했다. 그리고 자리에 앉자마자 그가 "여기 빨간 이슬로 두 병 주시오." 하고 호기롭게 주문했다. 곧이어 추어탕과 빨간 이슬 두 병이 함께 나왔다. 장 사장이 먼저 내 잔에 술을 채웠다. 나도 그의 잔을 채우고 다정스레 한 잔을 비웠다. 그의 목 넘김이 빨랐다.
"그 교수님 사모님께서는 정치 성향이 어떠신지요?"
순간 당황스러워서 그를 안경 너머로 잠시 쏘아보았다.
"그 보나 마나 사모님께서도 아드님들과 좌파이시겠지요?"
내가 더 들을 수 없어서 술병을 들어 그의 잔을 채워 주고 내 잔에도 잔을 채웠다.
"자, 한잔합시다."
"실은 교수님이랑 한잔하고 싶지 않습니다만. 아들 둘이 모두 빨갱이시라니 원, 술맛이 나야지요."
그리고 연거푸 두세 잔을 비우더니 혀가 꼬부라지기 시작했다. 시켜놓은 추어탕이 나와서 한술을 뜨고 있는데 그가 삿대질했다.
"온통 빨갱이들과 산다면서 무슨 교수질하는 거냐 이거요."
점점 듣기가 거북했다. 그때 그와 동향이라는 사장이 한마디 거들었다.
"그 참, 형님, 왜 그러시오?"
그와 동시에 장 사장의 입에서 육두문자가 튀어나왔다. 그러거나 말거나 이미 사람답지 않아서 점심 요기나 할 양으로 추어탕 한 그릇을 비우고 일어섰다. 결국 점심값과 술값을 내가 계산했다. 그가 계산하는 여직원한테 달려들어 육두문자로 윽박질렀다. 손님들이 그를 쳐다봤다. 빨간 뚜껑 소주의 알코올 농도는 20.5%였다. 그 두 병에 저렇게 개가 되다니 한심스러웠다. 그가 과연 그 건물의 주인이 맞는지 의심스러워서 음식점 주인한테 물었더니 '맞다'라며 자신이 대신 사과했다. 차(茶) 한 잔치고는 값이 덜하다는 생각에 쓴 웃음이 났다.

9. 金兄

　벌판은 산과 이어져서 펼쳐지고 산기슭에는 언제부터인지 사람의 생활 터인 집이 지어지기 시작했다. 그러나 그 언제부터란 그리 오래된 세월이 아니다. 고향 그리워 복작거리며 살던 강남에서 말하기 좋게 '전원생활'한답시고 시외로 나와서 모양 잡고 살 때는 기껏 쉼을 바라보는 나이였다. 마흔 초반인 아내는 반대했지만, 대학생인 사내아이 둘은 물론 아직 초등학생인 딸도 좋다고 했다. 그때 지금 사는 아파트가 지어지기 시작했고 시답잖게 생각하던 이곳으로 십 년을 넘기지 못하고 이사 왔다.

　지금 이 아파트가 세워지자 빠른 속도로 아파트며 상가가 산기슭을 따라 즐비하게 들어섰다. 평생을 농사일로 잔뼈가 굵은 원주민들이 돈맛을 알고 자신들이 일군 터전을 도시민들한테 팔고 자리를 뜨기 시작했다. 그래서 친분을 쌓은 열 살 전후 위아래인 농부들이 지금 형 아우 하며, 잘 지내고 있는 분들이다.

　그중에 金兄은 나랑 딱 띠동갑이시다. 양촌과 벌리를 합쳐서 양벌리가 된 내력부터 이 마을이 형성된 이야기를 金兄께 자주 듣는다. 그는 이곳에서 초등학교 중학교를 나온 뒤로 장사며 남의 농사까지 하지 않은 일이 없이 다 해 보았단다. 그래서 모인 돈으로 주변의 땅을 사서 모으고 모았단다. '얌마, 시골구석 땅 팔아서 강남으로 가는 판에 뭔 욕심으로 요기조기 땅만 사 모으냐?'라는 친구들의 말에도 아랑곳하지 않고 평생 일군 땅이 2만여 평이다.

시전지 재산이래야 달랑 움막 같은 산기슭 초가 한 채라 땅에 대한 미련이 그만큼 컸다고 했다. 그런 金兄이 내게 슬쩍 이런 말을 비쳤다.
"아우, 자네한테 요런 말 해도 될지 몰라?"
그리고 털어놓은 이야기는 다음과 같다.
-할망구는 예순도 못 돼서 저세상 가구 말이야. 아들 셋, 딸 둘이 모두 짝을 찾았는데 도통 어디로 나가서 살 생각이 없어. 그래서 요것들 좀 봐. 맏이가 요 논두렁에 집을 짓고부터 집 주변을 팔았지. 차남이 저쪽 편에 집을 짓고 그 집 주변 땅을 팔았지. 그리고 삼남도 오른쪽에 집을 짓더니 그 주변 땅을 팔았어. 그런데 딸년들도 집 지어달래서 오빠들과 악다구니하다가 또 집 짓고 땅 팔고, 막내딸도 또 집 지어서 그 주변 땅 팔고. 이제 남은 건 오천 평이야.-
 金兄이 내게 애처로운 눈으로 나를 쳐다보고 말했다. 이거 참, 좀 신중해야겠다 싶어서 며칠을 미뤘다가 金兄을 만났다.
"형님, 지금 저 논농사는 어찌하시렵니까?"
앞에 놓인 막걸리 한 잔을 시원케 비우고 나서 여쭸다.
"동상, 사실 난 지금이 좋아. 오천 평 논에 벼 심고 논두렁 조금 더 넓혀서 온갖 채소랑 고구마, 감자, 그리고 길섶에는 꽃 심잖아. 난 그렇게 살고 싶은데."
"그런데요?"
金兄이 들고 있는 막걸릿잔이 심하게 흔들렸다. 나이 여든을 바라보지만. 팔뚝 하나가 내 허벅지보다 더 실한데 술잔이 흔들리기는 金兄께서 처음 보는 모습이다.
"내가 모르는 사이에 5남매가 논 오천 평을 가지고 어르렁거린다는 소문이 있네."
그 이야기는 나도 들은 바 있었지만 다들 심성이 고운 젊은

이들이라 '설마'했었다.
 金兄은 이제 거의 울상이 되어있었다. 그런 그가 내 손을 꼭 잡고 말했다. 목소리가 저 뱃속으로부터 길어 올린 듯이 깊었다.
 "여보게 아우, 나랑 함께 살 참하고 맘씨 고운 과부 한 사람 붙여 주게"
 순간, 내 뒷목이 뻐근해 왔다. 며칠 전에 십여 년 넘게 이런저런 사담을 나누며 지내던 갑종 친구인 趙 女史가 퍼뜩 머리에 떠올랐기 때문이었다.
 "여봐요 교수 나으리, 결혼한 지 얼마나 됐소?"
 "글쎄, 한 마흔 해쯤 됐나?'
 "에이, 너무 오래 살았어. 이제, 그만 마나님 놔 줘요."
 그러면서 자기는 합의로 이혼하게 됐노라고 자랑처럼 얘기했다.
 "이봐요, 趙 女史, 그걸 말이라고 하시우?"
 그렇게 말해야 하는데 나는 그 말을 꿀꺽 삼키고 다음 말을 기다렸다.
 "그런데 말이우, 교수 나으리 같은 샌님 같은 타입은 싫고, 혹시 돈푼깨나 있는 홀아비 있으면 소개해 줘요. 특히 말이우, 나으리 같이 째째하지 않은 마음씨 그만인 홀아비로 말이우."
 그 趙 女史가 떠오르자 갑자기 숙연해졌다. 생전 중신이라고는 해 본 적이 없었는데 스멀스멀 그 중신아비가 될듯한 예감이 저 가슴 깊숙한 곳으로부터 기어 올라오고 있었다.
 "형님, 그렇담 그 趙 女史는 어떻게 생각하시우?"
 내 제안에 金兄의 얼굴이 벌개졌다.
 "에이 아우는 농담도 잘하서"
 "글쎄요. 농담이 될지 진담이 될지 두고 봐야 알지요. 그럼 그렇게 추진해 볼 겁니다."
 "허 참, 자신 있음 그리 해 보시게 그려"
 趙 女史를 불러내서 경치 좋고 먹거리가 즐비한 팔당 근처로 나갔다.
 "나 요즘 자꾸 허기가 지네그려. 보신 좀 시켜주시게."
 "그래, 어째 요즘 좀 칙칙해 보이더라."
 자그마치 15만 원을 썼다.
 "자, 그럼 지금부터 내 얘기 잘 들어보시게. 오늘 보신시켜 준 값 치르려고 하니까?"
 "왜 그래, 샌님 나으리 답 않게. 겁나게 말이야."
 그래서 자초지종을 얘기했다.
 "그런데 그 형님 사우나 가서 보면 삼 사십 대 몸매라니까"
 "싱겁긴. 팔순을 코앞에 둔 노인네가 뭐 그렇고 그렇겠지. 그런데 말이야, 그 아들 딸들 듣고 보니 좀 고약하네. 어째 기획에 도사시니 고 녀석들 혼내 줄 방도 한번 짜 보셔"
 趙 女史가 예상 밖으로 깊은 관심을 보이는 듯해서 조금 더 거들었다.
 "맞아, 이젠 지쳤다고 하시네. 얼마나 살지 몰라도 좋은 반려자 있으면 오순도순 살고 싶데."
 그로부터 달 반도 되지 않아서 두 양반이 깨가 쏟아진다는 소문이 동네방네 나돌았다.
 "교수님, 점잖으신 분인 줄 알았는데 좀 실망스럽습니다."
 아들 셋이 번갈아 나를 찾아와서 핀잔인지 불만인지 하고 갔다. 더해서 딸 둘은 아내를 찾아와서 점잖으신 분이 무슨 생각이시냐고 따지고 돌아갔다고 했다. 그러거나 말거나 내가 기획한 대로 그럭저럭 반년이 지났다.
 "여보게 아우, 趙 女史가 결혼하자는걸."
 "그 보세요. 형님, 아주 복덩이가 굴러들어온 거라니까요."

"그런데 말이야. 지금 집을 헐고 멋들어지게 주상복합 건물을 짓자고 하는 고만."
 "그럼 형님은 어디로 가서 살게요?"
 "응, 趙 女史가 자기가 사는 아파트로 들어오래."
 金 兄의 얼굴이 오십 대 초반처럼 훤해 보였다.
 "그렇게 하시면 되겠군요."
 "또 마음에 쏙 드는 말을 했는데 말씀이야."
 "네, 무슨 말씀인데요?"
 "새로 짓는 건물 명의를 공동으로 하자는 걸. 흐흐흐"
그러는 사이에 좁은 도로가 4차선으로 확장됐다. 오 천 평 땅이 시내 땅값이나 별 차이가 없이 올랐다.
주상복합 건물을 기공하는 날 趙 女史가 내게 말했다.
 "교수 양반, 고마워요. 영감님 땅 한 평 팔지 않아도 될 것 같아요. 사실 내가 가진 것만으로도 건물 올리고도 남거든. 대지로 쓴 일천 평은 영감 앞으로 두고 건물은 내 앞으로 하고. 어때, 괜찮겠지?"
 "그럼. 그런데 내가 쓸 사무실은 어떻게 된 거야?"
 "그거. 8층 꼭대기에 한 열댓 평 준비했어. 팔 층 월세 나오는 건 교수 나으리 마음대로 써도 돼."
 "아니야. 나도 월세 낼 건데."
 "싱겁긴"

 건물 앞에 장맛비로 자란 벼가 마침 불어오는 동남풍에 푸른 물결을 이루고 있었다. 다음 주, 건물 준공식에 맞춰서 두 양반의 결혼식이 있을 예정이다. 당연히 내가 주례를 맡기로 했다.
 그럼, 그 논 사천 평은 어떻게 하냐고요? 아이들한테 공평하게 나눠 줄 생각이랍니다. 趙 女史는 벌써 사천 평을 다섯 몫으로 나누느라 골치가 아프단다. 그럼 건물은 어떻게 하느냐고요? 흐흐흐 내가 맡을까요? 크하핫! 그건 지금도 기획 중이랍니다.

[동화]

1. 쿠리 마을의 아이들 …………………………………… 237

2. 무당이의 외출 ……………………………………………… 251

1. 쿠리 마을의 아이들

(1) 개싸움

 경기도 광주시에서 동쪽으로 내려가면 팔당 끝자락에 태산(胎山)이 있습니다. 태산은 조선조 왕실에서 왕자를 출산하면 그 태를 이곳에 묻었다고 해서 태산이라고 불렀다는 유래가 있는 곳입니다.
 초아가 이곳으로 이사 오던 때에 분양받은 혈통 좋은 진도견 두 마리를 데리고 방과 후면 곧잘 산을 올랐습니다. 벌써 한 해가 가까워지는 2월 초입니다. 그런 만큼 초아가 두 녀석을 끌고 산을 오르기는 역부족이지요.
 "자, 산으로 가자!"
 초아의 말이 떨어지기가 무섭게 두 녀석은 이미 우리를 벗어나서 산을 오릅니다. 철이가 뒤도 돌아보지 않고 산을 오르는 반면에 암컷인 순이는 되돌아와서 초아의 앞뒤를 부지런히 뛰어다녔습니다. 아직 바람이 차가운데도 양지바른 곳엔 할미꽃이 꽃망울을 터뜨릴 준비를 차리고 있었습니다. 독수리가 비행기처럼 원을 그리며 초아의 머리 위를 휭 소리를 내며 돌고 있었습니다. 그래도 초아는 무섭지 않습니다. 지난여름에 덫에 걸려서 다 죽게 생긴 놈을 동물보호협회에 알렸습니다. 가을쯤에 다시 방목한 후로는 초아네 집 주위를 떠나지 않기 때문입니다. 풀이 죽어서 축 늘어진 녀석은 아빠 엄마가 쓰시는 더블 침대보다 더 넓은 날개를 가졌습니다. 그 광경을 본 초아가 아빠께 사실을 알리고 아빠가 협회에 전화하는 동안 철이와 순희가 해치지 못하게 초아가 망을 보고 있었습니다. 두 녀석은 으르렁거리긴 했지만 공격하지는 않았습니다. 하늘을 날고 있을 때는 독수리가 이렇게 큰 줄 짐작하지 못했었습니다. 초아는 핸드폰으로 연신 녀석의 모습을 찍었습니다. 그 사진이 이튿날 학교에서 화제가 됐습니다.

 잠시 지난날을 돌이켜 떠올리는 중에 철이의 으르릉대는 소리가 들리는가 하더니, 갑자기 사내아이의 외마디 비명이 들렸습니다. 순희가 뛰어가고 초아가 그 뒤를 따랐습니다. 무덤 너머로 철이가 처음 보는 개의 목을 물어 흔들고 있었습니다. 그 옆에 처음 보는 남자아이가 발을 동동 구르며 비명을 지르고 있었습니다. 초아는 아빠가 평소에 하시는 대로 철이의 이름을 부르며 주머니에서 공을 꺼내서 공중으로 던졌습니다. 철이가 물었던 개를 놓아주고 공을 따라 내달았습니다. 낯선 개는 축 늘어져 있었습니다. 한눈에 보기에도 값비싼 개라는 것을 초아는 알았습니다. 아이가 개를 두고 마을로 내달렸습니다. 초아는 철이와 순희를 데리고 집으로 내려왔습니다. 그날 밤 낯선 아저씨가 집으로 찾아왔습니다. 상고머리를 하고 눈초리가 맵게 생긴 키가 큰 아저씨라 초아는 무서웠습니다. 아빠보다는 나이도 어린 것 같은데 버릇이 없다고 생각했습니다.

"당신네 개가 물어 놓은 우리 알래스칸 맬러뮤트가 죽을 고비를 겨우 넘겼단 말이오."

"미안하오. 처음 만난 개들은 종종 싸움질하곤 하지요."

 초아 아빠께서 점잖게 타이르듯 말했습니다. 그러나 상고머리 아저씨는 험악한 인상을 하고 초아 아빠께 금세 주먹질이라도 할 듯이 말합니다.

"아니 그럼 당신은 아무런 책임이 없단 말이오?"

"개들끼리 싸움질한 걸 낸들 어쩌겠소. 시골에서는 흔히 있는 일이라고 생각하면 되지 않겠소."

"헛 참! 당신네 개는 똥개 수준이지만 우리 개는 알래스칸 맬러뮤트 순수혈통이란 말이요. 순수혈통!"
"아무렇든지, 댁의 귀한 맬러뮤트가 무사하다니 다행이오. 밝은 날 다시 이야기합시다."
"아니, 이 양반이!"
 사태가 험악해질 태세입니다. 그때 남자아이가 헐레벌떡 뛰어와서 핸드폰을 건넸습니다.
"네 에, 알겠습니다. 그럼."
 갑자기 풀이 죽어서 내려가며 한 마디를 남겼습니다.
"이봐요! 우리 알래스칸 맬러뮤트가 잘못되면 당신 알아서 하시오."
 험상궂은 아저씨가 아이의 손목을 잡고 끌듯해서 아랫마을로 내려갔습니다.

(2) 들풀 닮은 아이들
 3월 2일, 새 학기 새 학년 새 교실에서 새롭게 만나는 담임 선생님과 새 친구들과 새 교과서를 펴고 공부하는 날입니다. 초아는 이불속에서 꼼지락대고 있습니다. 자갈을 깔아 놓은 마당에서 철이 녀석과 순이를 운동시키는 아빠의 움직임이 들립니다. 아빠가 공을 던지면 녀석들이 힘껏 뛰어가서 물어다 아빠께 줍니다. 그럼 또 던져 주시는 아빠. 초아는 보지 않아도 훤히 눈앞에 그려집니다. 초아는 6학년 여자아이입니다.
"개학 첫날인데 일찍 가서 선생님 기다려야지!"
 밖에서 아빠의 목소리가 들립니다. 물론 초아한테 하시는 말씀이시지요. 초아는 마당으로 난 창을 드르륵 소리가 나도록 힘차게 열었습니다. 안개가 자욱하게 끼어서 아랫마을이 보이지는 않지만 벌써 시끌시끌한 소리가 들려옵니다. 초아네 집은 큰길에서 1.2킬로미터 높이의 산 중턱에 있는 이층집입니다. 큰길에서 올려다보면 한 폭의 서양 그림을 보는 듯이 아름답습니다. 남쪽으로 첩첩한 산봉우리들이 갈맷빛으로 보입니다. 그중에 가장 높은 봉우리엔 관측소가 보이고 날씨가 좋은 때엔 망원경을 꺼내 보면 군인 아저씨들이 보이기도 합니다.

"아빠! 안녕히 주무셨어요!"

초아는 얼른 운동복으로 갈아입고 아래층으로 향하는 계단을 뛰어 내려갑니다.

"으이쿠, 녀석아, 다칠라!"

1층에서 옷을 개고 계시던 외할머니께서 걱정 반 예쁜 맘 반으로 말씀 하십니다.

"할머니, 굿모닝!"

현관문을 열고 마당 가로 나갔습니다. 엄마가 개들의 사료를 우리에 준비해 주시고 계십니다.

"안녕, 엄마!"

"감기 들라. 아직 날이 찬데."

철이와 순이가 초아에게 달려듭니다.

"매화가 곧 꽃망울을 터치겠네."

"아랫마을보다 조금 늦나 보오."

아빠 엄마의 말씀에 초아가 얼른 매화나무께로 뛰어갑니다. 두 녀석도 초아를 앞질러 텃밭으로 갑니다. 새잎도 채 나기 전에 나뭇가지에 꽃망울이 맺혀있습니다. 그 옆의 모과나무도 꽃 터를 잡았습니다.

"초아야 마늘 밟을라."

"네, 엄마!"

겨우내 덮어 놓은 짚 더미 속에서 숨죽여 지내다 며칠 전부터 뾰족이 고개를 내밀었습니다.
"초아는 아침밥 먹고 학교 가야지!"
 집안에서 외할머니의 부름이 들립니다.
"네, 할머니!"
 초아는 쪼르르 집안으로 빨리듯 들어갑니다.
 초아는 5킬로미터 떨어진 읍내 초등학교로 통학합니다. 시골 학교 기피 현상으로 아이들이 줄어들자 도교육청에서 스쿨버스를 운행합니다. 그렇기는 하지만 초아는 스쿨버스가 오는 큰길까지 내려가야 합니다. 비나 눈이 내리지 않는 한 걸어서 내려갑니다. 맨 위에서 내려가는 초아가 지나가는 시간은 언제나 일정합니다. 그래서 기다렸다가 초아를 보면 냉큼 자신들의 집에서 나와 합류합니다. 제일 먼저 화가 아저씨네 외딸인 명지입니다.
"초아 언니 밤새 안녕!"
"명지도 안녕!"
 명지는 올해 4학년입니다. 그러나 또래보다 키가 훌쩍 커서 6학년인 초아와 비슷합니다. 얼굴이 예쁘기도 하지만 정이 많아서 초아가 무척 좋아합니다. 다음은 호야입니다. 호야는 꼭 손에 무엇이라도 먹을 것이 들려져 있습니다. 그의 아빠는 이 마을에서는 괴짜라고들 합니다. 소설가라고도 하고, 정신 파탄자라고도 합니다. 그래도 초아는 그렇게 생각하지 않습니다. 소설가인지는 몰라도 정신 파탄자로 보이지는 않았습니다. 다음은 강철입니다. 이 마을에서는 농지가 가장 많아서 땅 부자네 아들이라고 하는 아이입니다. 키가 웬만한 중학생보다 더 커서 누가 보아도 초등학생으로 보지 않습니다. 늘 초아를 그림자처럼 따라다니며 돌보는 아이입니다. 그리고 계곡끼리 합쳐지는 곳까지 내려왔을 때입니다. 어제 산에서 본 사내 아이가 문을 나서고 있습니다. 밤에 본 상고머리 아저씨가 사내아이의 손을 잡고 아래로 내려갈 채비를 차리고 있습니다.
"안녕하세요?"
강철이가 아는 체를 하였습니다. 그러나 강철을 보지도 않고 아이에게 말했습니다.
"아하, 잘 됐다. 노아야, 그럼 함께 가봐라."
그리고는 뒤돌아보지도 않고 대문을 닫고 집으로 들어갔습니다. 초아는 사내아이의 이름을 처음으로 알았습니다. 아이의 외모는 여자아이처럼 예쁘장했습니다.
"너 노아라고 하는구나. 몇 학년이냐?"
강철이 물었습니다.
"응, 5학년!"
아이가 짧게 말했습니다.
"야, 노라야, 그럼 성은 뭐냐?"
"응, 성씨야, 성노아."
"그런 성씨도 있냐? 그런데 인마, 이 누나와 나는 6학년이야. 그러니까 앞으로는 형이라고 해. 그럼 어디 한 번 불러봐!"
순간 노아의 얼굴이 일그러지는가 싶더니 기가 죽은 목소리로 강철이 시키는 대로 했다. 가만히 들으며 걷기만 하던 초아가 한마디 했다.
"강철아, 그만해라."
그리고 노아를 보고 말을 건넵니다.
"노아라고 했지. 어젠 미안했다. 맬러뮤트는 괜찮니?"
"응, 누나. 아침엔 사료 먹었어. 걱정마. 엄마가 걱정하지 말랬어."
이제 동회 마당까지 내려왔습니다. 그런데 아이들이 웅성거리고 있습니다.

"초아야, 오늘 스쿨버스가 오지 못하거나 오더라도 많이 늦는다는데."
 동급생인 수경이 말했습니다.
"그럼 어떻게 하니?"
"너 핸드폰 있잖아?"
"맞다. 어, 근데 이를 어째…."
 서둘다가 그만 집에 두고 온 것입니다. 그때 노아가 주머니에서 핸드폰을 꺼내서 초아에게 줍니다.
"누나 이걸로 걸어 봐."
"어 그래. 우와 이거 최신형이구나."
 그리고 학교로 전화합니다.
"예 선생님, 예, 늦어도 지각이 아니게 해주신다고요. 알겠습니다."
 아이들이 길을 따라 걷습니다. 1학년 신입생 한 명은 아빠가 차를 태워주겠다고 해도 떼를 쓰며 걷습니다. 오른편으로 유명한 음식점 앞을 지납니다. 왼편은 팔당의 끝자락입니다. 오리 여러 마리가 한가롭게 헤엄치고 있습니다. 아이들이 탄성을 지릅니다. 노아는 자신의 핸드폰으로 열심히 오리를 찍습니다.
 산비탈 하나를 돌아 열댓 명의 아이들이 줄지어 갑니다. 이제 비닐하우스가 늘어선 곳을 지납니다. 비닐하우스의 양지바른 곳엔 돈 나물이 파랗게 돋아 있습니다. 오른편 산자락에는 꽃이 핀 복숭아나무가 줄지어 아름다움을 뽐냅니다.
"야, 동양화 같다."
"응, 마치 파스텔로 그린 것 같아!"
 초아의 말에 수경이 맞장구를 칩니다. 그때 스쿨버스가 오고 있는 것이 보입니다.
 그러나 아이들은 지름길인 논두렁으로 달립니다. 자전거를 타고 가시던 농부 아저씨가 자전거에서 내려 논두렁 아래로 내려섰습니다.
　파란 하늘에 아기 구름이 아이들을 따라 날았습니다.

(3) 쿠리 마을의 겨울 이야기

　쿠리 마을에 겨울이 왔습니다. 첫눈이 내린 후부터 쌓인 눈이 1미터가 넘었습니다. 계곡에는 그 눈들이 모여서 어른의 키보다 더 높이 쌓였습니다. 이런저런 걱정으로 머리가 아픈 어른들과는 다르게 아이들은 신이 났습니다.
　방학이라 학교에 가지 않는 날부터 아이들의 보금자리까지 터널을 만들기로 했습니다. 모두 힘을 합쳐야 가능한 일입니다. 토목 전공이신 상고머리 아저씨가 며칠 걸려서 세밀하게 조사를 마친 후 설계도를 그렸습니다. 노라 엄마가 설계에 필요한 측량 도구 일체를 마련해 주셨습니다.
　"와아, 이제 모든 준비가 다 된 거다!"
　아이들은 신이 나서 박수를 힘껏쳤습니다.
　강철의 할아버지께서 여러 농기계를 동원해 주시겠다고 말씀하신 덕분에 힘을 더 얻었습니다. 그렇지만 상고머리 아저씨는 생각이 달랐습니다.
　"어르신, 아이들에게 스스로 힘으로 꿈을 이룰 수 있는 기회를 주고 싶습니다."
　아이들이 두 어른의 말에 귀를 기울였습니다.
　"그렇구려. 내 생각이 짧았소. 그렇다면 젊은이 생각대로 이끌어 보시구려. 그렇더라도 힘겨울 때가 있으면 언제든지 도움을 청하시오."
　초아가 두 분의 말씀이 끝나자 벌떡 일어섰습니다.
　"애들아, 힘차게 두 어르신께 박수쳐드리자!"

"이야!"
 모두 신나게 박수칩니다. 수경이가 일어나 뱅그르르 돌며 율동했습니다.

 다음날부터 아이들은 상고머리 아저씨의 설계대로 열심히 눈 속을 파고 들어갔습니다.
고학년은 열심히 파고 저학년은 삼태기에 눈을 담아서 밖으로 퍼다 날랐습니다. 이틀 만에 호야네 담벼락까지 파서 들어갔습니다.
"자 지금까지 70미터를 팠으니, 이곳부터 30미터만 더 파고 들어가면 너희들의 보금자리에 다다른다."
 상고머리 아저씨께서 설계도를 가리키며 말했습니다.
"조금만 오른쪽으로 내려가면 계곡이다. 그곳에서는 또 신기한 장면을 볼 수 있을 게다."
 아저씨의 말대로 조금 더 파서 들어가자 계곡으로 물소리가 들렸습니다. 눈에 묻혔던 계곡에는 졸졸졸 물이 흐르고 있었습니다. 아이들은 모두 다른 세계에 온 듯, 꿈을 꾸듯 했습니다. 수경이가 화판을 꺼내 들고 스케치했습니다.
"얘들아, 숨구멍이 필요한데 이쯤이면 좋겠구나."
 아저씨가 유리가 없는 창틀을 들고 오셨습니다. 수경이 아빠가 정확하게 눈에 구멍을 내고 창틀을 앉혔습니다. 하늘이 훤히 보였습니다. 파란 하늘에 토끼 모양의 구름이 떠서 태산 봉우리 쪽으로 흘러가고 있습니다.

 이제 하루만 더 파면 아이들의 보금자리랑 연결이 됩니다. 그런데 약간의 문제가 생겼습니다. 읍사무소에서 직원들이 나와서 위험하니 더 이상 작업을 하지 못하게 했습니다. 아이들은 실망했습니다.

"초아야, 어쩌면 좋으니?"
 강철이 걱정스럽게 말했습니다.
"이장님께 의논해 보자. 무슨 좋은 방법이 있지 않을까?"
 수경이가 말했습니다. 초아도 동의했습니다.
"그래, 우리 모두 내일 이장 아저씨께 의논하러 가자!"
 초아 아빠, 부녀회장이신 수경이 엄마, 노라 엄마, 강철 할아버지, 그리고 상고머리 아저씨랑 학교 선생님이신 신주무 엄마 등 많은 분과 열대여섯인 마을 아이들이 모두 주민자치센터에 모였습니다.
 초아 아빠께서 먼저 말씀하셨습니다.
"이장님, 우리 마을은 읍내로부터 5킬로미터나 떨어진 외진 곳으로 아이들이 마땅히 누릴 수 있는 문화 공간이 없습니다. 아이들이 마음껏 꿈꿀 수 있는 놀이터가 없으니 정서가 메마르기가 십상입니다. 다행히 여러분들이 힘을 합쳐서 책도 읽고 함께 공부도 할 수 있는 공간을 마련해 주셨으니 얼마나 다행한 일입니까."
 초아 아빠의 말을 조용히 듣고 있던 모든 주민이 손뼉을 쳤습니다. 상고머리 아저씨는 '옳소!'라고 큰 소리로 외치시기도 했습니다. 이장 아저씨께서 조용히 말했습니다.
"여러분들의 마음을 제가 어찌 모르겠습니까. 그렇지만 위험한 것도 사실입니다. 그냥 굴착기로 눈을 한쪽으로 밀어내고 길을 내면 될 것을 굳이 터널을 뚫는다고 이 야단이니 위험한 것은 사실입니다."
 이장님의 말이 끝났지만, 마을 주민 누구도 박수하거나 어떤 반응도 보이지 않았습니다. 그때 이장님 부인께서 나섰습니다.
"여러분, 여러분의 뜻에 저도 동참하겠어요. 난 아이들의 모험심에 벌써 가슴이 뛰는걸요."

그리고 이장님을 돌아보고 말씀하셨습니다.

"당신 진심을 말하세요. 왜 마음에도 없는 말씀을 하는 거예요"

듣고 있던 주민들 모두가 박수했습니다. 이장께서 머쓱하셔서 뒷머리를 긁적였습니다. 그리고 결심하신 듯 말씀하셨습니다.

"좋습니다. 그러면 이렇게 제안하겠습니다. 음, 그 무엇이냐 하면, 통로를 합판으로 원통을 만들어서 무너지지 않게 하는 겁니다. 그러면 봄비가 내릴 때까지는 아무런 사고도 나지 않을 겁니다."

그때 강철이 할아버지께서 나서셨습니다.

"좋소이다. 그렇다면 제가 합판을 공급하겠습니다."

"와 아!"

아이들이 고함을 질렀습니다. 고함이 끝나자 이번에는 이장님께서 말씀하셨습니다.

"그렇다면 읍사무소에서 장비를 지원받을 수 있도록 협조를 구하겠습니다."

"흠, 좋습니다. 그럼 원통 짜는 일은 제가 나서보겠습니다. 마침 겨울철이라 일이 없는 동료들이 많습니다. 전원 봉사하는 것으로 하겠습니다."

대목장이신 수경이 아빠께서 팔을 걷고 나섰습니다. 가만히 듣고 있던 수경이 어머니께서 한 말씀 더하십니다.

"저, 아이들 걱정도 걱정이지만 마을로 내려오는 산짐승들이 눈 위인 줄 알고 빠질 수도 있으니 그 위에 짚을 조금씩 흩어놓으면 어떨까요?"

"아, 좋은 생각이십니다."

초아 아빠께서 동의 하셨습니다.

"그 일은 제가 하겠습니다."

호야 아빠께서 앞으로 선뜻 나서시면서 말씀하십니다.
"그럼 램프를 두세 개쯤 더 쓸 수 있도록 제가 주선해 보겠습니다."
"네, 여러분의 뜻을 읍사무소에 바로 알리겠습니다. 주민 여러분 고맙습니다."
"아, 주민 여러분, 멋지십니다."
언제 오셨는지 장군 할아버지께서 껄껄 웃으시면서 손뼉을 치셨습니다. 주민들 모두가 행복한 얼굴이 됐습니다.

방학이 시작된 지도 열흘이 지나서 새해가 왔습니다. 아이들이 원하던 재미있는 동화책을 쉰 권이나 학교 도서관에서 보내주었습니다. 그뿐만이 아닙니다. 물을 마실 수 있는 시설도 마련됐습니다.
그런데 그만 사고가 일어났습니다. 어린 고라니 한 마리가 숨구멍에 빠져서 터널 아래로 떨어졌습니다. 다리를 다쳤나 봅니다. 일어서지도 못하고 버둥버둥 커다란 눈만 꾸벅거리며 두려움에 떨었습니다.
"이를 어쩌면 좋을까?"
"일단 장군 할아버지께 알리자"
초아와 강철의 말에 수경이 합세했습니다. 이번에도 호야가 나서서 할아버지께 알렸습니다.
"그래, 이런 사고를 미리 예견하고 주민들이 모두 대책을 다 세워 뒀지만, 어쩔 수 없이 일어난 사고이니 당황하지들 말거라."
그리고 초아 아빠께서 날개 다친 독수리를 치료한 야생동물 보호협회에 알리셨습니다.
"자, 모두 자리에 앉도록 한다."
장군 할아버지께서 말씀하십니다. 그리고 고라니에 대해서 말씀해 주셨습니다.
 "지금은 이렇게 눈이 쌓여서 여러분들이 춥다고들 야단이지만 자연은 반드시 약속을 지키지. 차디찬 바람을 몰아치는 칼바람도 때가 되면 물러가지. 그리고 가슴 활짝 펴고 맞이할 봄이 오면 얼었던 땅이 녹고 그곳에 맑은 물이 고이고 젖은 흙을 헤치고 풀이 돋아나게 마련인 게야. 마른 나무엔 다시 물이 올라 새잎이 돋아나는 거지. 자연이 이러하듯이 아기고라니한테도 봄은 생명의 기운을 가져다주는 계절이지. 겨우내 여위었던 몸도 그때는 하루가 다르게 살이 오르지.
 또 하나 여기 고라니에게 기쁨이 되는 것은 숲이 우거져 적이 나타나도 재빨리 몸을 숨길 수 있게 된다는 것이란다. 낙엽이 지는 가을이나 눈이 쌓이는 겨울에는 숨을 곳이 마땅치 않은 데다가 재빨리 도망가기도 힘겹거든. 그리고 계절이 바뀌고 고라니에게는 다시 가을이 오고 겨울이 오기 전까지 해야 할 일들이 있단다. 먼저 부지런히 먹이를 많이 먹어서 몸속에 영양분을 저장해 두어야 하거든. 그렇게 해야 먹을 것이 변변찮은 겨울을 무사히 보낼 수 있을 테니까. 또 날씨가 따뜻해지고 먹거리가 많은 봄과 여름에 새끼를 낳아 부지런히 길러내야지. 겨울이 올 때까지 새끼들 스스로 살아나갈 수 있도록 해야 하기 때문이거든. 그렇게 제대로 낳아 기른다 해도 겨울을 무사히 견뎌내고 살아남는 새끼는 그리 많지 않지. 참 슬픈 일이기는 하지만 이 모두가 자연의 섭리라는 게야."
 할아버지의 말씀에 초아의 눈가가 촉촉해졌습니다. 강철이도 주먹으로 눈가를 닦았습니다. 엄마가 계시지 않는 호야는 흐느끼기까지 했습니다. 이런 아이들을 보시고 할아버지의 입가에 매우 만족해하시는 미소가 감돌았습니다.
 "고라니는 작고 연약한 동물이기 때문에 그런지 여느 동물보다도 더 겨울을 싫어하지. 그렇지만 모든 동물과 식물이 그러하듯이 고라니 또한 겨울을 피할 수는 없단다. 어떻게든 살아남아 봄을 맞이해야만 하는 게 고라니의 운명이기도 하지. 자연은 그렇게 시련을 견뎌내고 꿋꿋이 살아남는 동물에게만 삶의 기쁨과 축복을 내린단다. 호랑이도 늑대도 이 땅에서 자취를 감췄지만 착한 심성의 고라니는 아직도 많은 수가 살고 있거든. 그것은 겨울의 추위와 눈보라에 굴복하지 않고 당당히 이겨 낸 강인한 생명력 때문이지."

아이들 모두는 장군 할아버지의 말씀에 감격스러워했습니다.

"이 쿠리 마을에서 겨울을 멋지게 나고 있는 여러분도 고라니 못지않은 강인함을 보여주기 때문에 이 할아버지가 여러분을 매우 자랑스럽게 생각하는 바이다. 이상!"

장군 할아버지와 마을 어르신들의 정성 어린 보호로 아기 고라니는 무사히 겨울을 보낼 수 있게 될 것입니다. 아이들이 눈 속 터널을 오가며 정을 쌓아가듯이 말이에요.

2. 무당이의 외출

 따사한 봄날입니다. 산속 마을 한가진 전원주택에도 봄볕이 내리쬡니다. 무당이가 겨우내 움츠려 지냈던 헛간에서 살며시 기어 나왔습니다. 날개에 수놓듯 알록달록한 무늬가 자신이 보아도 예쁩니다. 봄바람이 살랑살랑 불어옵니다. 햇살에 눈이 부십니다. 무당이는 지난해에 태어난 무당벌레입니다. "얘 무당아! 멀리 가지 말고."
"응, 엄마!"
 무당이는 근심 어린 엄마의 말씀을 무심코 들어 넘겼습니다. 아름다운 날개로 공중을 멋지게 날고 싶은 생각뿐입니다. 온몸에 힘이 불끈 솟습니다. 날개를 힘껏 펼쳐서 날아봅니다.
- 팔락 팔락 데그르르르 ….
 겨울 동안 움츠려 지냈던 탓에 날갯짓 두어 번에 땅바닥에 떨어져 나뒹굽니다. 마침 마당을 어슬렁거리던 누렁이가 아등바등하는 무당이를 보고 다가옵니다.
"끙끙, 왜 그러니 아가야?"
"씨이, 힘이 덜 붙어서 제대로 날 수가 없어서 그렇지."
 누렁이가 혀로 무당이를 바로 앉혀놓습니다.
"그럼 힘껏 다시 날아봐!"
"에이, 씨이!"
-팔랑팔랑 푸르르 팔랑 데그르르르"
 이번엔 조금 더 날아서 검정 승용차의 지붕에 떨어졌습니다.
"으앙, 뜨거워!"

무당이는 지난 추위엔 어른들 틈에 묻혀 지냈습니다. 유독 추운 겨울이었지만 몇몇 어른들의 희생으로 어린 무당이는 무사히 살아날 수 있었습니다. 그땐 따사로운 햇살이 아주 많이 그리웠습니다. 그런데 자동차의 지붕은 너무나 뜨겁습니다.
"엄마, 뜨거워서 온몸이 탈 것 같아요."
"무당아, 얼른 데그르르 굴러라. 어서!"
엄마가 자동차 위를 날며 애타게 외쳤습니다. 무당이는 있는 힘을 다해서 굴렀습니다.
- 데그르르. 데그르르르….
때마침 참새 한 마리가 공중에서 날아오는 소리가 들립니다.
"얘야, 얼른 힘껏 한 번 더 굴러라, 어서!"
엄마는 숨을 곳을 찾아 도망가면서도 무당이한테 소리쳤습니다. 그때 집안에서 안주인과 사내아이가 나옵니다.
"준희야, 어서 차에 타렴."
"네, 엄마!"
자동차의 문이 열리자 무당이는 가까스로 안으로 들어가서 유리창 모서리에 붙었습니다. 자동차가 스르르 움직입니다. 경쾌한 음악이 울립니다. 자동차는 산마루에서 큰길로 내려갑니다. 무당이는 생전 처음 강물을 구경했습니다. 우뚝 솟은 아파트도 보입니다. 안주인은 운전하느라 열중이고 준희는 졸고 있습니다. 무당이는 살금살금 기어서 뒷자리로 옮겨갔습니다.
"아구구, 무지하게 덥구나. 얘, 준희야, 창문을 좀 열까?"
안주인이 아들을 돌아보며 말했습니다. 무당이는 꼭 엄마 아빠가 있는 곳으로 다시 돌아가야 한다고 생각합니다. 엄마 말씀을 듣지 않고 마당으로 날아간 것을 후회합니다.
"엄마, 무서워요."
 무당이는 엄마가 보고 싶어서 울었습니다. 그리고 열려진 차창 밖으로 날려가지 않으려고 좌석 틈새로 기어서 들어갔습니다. 그리고 곧 잠이 들었습니다.
 무당이는 꿈을 꾸었습니다. 온 세상이 파랗게 물든 지난여름이었습니다. 주인집 마당 주변에는 여러 종류의 나무가 있습니다. 주인은 약물을 뿌리지 않기로 유명한 교수님이랍니다. 그래서 집 주위에서 자라는 나무에는 진딧물이 많습니다. 무당이네는 진딧물이 많은 이 집에 살기를 잘했다고 생각합니다. 엄마는 진딧물 위에 동생들이 태어날 수 있게 알을 낳았습니다. 비바람이 불 때는 진딧물을 이용해서 잎들을 또르르 말아서 비바람을 피하게 해 주셨습니다.
 얼마나 잤는지 요란한 기계 소리에 놀란 무당이는 꿈에서 깨었습니다. 차 안의 모든 먼지가 기계 속으로 빨려 들어갑니다. 무당이는 좀 더 깊은 곳으로 숨어야 합니다. 안간힘으로 깊이깊이 기어들어 가다가 그만 정신을 잃고 말았습니다.
얼마나 정신을 잃고 있었는지 깨어나니 엄마의 목소리가 들립니다. 집으로 돌아온 것입니다.
"무당아, 어서 일어나서 힘차게 날아라!"
 안주인이 시장 보아온 물건들을 꺼내느라고 차의 문이 열려 있었습니다. 무당이는 얼른 엄마의 목소리가 들리는 곳으로 날았습니다.
-팔랑팔랑 푸르르 팔랑팔랑….
 무당이는 헛간으로 힘차게 날았습니다. 뒤이어 자동차의 문이 닫혔습니다.

"무당아!"
"엄마!"
무당이는 '엉'하고 울음을 터뜨렸습니다. 향긋한 꽃바람이 헛간을 휘돌아 나갔습니다.

은문(犾文) 우병택 소설집

미망(迷妄)

초판인쇄   2024년 11월 23일
초판발행   2024년 11월 23일

지은이 ■ 우병택
발행인 ■ 김유권
펴낸곳 ■ 도서출판 오늘

주　　소 ■ 서울특별시 구로구 구로동 609-24
전　　화 ■ 010-3254-2159
등　　록 ■ 제25100-2011-00061
저자메일 ■ namo5003@hanmail.net

ISBN 979-11-90384-29-2(03810)

18,000원

* 이 책자는 2024년 [한국예술인복지재단] 창작지원금 수혜로 제작되었습니다.
* 잘못된 책은 바꿔드립니다.
* 저자와 협의하여 인지를 생략합니다.
* 저작권자의 서면 동의 없는 무단 전재 및 복제를 금합니다.